NACHTFAHRT

ANNIKA STRAUSS

atb aufbau taschenbuch

NACHT FAHRT

ANNIKA STRAUSS

THRILLER

atb aufbau taschenbuch

MIX
Papier | Fördert
gute Waldnutzung
FSC® C083411

ISBN 978-3-7466-4162-1

Aufbau Taschenbuch ist eine Marke der Aufbau Verlage GmbH & Co. KG

2. Auflage 2024

www.aufbau-verlage.de
10969 Berlin, Prinzenstraße 85

Satz LVD GmbH, Berlin
Druck und Binden CPI books GmbH, Leck, Germany

Printed in Germany

Für meinen Fahrlehrer

»Denn ich hatte einen Tag der Rache mir vorgenommen;
das Jahr, die Meinen zu erlösen, war gekommen.«

Jesaja 63,4

Prolog

Die Linderung setzte langsam ein. So viele Tabletten auf einmal hatte sie noch nie genommen. Und sie war einiges gewohnt.

Der Wasserdampf legte sich auf den Badezimmerspiegel, während das Rauschen dumpfer wurde. Sanft fuhr sie mit dem Finger über die glatte Oberfläche, hoch und wieder runter und von rechts nach links. Schon als Kind hatte sie geheime Botschaften an den beschlagenen Spiegel geschrieben. Immer in der Hoffnung, jemand würde sie entdecken. Doch niemand hatte sie je entdeckt. Niemand hatte sich darum oder überhaupt um sie geschert. Am allerwenigsten ihre Eltern.

Ihre Kleine aber, die hatte es geliebt. Es war ein Geheimnis, ein unsichtbares Band, das nur sie beide miteinander verknüpfte. Es war ihr Spiel gewesen. Doch nun war sie fort. Und auch wenn ihr jeder einreden wollte, dass sie nur weggelaufen sei, sie wusste, dass ihr Kind für immer fort war. Eine Mutter spürte das. Eine letzte Botschaft wollte sie ihr dennoch hinterlassen.

Meine kleine Große. Ich habe dich im Stich gelassen. Ich habe versagt.

Eines Tages hatte sie es einfach nicht mehr aus der Schattenwelt hinausgeschafft, jener Welt, die der einzige Ort war, an den er ihr nicht folgen konnte. Ein Ort, an dem alles gedämpft war: Geräusche, Gerüche, Gefühle. Der sie nichts spüren ließ. Wie angenehm es dort war. Als stünde sie nur als ein Beobachter daneben, wenn es wieder passierte. Irgendwann hatte sie sich darin verloren und nicht wieder herausgefunden. Nun wollte sie für immer bleiben.

Keine Schmerzen mehr. Keine Angst. Nie mehr.

Sie ließ den Bademantel auf den Boden fallen, griff das Messer vom Waschbecken und stieg in die vollgelaufene Badewanne.

Ihr Blick fiel zuerst auf ihre Brüste, dann auf den Bauch und die Beine. Überall waren die Narben ihres Lebens zu sehen. Die aufgeplatzte Haut, die nach den Schlägen schlecht verheilt war. Die kreisrunden Abdrücke der Zigarettenglut. Die mutwilligen Schnitte mit der Rasierklinge.

Während sie begann, mit dem Messer die alten Wunden von Neuem zu öffnen, blickte sie zum Spiegel. Noch konnte sie die Botschaft darauf lesen: *In der Dunkelheit warst du mein Mond.*

»Vielleicht sehen wir uns gleich wieder«, murmelte sie und setzte das Messer an. Das Wasser war angenehm warm und mittlerweile hellrot. Sie schloss ihre Augen und umfasste den Messergriff fester. Sie atmete tief ein und dachte ein letztes Mal an jene glücklichen Momente, die sie hatte erleben dürfen. Wie ihre Kleine zum ersten Mal »Mama« gesagt hatte. Wie sie mit ihren kleinen Fingern ihr Gesicht ertastet hatte. Wie sie voller Zuneigung und Vertrauen auf ihrem Schoß eingeschlafen war. Und auch später, als sie immer dagewesen war, selbst in den dunkelsten Stunden.

Keine Angst. Gleich bist du frei.

Ein letzter tiefer Atemzug.

Benommen hörte sie sich selbst röcheln, während das Blut im Takt ihres Herzschlags dem Körper entwich. Da war kein Schmerz. Im Gegenteil, alles war warm und wohlig, und sie fühlte nichts als Erleichterung. Endlich hatte sie selbst wieder eine Entscheidung getroffen. Nach all den Jahren.

Die Müdigkeit wurde stärker, ihr Atem ging flacher. Nur eines nahm sie noch wahr: die entsetzten Augen des Jungen, der in der Tür stand.

1

14 Jahre später. 2017.

»Denk dran, die Schnürsenkel *in* den Schuh zu stecken«, erklärte Matthias mit einem Zwinkern. Sein Fahrschüler Silas nickte und befolgte die Anweisung, während er die Montur anzog. Als er komplett in Motorradbekleidung vor ihm stand, kontrollierte Matthias, ob Silas auch die Fahrschulweste richtig angelegt hatte.

»Überlandfahrt. Wetter passt. Wie sieht es mit deinen theoretischen Kenntnissen aus?« Matthias klopfte einmal gegen Silas' Rückenprotektor, bevor er, ohne eine Antwort abzuwarten, weitersprach. »Heute üben wir das Einfahren auf Landstraßen und das Abstandhalten zu vorausfahrenden Fahrzeugen. Wie viel Abstand musst du außerhalb geschlossener Ortschaften halten?«

Matthias blickte in Silas' dunkle Augen und sah, wie der Junge überlegte.

»Halber Tacho?«

Matthias grinste.

»Ja, genau. Die halbe gefahrene Geschwindigkeit in Metern. Also wenn du hundert Kilometer in der Stunde fährst, muss dein Abstand zum vorausfahrenden Fahrzeug wie viele Meter betragen?«

»Fünfzig«, sagte Silas.

»Genau. Und wie kannst du das einschätzen? Woher weißt du, wie viel fünfzig Meter sind?«

»Weiß nicht … hat man vielleicht im Gefühl?«

»Im Moment hast du vielleicht im Gefühl, ob du auf die Toilette musst oder nicht. Aber Spaß beiseite. Später hast du das sicherlich im Gefühl, bis dahin orientierst du dich am besten an den weißen Leitpfosten am Fahrbahnrand. Die stehen nämlich auf geraden Strecken etwa fünfzig Meter auseinander. Wenn dein Vordermann an dem Pfosten vorbeifährt, darfst du bei hundert Kilometer in der Stunde höchstens bis zum Pfosten dahinter auffahren.«

Silas nickte.

»Außerdem werden wir einige kurvenreiche Strecken fahren und auch ein paar schöne Kehren üben. Das ist genau das, was Motorradfahrer lieben – und das haben wir in unserer Gegend zur Genüge. Deswegen bin ich auch lieber Fahrlehrer auf der Schwäbischen Alb als in Norddeutschland.«

Matthias klopfte Silas auf die Schulter und bewegte sich Richtung Ausgang. Delf, ein junger Fahrlehrerkollege, kam herein und begrüßte beide.

»Ach, du machst Motorrad heute? Da habt ihr euch perfektes Wetter ausgesucht. Wo geht's denn hin?«, fragte er interessiert.

»Die übliche Strecke. Metzinger Weinberg, Dettingen, Hülben. Bisschen Steigen rauf und runter. Und du? Heute ist Samstag, hast du nichts Besseres vor?«, fragte Matthias.

»Ich will nur schnell ein paar Fahrstunden ausmachen. Euch viel Spaß«, wünschte Delf, ehe er im Büro der Fahrschule verschwand.

Die Motorräder befanden sich im Garagenanbau nebenan. Hier checkte Matthias abschließend den Funk.

»Hörst du mich?«

»Ja.«

»Ist es laut genug, oder ist es zu leise, wenn ich rede?«

»Passt so.«

Wenig später waren sie unterwegs, Silas auf einer Kawasaki Z650 und Matthias auf seiner 1200er BMW Adventure. Es war ein schöner Tag zum Motorradfahren, nicht zu heiß und nicht zu kalt, die Straßen waren trocken, und der Frühling lag in der Luft. Oft wenn Matthias mit seinen Fahrschülern unterwegs war, nahm er sich vor, abends oder am Wochenende allein oder mit Kollegen eine Ausfahrt zu machen, aber wenn es dann so weit war, hatte er entweder zu viel zu tun oder ihm fehlte die Energie. Und dann war da auch noch Ronja. Seit seine älteste Tochter Lisa vor einem Jahr zusammen mit ihrem Mann verunglückt war, kümmerte er sich um seine pubertierende Enkelin. Und das war für einen verbitterten Workaholic, wie ihn seine jüngere Tochter Katha mitunter nannte, gar nicht so leicht, zumal Katha seit Jahren in Berlin lebte. Bei dem Gedanken an seine beiden Töchter wurde ihm das Herz schwer. Er vermisste sie. Jeden Tag.

Er würde heute noch einen wichtigen Anruf machen, sobald die Fahrstunde vorüber war.

Seine Enkelin Ronja hatte er als ein fröhliches, lebhaftes Mädchen kennengelernt, doch seit dem Tod ihrer Eltern verschloss sie sich, vor allem vor ihm. Matthias wusste oft nicht, wie er mit ihr ins Gespräch kommen sollte.

»Wie schnell darf man außerhalb von Ortschaften fahren?«, kontrollierte Matthias über Funk das Wissen seines Fahrschülers.

»Achtzig?«, antwortete Silas knapp.

»Nein. Ortsende heißt automatisch beschleunigen auf maximal hundert in der Stunde. Außer es steht ein Schild mit einer anderen Geschwindigkeit da. Also, gib mal Gas.«

Vielleicht würde er heute Abend eine Pizza holen und Ronja überraschen. Netflix-Abende mit Pizza und Spezi schienen für sie akzeptabel zu sein, und auch Matthias hatte nichts gegen diese Kombination.

»Also pass auf, ich überhole dich jetzt, und dann werde ich einige Kehren vorausfahren und dir die richtige Kurvenlinie zeigen. Anschließend tauschen wir wieder, und dann fährst du sie«, erklärte Matthias, als sie sich kurz vor dem Metzinger Weinberg befanden.

Er passte einen günstigen Moment ab und zog an Silas vorbei. Als er dabei in den Rückspiegel sah, fiel ihm ein schwarzer SUV auf, der so verdreckt war, dass man nicht einmal mehr das Nummernschild lesen konnte.

Nach der Steige und den geplanten Kehren fuhren sie in Richtung Kohlberg weiter und dann durch Kappishäusern. Von dort führte eine Straße mit starkem Gefälle in den nächsten Ort.

»Nutz die Motorbremse«, erinnerte Matthias seinen Schüler über Funk. »Danach geht's wieder Richtung Metzingen und dann noch einmal die Steige hoch.«

Matthias hatte sich wieder hinter seinen Fahrschüler fallen lassen. Irritiert bemerkte er, dass sich der schwarze SUV immer noch hinter ihren beiden Motorrädern befand, obwohl sie aus Sicherheitsgründen recht langsam fuhren.

Wieso überholt der denn nicht?

Normalerweise waren andere Verkehrsteilnehmer froh, wenn sie die Möglichkeit hatten, Fahrschüler hinter sich zu lassen. Als sie die Steige erreichten, fuhr Silas wie verabredet voraus und versuchte, Matthias' Kurvenlinie nachzuahmen.

»Du musst ein bisschen lockerer in den Hüften sein, du kannst noch viel weiter in die Schräglage. Das ist Physik, das funktioniert«, scherzte Matthias über Funk. Wieder und wieder blickte er in den Rückspiegel, da sich der schwarze, verdreckte SUV immer noch hinter ihnen befand.

Verfolgst du uns?

»Jetzt nehmen wir in Dettingen die Straße hoch nach Hülben. Das ist eine echt schmale Steige, die macht nicht ganz so viel Spaß. Wir fahren da direkt an einer Felswand hoch, das heißt, du musst auch mit Steinschlag rechnen, vor allem, wenn es kurz vorher geregnet hat. Die Brocken können einfach auf der Straße liegen oder plötzlich hinter einer Kurve auftauchen. Kurven daher etwas langsamer anfahren und immer nur maximal so schnell, dass du in der einsehbaren Strecke auch mühelos ausweichen kannst.«

Sie erreichten die schmale Straße der Steige. Auf der linken Seite ragte die steile Felswand rund zwanzig Meter in die Höhe, am rechten Fahrbahnrand ging es hingegen steil bergab, an manchen Stellen über hundert Meter. Teilweise war die Strecke ungesichert. Es gab keine Leitplanken, die einen Absturz verhinderten.

Der SUV schloss auf und fuhr jetzt dicht hinter Matthias.

Du hättest die ganze Zeit überholen können, du Idiot! Anzuschieben brauchst du mich jetzt auch nicht. Matthias schüttelte den Kopf, in der Hoffnung, dass der Fahrer des Wagens es sah und den Abstand wieder vergrößerte. Silas verschwand vor ihm hinter der nächsten Kurve.

»Und denk dran, wenn ich von Steinschlag spreche, meine ich große Steine. Kleinen Steinen, maximal faustgroß, muss man nicht ausweichen«, erwähnte Matthias noch, als der SUV plötzlich Gas gab und den Abstand verringerte.

Zu nah.

»Geht's noch?«, entfuhr es Matthias.

»Was denn?«, fragte Silas über Funk zurück.

Doch Matthias kam nicht dazu, ihm zu antworten. Denn der schwarze SUV, eine Mercedes M-Klasse, befand sich plötzlich unmittelbar hinter ihm, tauchte dann an seiner linken Seite auf. Um eine Kollision zu verhindern, wich Matthias scharf nach rechts aus. Vom Abgrund trennten ihn nur noch wenige Zentimeter. Von Angst gepackt, drehte Matthias den Kopf. Blut rauschte in seinen Ohren. Für den Bruchteil einer Sekunde starrte er dem jungen Mann, der den Wagen fuhr, ins Gesicht. Es waren dessen Augen, die ihm Gewissheit gaben: Hier hatte es jemand auf ihn abgesehen.

Genau in dem Moment, als Matthias den Bremshebel ziehen wollte, um sich zurückfallen zu lassen, rammte ihn der SUV und drückte ihn mit voller Wucht Richtung Abgrund. Matthias fühlte plötzlich nichts mehr, sah nur die Tiefe unter sich. Dumpf hörte er noch, wie das Motorrad die Baumkrone neben ihm zerschlug, während ihn etwas streifte. Er hörte seine Knochen brechen, erst in der Schulter, dann in der Wirbelsäule. Als er gegen einen Ast prallte, wurde er herumgewirbelt. Die Welt um ihn drehte sich schneller und schneller. Dann blickte er nur noch in den blauen Frühlingshimmel. Helle Wolkenbänder wirkten wie eine Zugabe zu dem Film, der vor seinem inneren Auge ablief, während sein Körper einen Ast nach dem anderen zerschmetterte und er eine Schneise in den dicht bewachsenen Hang schlug.

Wie in Zeitlupe sah er sich selbst fliegen, blickte ein letztes Mal in Gedanken in die Gesichter seiner beiden Töchter und seiner Frau. Beim Aufprall spürte er nichts. Eher fühlte es sich an, als würde ihm mit einem sanften Schub der Lebensatem aus der Lunge gepresst. Dann verschluckte ihn schließlich die alles umschließende Finsternis.

2

Wie selbstverständlich steckte sie den Schlüssel ins Schloss, öffnete die Tür und trat ein. Kein Wunder, schließlich hatte Katha bis zu ihrem 21. Lebensjahr in diesem Bauernhaus gelebt. Obwohl sie ihren Schlüssel nie abgegeben hatte, hatte sie ihn seit ihrem Auszug nicht mehr benutzt, sondern stattdessen immer geklingelt. Freudig war ihr Vater jedes Mal zur Tür gestürmt und ihr um den Hals gefallen. Sie bereute, dass sie seit der Beerdigung ihrer Schwester und ihres Schwagers im vergangenen Jahr nicht mehr nach Süddeutschland gekommen war. Doch jeder einzelne Besuch in Reutlingen war für sie eine Qual gewesen. Alles erinnerte sie an jene Zeit, die sie nur noch hatte hinter sich lassen wollen. Wie gern hätte sie noch einmal erlebt, wie ihr Vater sie auf diese Weise in die Arme schloss. Sie konnte einfach nicht fassen, dass er tot war.

Mit Wucht hievte sie ihren Koffer den Absatz hoch und trat in den Flur.

Es riecht nach dir, Papa. Katha wurde das Herz schwer.

Sie musste sich zusammenreißen. Stark sein. Sie wurde gebraucht. Jetzt war es an ihr, sich um alles zu kümmern. Um die Beerdigung, die Fahrschule – und um Ronja. Das Telefonat am Vorabend war kurz und kühl gewesen. Katha hatte gespürt, dass Ronja enttäuscht von ihr war. Vermutlich zu Recht. Sie hätte mehr für ihre Nichte da sein sollen, stattdessen hatte sie sich nur auf sich selbst konzentriert. Und Ronja konnte schließlich nicht wissen, dass Katha es kaum ertrug, hier zu sein. Alles erinnerte sie an das, was damals passiert war.

Sie ließ den Koffer im Flur stehen und ging in die Küche. Ronja hatte entweder aufgeräumt oder aber heute noch nichts gegessen. Zumindest stand kein Geschirr herum. Ihr Vater hatte das Haus kaum verändert. In der Mitte des Raumes war noch immer der große Holztisch, der die Spuren ihres gemeinsamen Lebens trug. Tiefe Furchen im weichen Holz und ausgeblichene Stellen dort, wo die Sonne regelmäßig die Tischplatte traf. Sanft strich Katha darüber und dachte an die Zeiten, als die ganze Familie noch hier gesessen hatte. Wenn es sonntagnachmittags statt Torte oder Gebäck Pfannkuchen mit Apfelmus gab und sie alle nicht genug davon kriegen konnten. Der Letzte wurde immer durch vier geteilt.

Erschöpft ging Katha zur Kaffeemaschine und befüllte sie. Um so schnell wie möglich hier zu sein, war sie bereits in der Nacht losgefahren. Nach der erschütternden Nachricht über den tödlichen Unfall ihres Vaters hatte sie zunächst stundenlang in Schockstarre verharrt. Es hatte einen ganzen Tag gedauert, bis sie es zumindest geschafft hatte, ihrem Arbeitgeber Bescheid zu geben. Aber sie hatte nicht die geringste Ahnung, wie ihr Leben jetzt weitergehen sollte. Nur eines war klar: Sie musste die Verantwortung für Ronja übernehmen.

Katha blickte auf die Fotos, die neben der Küchentür hingen. Eines zeigte sie mit etwa sieben Jahren, auf dem Schoß ihrer Mutter. Ganze vierzehn Jahre war es mittlerweile her, dass ihre Mutter gestorben war. Der Schock war groß, als ihre Schwester und sie damals nach den Herbstferien, die sie bei ihren Großeltern an der Nordsee verbracht hatten, zurückkehrten und ihr Vater ihnen mitteilte, dass ihre Mutter bei einem Unfall ums Leben gekommen war. Genickbruch lautete die simple Diagnose.

Wärst du doch nie auf dieses Pferd gestiegen.

Ihr Vater hatte sich alle Mühe gegeben, sie und ihre Schwester Lisa so behütet wie möglich großzuziehen. Doch ersetzen konnte er ihnen die Mutter nicht. Katha hatte nicht mal ein Grab gehabt, an das sie hätte gehen können. Es war der Wunsch ihrer Mutter gewesen, im Mittelmeer beigesetzt zu werden. Als auch ihre Oma zwei Jahre später verstarb – ihr an Demenz erkrankter Opa lebte zu diesem Zeitpunkt bereits im Altersheim –, war ihr einzig die Nachbarin Ursel als weibliche Bezugsperson geblieben. Die langjährige Freundin der Familie hatte sich nach dem Tod der Mutter häufig um sie und Lisa gekümmert und ihren Vater unterstützt, wo sie nur konnte. Die mittlerweile dreiundachtzigjährige Frau hatte Katha auch jetzt aus der Not geholfen und Ronja bis zu ihrer Ankunft betreut.

Surrend lief der Kaffee durch die Maschine. Nie würde Katha die »Mensch-ärgere-dich-nicht«-Nachmittage bei Ursel mit Butterbrezel und Limo vergessen. Doch die alte Frau konnte nicht schon wieder in die Bresche springen. Es war Kathas Aufgabe, sich um Ronja zu kümmern. Und sie hatte sich fest vorgenommen, nicht noch einmal davonzulaufen.

Keine Panik, eins nach dem anderen, dachte Katha, während sie an dem zu heißen Kaffee nippte und einen Stapel Post durchsah. Das meiste war an die Fahrschule adressiert, vermutlich Rechnungen. Neben ihrer Nichte und der Beerdigung ihres Vaters wäre das die nächste Aufgabe, der sie sich würde stellen müssen.

Sie war die Alleinerbin, und es lag an ihr, wie es mit dem Lebenswerk ihres Vaters weitergehen sollte.

Die Türklingel riss sie aus ihren Gedanken, vor Schreck schüttete sie etwas von dem heißen Kaffee über ihre Hand. Als sie die Tür öffnete, blickte sie in ein vertrautes, aber besorgtes Gesicht.

»Ursel.« Spontan schlang Katha die Arme um die alte Frau. Die Nachbarin, die deutlich jünger aussah, als sie war, drückte sie fest an sich.

»Es tut mir so leid, mein Mädchen. Was dir und deiner Familie alles widerfahren muss, ist nicht gerecht.«

Die Worte und die Nähe lösten in ihr etwas aus, was sie bisher noch nicht zugelassen hatte: Trauer. Kathas Augen füllten sich mit Tränen, und ja, Ursel hatte recht. Es war nicht fair. Erst hatte sie ihre Mutter verloren. Da war sie gerade zwölf Jahre alt gewesen. Und dann innerhalb kürzester Zeit ihre Schwester, ihren Schwager und jetzt auch noch ihren Vater, den sie abgöttisch geliebt hatte.

»Du musst dich um die Kleine kümmern. Sie ist so zerbrechlich. Auch wenn sie es nicht zeigt und so tut, als wäre sie furchtbar stark, leidet Ronja immer noch sehr unter dem Verlust ihrer Eltern.«

Ursel schien keine Zeit damit zu verlieren, das, was ihr wichtig war, loszuwerden.

»Komm erst mal rein«, bat Katha und wischte sich mit dem Handrücken ihre Tränen von der Wange. Sie wies in Richtung Küche, und Ursel folgte ihr.

Nach einem Moment der Stille stellte Ursel die Frage, auf die Katha selbst noch keine befriedigenden Antworten erhalten hatte.

»Wie ist der Unfall genau passiert?«

»Laut der Polizei ist mein Vater von der Fahrbahn abgekommen und in die Tiefe gestürzt. Bei einer Überlandfahrt.«

Ursel schüttelte entsetzt den Kopf. »Das kann nicht sein. Matthias war doch so ein guter, besonnener Motorradfahrer.«

Katha nickte. Auch für sie war der Gedanke absurd, und dennoch war genau das geschehen. Es war undenkbar.

»Die Polizei meint, dass er vielleicht von einem Auto überholt und geschnitten oder sogar gestreift wurde.«

»Was ist denn mit dem Fahrschüler? Hat der nichts gesehen?«

»Der ist vorausgefahren und hat nur mitbekommen, dass Papa wohl noch geflucht hat. Gesehen hat er aber nichts, weil er schon eine Kurve voraus war und auch vorher nicht so oft in den Rückspiegel geschaut hat. Fahrschüler eben.«

Tiefe Furchen gruben sich in Ursels Stirn. »Was für ein furchtbarer Tod!« Sie hielt sich die Hand vors Gesicht und wiegte den Kopf hin und her. »Und wie geht es jetzt weiter?«, fragte sie schließlich.

»Keine Ahnung. Sie fahnden nach Unbekannt. Hoffen auf Zeugenhinweise und untersuchen die Reste des Motorrads auf Spuren.«

Plötzlich hörte Katha einen Schlüssel im Schloss. Das flaue Gefühl in ihrem Magen verstärkte sich.

»Hey«, sagte Ronja und trat in die Küche. Es war kein nettes oder gar freundliches *Hey*, sondern klang eher gelangweilt oder genervt. Fast hätte Katha ihre dreizehnjährige Nichte nicht wiedererkannt. Ihre dunkelblonden Haare hatte sie schwarz gefärbt, und auch ihre Kleidung wies, abgesehen von den weißen Sneakern, keine andere Farbe als Schwarz auf. Ihr Gesicht war blass, und unter ihren schwarz umrandeten Augen hatten sich dunkle

Ringe gebildet. Katha wusste nicht recht, wie sie sich verhalten sollte, hielt eine Umarmung aber für angemessen. Als sie auf ihre Nichte zuging, versuchte sie es mit einem »Schön, dich zu sehen«, doch bevor sie Ronja in die Arme schließen konnte, hob das Mädchen abwehrend die Hände.

»Ich steh nicht so auf Gekuschel, sorry.«

»Okay. Kein Problem.« Katha setzte sich wieder an den Tisch.

Ursel presste die Lippen aufeinander und zog die Augenbrauen hoch, was Ronja nicht sehen konnte, weil sie sich bereits abgewandt hatte.

»Ich geh dann mal in mein Zimmer.«

»Wollen wir uns nicht … etwas unterhalten?«, fragte Katha, bevor ihre Nichte die Küche verließ.

»Worüber denn?«, fragte Ronja lauter. »Oder willst du etwa darüber sprechen, warum du hier nur auftauchst, wenn es eine Beerdigung gibt?«

Katha schluckte. Das hatte gesessen.

»Ronja, sei nicht so hart zu deiner Tante«, mischte sich Ursel ein. »Es ist für euch beide nicht einfach. Setz dich doch bitte zu uns.«

Katha kannte diesen Tonfall. Ursel hatte ihn in der Vergangenheit schon bei Streitigkeiten zwischen Katha und ihrer sechs Jahre älteren Schwester Lisa – Ronjas Mutter – eingesetzt, und meist hatte sie Erfolg damit gehabt.

»Nein, danke«, sagte Ronja, ehe sie aus der Küche stampfte, lautstark die Treppe hochstieg und die Tür zu ihrem Zimmer zuknallte.

»Das war deutlich!« Katha stützte ihren Kopf, der sich mit einem Mal zentnerschwer anfühlte, in die Hände.

»Gib ihr Zeit. Und dir auch«, riet Ursel. »Ich werde euch jetzt allein lassen. Wenn du etwas brauchst, zögere nicht, dich bei mir zu melden.«

»Danke. Ich muss wahrscheinlich tatsächlich darauf zurückkommen«, sagte Katha, während sie zur Haustür gingen.

Ursel drückte sie noch einmal fest, und Katha spürte, wie ihre Zweifel größer wurden. Wie sollte sie das alles nur überstehen? Am liebsten hätte sie sich ihren Koffer genommen und wäre wieder nach Berlin gefahren. Zurück in ihr altes Leben.

Doch dieses Leben gab es nun nicht mehr.

3

Nachdem Katha in ihrem ehemaligen Kinderzimmer den Koffer ausgepackt und für einige Minuten im Bett gelegen und an die Decke gestarrt hatte, wagte sie einen weiteren Versuch. Sie klopfte an die Tür, die früher zum Zimmer ihrer Schwester geführt hatte. Jetzt klebte ein Plakat mit der Aufschrift »Betreten der Baustelle verboten« daran. Vorsichtig legte Katha ihre Hand auf die Türklinke.

»Können wir bitte reden?«

Keine Antwort. Sie hatte befürchtet, dass es nicht einfach werden würde. Dass Ronja es ihr allerdings so schwermachte, verwunderte sie. Ihre Nichte schien ihr nicht einmal den Hauch einer Chance geben zu wollen. Seit ihrer letzten Begegnung hatte sie sich sehr verändert.

Kein Wunder, du blöde Kuh, sagte Katha zu sich selbst und dachte daran, wie sehr sie sich selbst verändert hatte, nachdem ihre Mutter gestorben war. Als ihre Schwester dann drei Jahre später zu ihrem Freund nach Augsburg zog, zerbrach Kathas Welt gänzlich. Aber sie hatte wenigstens noch ihren Vater gehabt. Ronja musste es im Moment so vorkommen, als hätte sie absolut niemanden mehr. Katha atmete tief ein und versuchte sich zu erinnern, von welchen Gefühlen sie mit dreizehn beherrscht worden war.

Ein Jahr fühlte sich für einen Teenager deutlich länger an als für einen Erwachsenen. Ronja kam die Zeit, die seit ihrer letzten

Begegnung vergangen war, vermutlich wie eine Ewigkeit vor. Klar war sie wütend.

Ich bin doch selbst erst 26 Jahre alt. Wie soll ich deine Erwartungen erfüllen? Und auch ich bin wütend. Warum passiert mir das alles?

Katha versuchte es noch einmal. »Bitte, Ronja, ich kann verstehen, wenn du wütend auf mich bist …«

Weiter kam sie nicht. Plötzlich erklang hinter der Tür der Sänger einer Heavy Metal Band, der ihr die Worte *»No one wants to hear you, no one wants to see you«* entgegenschrie.

Resigniert gab Katha auf. Während sie aus dem Zimmer nebenan ihre Handtasche holte, hörte sie die Band grölen: *»Go to hell, for heaven's sake«*.

Katha ging wieder hinunter und hinterließ einen Zettel auf dem Küchentisch, um Ronja wissen zu lassen, dass sie gegen 20 Uhr mit Pizza zurückkommen würde. Ursel hatte ihr verraten, dass Pizza so ziemlich das Einzige war, was Ronja gerne aß. Und Katha kannte noch jemanden, der immer und zu jeder Tageszeit mit Pizza zu begeistern war: Frieder.

Der Neuanfang in Berlin vor drei Jahren war ihr nur gelungen, weil sie einen radikalen Schlussstrich gezogen hatte. Katha hatte nicht einfach ihren Job als Fahrlehrerin an den Nagel gehängt und ihre Heimat verlassen, sie hatte auch ihren damaligen Verlobten Frieder zurückgelassen. Dabei hatte er ihr erst einige Monate zuvor einen Heiratsantrag gemacht, wild romantisch auf ihrer Lieblingsburg, der Burg Hohenzollern. Sie waren beide große Harry-Potter-Fans und fanden, dass die hohen Türme und Zinnen der Hohenzollern etwas von der Zauberschule Hogwarts hatten. Als dort dann tatsächlich ein Symphonie-Orchester ein Konzert mit Melodien aus den Harry-Potter-Filmen spielte, hatte Frieder die Gelegenheit ergriffen, um die Frage aller Fragen zu stellen. Wie hätte Katha ihn zurückweisen können, wo er so mutig auf eine Bühne gesprungen war und Hunderte Augen auf sie gerichtet waren? Sie hatte *Ja* gesagt, obwohl ihr schon damals klar gewesen war, dass sie sich eigentlich zu jung zum Heiraten fühlte.

Als sie Frieder dann sechs Monate später verließ, hatte er sie nicht verstanden.

Das Klingeln des Telefons unterbrach ihre Gedanken. Einen Moment hielt sie inne, horchte, aus welcher Richtung das Läuten kam, dann lief sie in den Flur und nahm das Telefon von der Station.

»Katharina Holten?«

»Hallo. Delf Wagner hier. Wir kennen uns nicht, aber ich bin einer von Matthias' Angestellten. Aus der Fahrschule. Sie sind die Tochter von Matthias?«

»Ja, die bin ich. Wie kann ich helfen?«

»Na ja, jetzt, wo Matthias … also … na ja, du oder Sie …«

»*Du* passt schon«, antwortete Katha schnell.

»Also du bist ja jetzt unsere neue Chefin sozusagen, und es gibt hier ein Problem.«

»Ich wollte sowieso gleich vorbeikommen. Was ist los?«

»Komm bitte so schnell wie möglich. Die Polizei wird auch gleich hier sein.«

»Die Polizei? Wegen des Unfalls meines Vaters?«

»Ja, vielleicht. Aber … es gab einen weiteren Unfall.«

4

Vom Fenster aus konnte Ronja sehen, wie ihre Tante in ihr Auto stieg und davonfuhr.

Hau bloß wieder ab nach Berlin. Ich brauch dich hier echt nicht.

Sie drehte die Musik wieder leiser und öffnete das Fenster. Aus ihrem Rucksack zog sie vorsichtig die eingewickelte Zigarette, die sie von ihrem Kumpel Safi geschnorrt hatte, und zündete sie am offenen Fenster an.

Ronja war sich sicher: Heute würde sie es tun. Was hatte sie noch zu verlieren? Ihre Eltern waren seit über einem Jahr tot, und jetzt war auch noch ihr Opa gestorben. Sie hatte nur noch ihre Freunde, und die würden sie für die Aktion feiern. Das war das Einzige, was für sie zählte.

Sie nahm einen tiefen Zug und blies den Rauch in die warme Frühlingsluft. Die Sonne strahlte erbärmlich, und überall zwitscherten gut gelaunte Vögel. Wie sehr wünschte sie sich einen grauen Tag, der zu ihrer Stimmung passte. Ihren Entschluss tippte sie in die WhatsApp-Gruppe namens »Final Squat«.

Tom antwortete als Erster. Kein Wunder. Es war schließlich seine Idee gewesen.

Geil! Kann's kaum erwarten! Respekt Ronja!

Nur wenige Sekunden später folgte Safis Nachricht:

Ich sag nur: Brudi – Ein Leben wie im Movie.
Bin um 20 Uhr am Start!

Von Chrissy kam ein Herz-Emoji, wie üblich. Die Sache stand also fest. Heute Abend würden sie es endlich durchziehen.

5

In der Fahrschule hing dieser ganz eigene Geruch. Das kam zum einen durch die Holzdecke und die Garderobe mit den verschiedenen Ausführungen der Motorradbekleidung. Zum anderen schien immer noch Ulli die Fahrschule zu putzen, oder die Person, die es jetzt machte, benutzte den gleichen Reiniger. Katha hatte dieses Putzmittel immer gerne gerochen. Eine Mischung aus Zitrone und Sandelholz. Der Geruch katapultierte sie augenblicklich zurück in die letzte Reihe des Unterrichtsraumes, in der sie als Teenager oft die Theoriestunden ihres Vaters verfolgt hatte.

Wie damals standen die Stühle mit dem dunkelblauen Polster in mehreren Reihen nebeneinander. Es hatte sich kaum etwas in der Fahrschule verändert. In den Regalen lagen immer noch die Geschenkpakete, die neben einer Warnweste auch Parkscheibe und Eiskratzer beinhalteten. Die Motorradhelme in den Ausführungen XS bis XXL waren der Größe nach im Regal aufgereiht, ebenso die Schuhe. Viele Jahre lang war dieser Raum so etwas wie ihr zweites Wohnzimmer gewesen. Nicht selten hatte sie hier sogar ihre Schularbeiten gemacht.

Am meisten hatte sie aber den Theorieunterricht ihres Vaters geliebt, den er immer mit persönlichen und witzigen Anekdoten unterlegt hatte. Während er erzählte, hatte sie die Gesichter der anderen Fahrschülerinnen und Fahrschüler beobachtet und war fasziniert, wie gebannt sie den Worten ihres Vaters lauschten. Er war beliebt, und sie war stolz darauf.

Die anderen Erinnerungen, die mit der Fahrschule zu tun hatten, lösten hingegen Beklemmungen, Angst und Panik in ihr aus. Bei der Vorstellung, wieder in ein Fahrschulauto steigen zu müssen, spürte sie Übelkeit in sich aufsteigen.

»Du musst Katharina sein. Schön, dass du so schnell kommen konntest. Ich bin Delf, wir haben vorhin telefoniert.«

Der junge Fahrlehrer streckte ihr seine Hand entgegen. Er lächelte und wirkte auf Anhieb sympathisch auf sie, auch wenn ihr die Sorge in seinem Gesicht nicht entging. Delf war einen Kopf größer als sie und sportlich schlank. *Lange ist er sicher noch kein Fahrlehrer*, dachte Katha. Die meisten verloren ihre sportliche Figur nach ein paar Jahren im Auto sitzend.

»Kannst du mir bitte verraten, was los ist?« Katha merkte selbst, wie ungeduldig sie war. Kein Wunder. Am liebsten wäre sie sofort wieder aus dem Schulungsraum herausgerannt. Die Vorstellung, die gesamte Verantwortung tragen zu müssen, fühlte sich für sie wie eine Bürde an, die sie niemals auf sich nehmen könnte. Hinter Delf erkannte sie uniformierte Polizisten, die im Büro saßen. Das Büro hatte eine Scheibe zum Schulungsraum, so dass nicht nur Katha die Beamten sehen konnte, sondern diese auch sie.

»Einer unserer Kollegen, Hakan Demir, hatte einen schweren Unfall mit seiner Fahrschülerin«, erklärte Delf.

»Sind die beiden verletzt?«

»Ja, sie befinden sich beide im Krankenhaus. Aber sie sind außer Lebensgefahr.«

»Zum Glück. Und die Polizei? Ich meine, warum sind sie hier?

Und was kann ich schon dazu sagen? Ich kenne nicht mal das aktuelle Team hier …«

»Ich weiß. Seit Matthias … also … im Moment kümmere ich mich um alles. Gerade wird unsere Bürokraft Tanja befragt.«

»Wie viele Fahrlehrer sind denn zurzeit überhaupt beschäftigt?«

»Jetzt gibt es nur noch Hakan und mich.«

»Und wie ist der Unfall passiert?«, wollte Katha wissen.

»So ganz genau kann ich dir das nicht sagen. Nur, was mir die Polizei erzählt hat. Und laut denen ist die Fahrschülerin wohl ungebremst in eine Kreuzung gefahren.«

»Wie kann das sein? Warum hat der Fahrlehrer nicht gebremst?«

Delf blickte zu Boden. Dann deutete er in Richtung Büro. »Das hat er. Zumindest wollte er bremsen. Allerdings …« Delf zögerte.

»Allerdings was?«

»Hakan hat das Fahrschulauto deines Vaters genommen. Und sagen wir so: Es war vermutlich kein menschliches Versagen.«

»Willst du damit sagen, dass …« Katha spürte, wie sich ein Entsetzen in ihr ausbreitete, das ihr schier den Atem raubte.

»… dass das Fahrzeug manipuliert worden ist? Ja, ich fürchte, so sieht es aus.« Delf sah sie mit düsterem Blick an.

6

»Aber mein Vater hatte doch keine Feinde. Wer zur Hölle sollte zu so etwas fähig sein?«

Nachdem die Polizisten gegangen waren, hatte Delf einen extra starken Kaffee gemacht, den Katha nun dringend brauchte, um sich zu beruhigen. Besonders viel hatte sie der Polizei nicht erzählen können. Die Beamten hatten sie gefragt, ob sie sich vorstellen könne, dass jemand ihrem Vater nach dem Leben trachtete und ob er je irgendwelche Schulden erwähnt habe. Katha hatte all diese Fragen verneint. Ihr Vater war das komplette Gegenteil von dem Mann, den die Polizisten mit ihren Fragen heraufbeschworen: Er war beliebt und erfolgreich. Die Fahrschule war immer gut gelaufen, sie hatten nie Geldprobleme gehabt. Katha fragte sich, wie die Polizisten darauf kamen. Aber vermutlich suchten sie händeringend nach Gründen, warum jemand ein Fahrzeug manipuliert haben könnte.

»Am besten wäre es, wenn wir die Fahrschule für eine Weile schließen«, sagte Katha und starrte auf die Ordner, Schütten und Unterlagen, die sie sich demnächst alle würde ansehen müssen.

Ihr Vater war noch nicht einmal beerdigt, geschweige denn hatte sie bisher die Zeit gefunden, ein Bestattungsunternehmen anzurufen.

»Ich kann mich um die Fahrschule kümmern, wenn du möchtest«, sagte Delf, als hätte er ihre Gedanken erraten.

»Können wir in dieser Situation denn überhaupt den Betrieb aufrechterhalten? Ich meine, es wird sich doch herumsprechen …«

»Es waren zwei Unfälle. Mehr gibt es dazu zunächst nicht zu sagen. Ich versuche einfach, so viele Fahrschüler zu betreuen, wie ich kann. Bis Hakan wieder fit ist. Klar, ein paar müssen jetzt geduldig sein, aber wenn wir schließen, dann verlieren wir diese Schüler ganz.«

Katha sah, dass Delf sie freundlich anlächelte. »Vielen Dank, das ist wirklich sehr nett von dir. Wahrscheinlich hast du recht.«

Delf legte seine Hand auf ihre. Die plötzliche Nähe fühlte sich merkwürdig an, aber nicht falsch.

»Ich weiß, wir kennen uns kaum. Aber wir beide haben … eine besondere Beziehung zu Matthias gehabt. Du bist seine Tochter, und ich will dir gerne helfen. Wenn ich dich auch abseits der Fahrschule irgendwie unterstützen kann, sag bitte Bescheid. Meine Nummer hast du ja.«

»Kannst du mir vielleicht sagen, wo man eine gute Pizza bekommt? Gibt es Da Alfredo noch?«

Delf grinste und nickte. »Ja, die Pizzeria gibt es noch.«

Als Katha eine halbe Stunde später beim Italiener um die Ecke stand und auf ihre Bestellung wartete, spielten ihre Gedanken verrückt. Warum sollte das Auto ihres Vaters manipuliert worden sein? Wer könnte seinen Tod wollen? Diese Fragen ließen ihr keine Ruhe. Immer wieder sah sie ihn den Abhang hinunterstürzen. Sie spürte, wie Tränen über ihre Wange liefen, die sie hastig wegwischte.

Wenn sie wieder in ihrem Elternhaus war, würde sie sich als

Erstes eine To-do-Liste schreiben. Sie musste klar strukturiert vorgehen, um nichts zu vergessen.

Ob ich tatsächlich irgendwann wieder Fahrschüler ausbilden kann?

Sie war so in ihre Gedanken vertieft, dass sie ihn nicht bemerkt hatte. Doch als er sich von einem Tisch erhob und langsam auf sie zukam, beschleunigte sich ihr Herzschlag derart, dass sie sich an der Theke stützen musste.

»Katha? Bist du es wirklich?«

Er war hier. Ausgerechnet jetzt. Der Klang seiner Stimme. Ihr wurde schwindelig.

»Du bist wieder da? Du bist tatsächlich hier.«

Als sie in sein Gesicht blickte, war er immer noch zu sehen. Dieser tiefe Schmerz in seinen Augen. Der Schmerz, den sie ihm zugefügt hatte.

»Frieder, schön, dich zu sehen. Wie geht es dir?«

O Gott, einen Small Talk mit ihm ertrage ich nicht.

»Ich habe das mit deinem Vater gehört. Mein Beileid. Das ist furchtbar.«

Katha nickte und spürte seinen forschenden Blick.

»Darf ich dich umarmen?«

»Frieder, bitte. Ich schaff das nicht … Es ist schwer genug, wieder hier zu sein.«

»Verstehe. Dann …« Er hielt inne, während ein Kellner die Pappkartons mit Kathas Bestellung auf den Tresen stellte.

»Oh, hast du Besuch, oder isst du das allein?«

»Ich muss jetzt gehen.«

»Wie lange bleibst du?«

»Das weiß ich noch nicht. Mach's gut, Frieder.«

Katha nahm hastig die Kartons und verließ schnellen Schrittes die Pizzeria. Frieders Blick spürte sie im Rücken, bis sie aus der Tür trat.

Eine Stunde später saß sie auf dem Sofa und hielt ein Glas Rotwein in der Hand. Zwei Stück ihrer Pizza mit Blattspinat und Schafskäse hatte sie gegessen, mehr schaffte sie nicht.

Ronja war nicht da. Sie hatte weder eine Nachricht hinterlassen, noch ging sie an ihr Handy.

Meine 13-jährige Nichte ist nicht zu Hause, und ich habe keinen blassen Schimmer, wo oder mit wem sie unterwegs ist oder ob sie sich vielleicht gerade irgendwo etwas antut.

7

»Scheiße! Was machen wir jetzt?«

Es war schiefgegangen, und sie alle wussten es. Tom schien den Tränen nahe zu sein. So hatte Ronja ihn noch nie gesehen.

»Ich war gleich dagegen!«, rief Chrissy durchs offene Fenster von der Rückbank.

»Jetzt bleibt mal cool! Wir stellen ihn einfach wieder in die Garage. Vielleicht merkt er gar nichts.«

Ronja starrte auf den dicken Kratzer im Lack. Sie hatte zu zittern begonnen. Trotzdem wollte sie sich nichts anmerken lassen.

»Dein Onkel kommt nie drauf, dass wir das waren. Woher auch? Wir sind Teenager, wir können kein Auto fahren.«

»Ja, offensichtlich können wir es nicht. Also vor allem du! Ich dachte, dein Opa ist Fahrlehrer«, sagte Tom und starrte Ronja vorwurfsvoll an. »Du hast gesagt, du kannst fahren!«

»Kann ich ja auch. Ich habe nicht gesagt, dass ich perfekt Auto fahren kann. Aber von euch hat sich ja auch keiner getraut. Und übrigens *war* er Fahrlehrer. Er ist tot, falls du es vergessen hast!«

»Fuck! Hört auf jetzt!« Safi rollte sich nervös eine Kippe. Dann wendete er sich zu Ronja. »Bruder, das gibt echt Stress. Ich will damit nichts zu tun haben. Ich habe eh schon richtig Ärger mit meinen Alten. Wegen Edeka.«

»Nenn mich nicht immer Bruder, Alter! Wenn schon, dann wenigstens Schwester oder Sis. Und lass mich ziehen, wenn du fertig gedreht hast.«

»Du willst jetzt echt kiffen? Und wer fährt zurück? Willst du noch einen richtigen Crash bauen? Du bist ja nicht ganz dicht, Ronja.«

»Wir fahren zurück und stellen den Wagen wieder in die Garage von Toms Onkel. Er wird es gar nicht merken. Vielleicht denkt er, er war es selbst … oder jemand anders hat ihn angefahren. Auf dem Parkplatz oder so.«

»Laber keinen Scheiß, Ronja. Mein Onkel killt uns. Du hast ja keine Ahnung«, sagte Tom, der mittlerweile wieder vor dem Auto stand.

Ronja starrte auf den Dodge. Und auf den Stein, den sie beim Abbiegen nicht gesehen hatte. Und auf die Beule und die tiefen Furchen im mattgrauen Lack. Sie blickte die Straße hinunter. Es war dunkel, und weit und breit war niemand zu sehen.

»Lasst uns jetzt zurückfahren, bevor jemand kommt. Noch hat keiner was gemerkt.«

Zumindest hoffe ich das, dachte Ronja und blickte sich nochmals um. Vielleicht stand irgendwo jemand hinter einer Gardine und hatte bereits die Bullen gerufen. Vier Dreizehnjährige mit einem Dodge Challenger waren nicht gerade unauffällig.

»Okay, lass abhauen! Und mach den Scheiß aus. Das gibt Krebs«, brüllte Tom Safi an, der sich gerade den Joint angezündet hatte.

»Krebs ist aktuell meine kleinste Sorge, Bruder«, sagte Safi, drückte den Joint trotzdem auf der Straße aus und steckte ihn dann vorsichtig in seine Hosentasche.

Ronja setzte sich währenddessen wieder hinters Steuer und startete den Wagen. Ihr zitterten die Knie.

»Schaffst du es heute noch? Oder brauchst du erst noch eine Fahrstunde?«, blaffte Tom.

»Jetzt lass sie schon in Ruhe«, sagte Chrissy von der schmalen Rückbank. Ronja konnte über den Rückspiegel sehen, wie Chrissy und Safi tuschelten.

Konzentrier dich! Schalthebel auf R stellen und langsam zurückfahren. Mit Gefühl.

Augenblicklich hatte sie die Stimme ihres Großvaters im Kopf. Vor einem halben Jahr hatte er mit ihr das Anfahren auf dem Verkehrsübungsplatz geübt. Natürlich erst, nachdem sie wochenlang gebettelt hatte. Wahrscheinlich hatte er es aus Mitleid getan. Schließlich war sie ja eine Vollwaise.

Ich hasse dieses Wort.

Dass sie fahren konnte, war natürlich übertrieben, aber ihre Freunde hatten die Idee, mit dem Dodge eine Spritztour zu machen, geil gefunden. Eigentlich war es Toms Vorschlag gewesen. Es ärgerte ihn, dass sein Onkel ihn nie im Dodge mitnahm, obwohl er wusste, wie cool Tom den Wagen fand. Als Ronja erzählte, dass sie mit ihrem Opa Autofahren übte, war die Idee geboren worden. Dass sie das Ende der Motorhaube nicht sehen konnte, hatte sie verschwiegen. Auch, dass sie lediglich gegoogelt hatte, wie die Schaltung in einem Automatik-Fahrzeug funktioniert.

Der Wagen rollte langsam zurück, und Ronja schaffte es, den Dodge ohne weitere Vorfälle zurück in die Garage zu stellen.

»Ich geh jetzt heim«, sagte Chrissy und klemmte sich ihre Glitzer-Handtasche unter den Arm.

»Wir gehen am besten alle heim. Und ey, die Sache ist nie passiert. Wenn irgendwer fragt – wir wissen von nichts. Check?«

Tom blickte in die Runde. Chrissy und Safi nickten, Ronja schließlich auch.

»Check!«

Sie ließen ihre Fäuste gegeneinanderkrachen, schlossen das Garagentor und entfernten sich in verschiedene Richtungen. Ronja schnappte sich ihr Fahrrad und fuhr die schwach beleuchtete Straße entlang. Die Strecke führte über einen dunklen Feldweg, vorbei am Schützenhaus, in dem gerade die Vereinsmitglieder übten. In ihrer Hosentasche vibrierte es – nicht zum ersten Mal. Sie konnte sich denken, wer es war. Vor über zwei Stunden hätte sie schließlich zu Hause sein sollen – zumindest nach der Vorstellung ihrer Tante Katha.

Bin um 20 Uhr mit Pizza zurück. Ich würde gerne mit dir in Ruhe über alles sprechen, hatte auf dem Zettel gestanden, den sie ihr hinterlassen hatte.

Wen interessiert, was du willst?

Es gab niemanden mehr, der ihr etwas zu sagen hatte. Vielleicht war das am Ende auch was Gutes. Immerhin war sie schon dreizehn Jahre alt und um einiges weiter als viele ihrer Klassenkameraden. Und auf keinen Fall würde sie sich von ihrer Tante Katha herumkommandieren lassen.

8

»Wo könnte Ronja sein?« Katha hatte sich voller Sorge zu Ursel aufgemacht.

Ursel stand in einer dünnen Jacke in ihrer Haustür.

»Das kann ich dir nicht sagen, Katharina. Ich weiß, dass sie eine gute Freundin hat, die in Bempflingen wohnt. Wie hieß die noch gleich?« Ursel überlegte. »Also ich weiß, dass es ein Mädchen ist, mit der sie zur Schule geht. Vielleicht ist sie bei ihr.«

»Aber du weißt nicht, wie sie heißt?«

Ursel schüttelte den Kopf. »Nein, leider nicht. Ich habe es wohl vergessen.«

Katha stützte die Hände in die Hüften, warf den Kopf zurück und holte tief Luft. Ihre Unterlippe begann zu beben.

Reiß dich zusammen!

»Willst du vielleicht reinkommen? Ich mache uns einen Tee«, schlug Ursel vor. »Vielleicht finde ich den Namen des Mädchens irgendwo. Ich habe mir das sicher mal notiert.«

»Nein, schon in Ordnung. Du kannst ja rüberkommen, wenn dir doch noch was einfällt.« Ein Handyklingeln ließ Katha innehalten.

»Das wird sie wohl sein«, sagte Ursel und nickte Katha aufmunternd zu.

Doch als Katha auf das Handy-Display schaute, stand dort eine unbekannte Nummer mit Reutlinger Vorwahl.

»Katharina Holten?«

»Guten Abend, Frau Holten. Saskia Kraft vom Polizeipräsidium Reutlingen. Tut mir leid, dass ich Sie spät noch stören muss, aber es gab leider einen Vorfall, über den ich Sie informieren muss.«

Kathas Herzschlag setzte einen Moment lang aus. Alles um sie herum schien sich plötzlich wie in Zeitlupe zu bewegen.

»Geht es um … Ronja?« Ihre Stimme zitterte.

»Um Ronja? Frau Holten, darf ich fragen, wer das ist und wie Sie auf die Idee kommen?«, fragte die Beamtin.

»Ronja ist meine dreizehnjährige Nichte. Sie ist noch nicht zu Hause. Und ich weiß ehrlich gesagt nicht, wo sie ist.«

»Ich kann Sie beruhigen, um Ihre Nichte geht es nicht. Sie taucht hoffentlich bald auf. Wenn nicht, können Sie sich jederzeit bei mir melden. Dass ich Sie anrufe, hat einen anderen Grund. Es geht um Delf Wagner.«

»Was ist mit ihm? Sagen Sie nicht, er hatte einen Autounfall!«

»Nein, das nicht. Aber er wurde vor der Fahrschule Ihres Vaters brutal zusammengeschlagen. Er bat uns, Sie anzurufen.«

9

Nachdem ihr die Beamtin von dem Angriff auf Delf vor der Fahrschule berichtet hatte, versuchte Katha vergeblich, ihn zu erreichen. Sie konnte ihm jedoch lediglich eine Nachricht per WhatsApp hinterlassen. Frustriert legte sie ihr Smartphone zur Seite, als sie hörte, wie die Haustür geöffnet wurde. Plötzlich spürte sie, wie Wut in ihr aufflammte.

»Kannst du mir sagen, wo du jetzt herkommst? Und warum gehst du nicht an dein Handy?«, fuhr sie Ronja an.

Ronja stand im Hausflur und schwieg. Katha scannte ihre Nichte von Kopf bis Fuß und versuchte, sich zu beruhigen.

Zumindest ist sie wohlauf.

»Ronja, ich weiß, dass das alles schwer für dich ist, aber es ist fast Mitternacht, und ich konnte dich weder erreichen, noch hatte ich irgendeinen blassen Schimmer, wo du dich rumtreibst. Obendrein hast du morgen Schule. Ich habe mir wahnsinnige Sorgen gemacht.«

»Darf ich vielleicht erst mal reinkommen? Du bist außerdem nicht meine Mutter. Du hast mir echt gar nichts zu sagen.«

»Ronja, können wir bitte reden? Ich bin vielleicht nicht die Tante, die du dir gewünscht hättest, aber ich bin auch erst sechsundzwanzig Jahre alt …«

»Ja, sorry, dass ich dir dein Leben verpfusche! Von mir aus kannst du auch einfach wieder gehen.« Ronja zwängte sich an ihr vorbei.

Diesmal entgehst du mir nicht, dachte Katha und packte ihre Nichte am Arm.

»Sag mal, geht's noch?«

Bevor sie weitersprechen konnte, zog Katha ihre Nichte an sich und nahm sie in die Arme. Ronja wehrte sich heftig und versuchte sich aus der Umarmung zu befreien, doch Katha ließ es nicht zu.

»Es tut mir leid«, flüsterte sie ihr zu. »Du hast mit allem recht. Ich hätte dich nicht im Stich lassen dürfen. Ich hätte wissen müssen, wie du dich fühlst. Aber ich verspreche dir, dass ich *jetzt* für dich da bin – *für immer*.«

Es waren die Worte, die ihr auf der Seele gelegen hatten und die sie sich mit dreizehn Jahren von ihrer Schwester Lisa gewünscht hatte.

Ronjas Gegenwehr wurde schwächer, und Katha spürte, wie ihre Nichte sich allmählich auf ihre Umarmung einließ.

»Wir müssen zusammenhalten. Ich bleibe bei dir und gehe nicht mehr weg. Versprochen.« Jedes Wort fühlte sich an, als beschwöre sie sich selbst. »Wir schaffen das, irgendwie. Gemeinsam.«

Ronja erwiderte nichts, doch Katha ahnte, dass der Bann gebrochen war.

Trotz der fortgeschrittenen Zeit aßen sie dann noch die kalte Pizza zusammen. Auch wenn Katha die meiste Zeit sprach, spürte sie, dass Ronja ihr immerhin zuhörte, und irgendwie hatte sie das Gefühl, dass sich irgendwo hinter dem Gothic-Make-up ihrer Nichte noch immer das fröhliche und großartige Mädchen von früher befand.

Weit nach Mitternacht stand Katha im Bad und putzte sich die Zähne. Beim Blick in den Spiegel bemerkte sie die dunklen

Ringe unter ihren blauen Augen. Rote Äderchen zogen sich durch das Weiß. Erschöpft strich sie sich eine dunkelblonde Strähne hinters Ohr. Kurze Zeit später schlug Katha ihre Bettdecke zurück und machte es sich in ihrem alten Bett bequem. Sie war erschöpft und hoffte, Schlaf zu finden. Als sie den Wecker ihres Smartphones auf 6:30 Uhr stellte, sah sie, dass Delf geantwortet hatte.

Liebe Katha, danke für Deine Nachricht. Kannst Du morgen vielleicht bei mir vorbeikommen? Und Du musst bitte unbedingt eine Fahrschülerin von mir übernehmen, wenn das möglich ist. Ich schick Dir gleich noch meine Adresse. Sagen wir 10 Uhr?
Gute Nacht, Delf.

O nein! Der Gedanke, eine Fahrstunde geben zu müssen, würde ihr Alpträume bescheren. Da war Katha sich absolut sicher, bevor sie überhaupt ein Auge zugetan hatte.

10

Als der Wecker klingelte, war es fast eine Erlösung. Katha hatte kaum geschlafen, sich stundenlang von einer Seite auf die andere gewälzt. In ihrem Kopf herrschte keinen Moment lang Ruhe.

Sie leistete Ronja beim Frühstück Gesellschaft und kümmerte sich dann endlich um einen Termin beim Bestatter. Später fuhr sie zu ihrem früheren Lieblingsbäcker. Hier gab es nicht nur die besten Brötchen, sondern auch perfekte Brezeln. Nicht zu hart und nicht zu weich, mit genau der richtigen Menge an Salz.

Während Katha wieder ins Auto stieg, öffnete sie die Papiertüte und schnupperte hinein. Das hatte ihr in Berlin tatsächlich immer gefehlt: frische Laugenbrötchen und Brezeln.

Delf wohnte in einem Mehrfamilienhaus ganz in der Nähe der Fahrschule. Als er die Tür zu seiner Wohnung öffnete, hielt Katha ihm die Bäckertüte entgegen. »Frühstück?«, fragte sie, ließ aber die Tüte sogleich wieder sinken. Sein rechtes Auge war dick zugeschwollen, und die Farben, die sein Gesicht zierten, reichten von Hellrot bis Lila direkt unter dem Auge.

»O mein Gott, du siehst furchtbar aus«, sagte Katha.

»Ich habe zwei Ibuprofen genommen. Es sieht schlimmer aus, als ich mich fühle. Danke, dass du gekommen bist.«

Katha trat ein, folgte ihm durch den Flur und weiter in die Küche, in der ein Tisch mit vier Stühlen stand. Die Wohnung war pragmatisch eingerichtet. Das Nötigste war vorhanden, wohnlich war es allerdings kaum.

Delf setzte sich vorsichtig auf einen Stuhl. Er stöhnte dabei und presste eine Hand auf die Rippen.

»Tut wohl doch noch weh, oder? Darf ich?« Katha deutete auf die Kaffeemaschine.

Delf nickte. »Ein paar Rippen sind vermutlich geprellt«, erklärte er.

»Willst du mir erzählen, was genau passiert ist?«

»Es muss so kurz nach zweiundzwanzig Uhr gewesen sein. Ich hatte gerade meine Nachtfahrt mit Larissa beendet. Nachdem sie gegangen war, habe ich noch meinen Tagesnachweis ins Büro gelegt und wollte dann gehen. Beim Abschließen traf mich plötzlich etwas Hartes am Hinterkopf. Irgendein Typ hatte es offensichtlich auf mich abgesehen. Er hat mich am Eingang zusammengeschlagen.«

»Konntest du den Mann erkennen?«

»Leider nicht. Er war maskiert. Alles, was ich sehen konnte, war, dass er von durchschnittlicher Statur war, nicht dick, nicht dünn, weder besonders groß noch klein. Er stank aber ziemlich nach Alkohol. Mehr kann ich nicht sagen. Auf jeden Fall konnte der Kerl ziemlich hart zuschlagen.« Delf rang sich ein Lächeln ab.

»Und was wollte er von dir? Geld? Oder wollte er in die Fahrschule?«

»Keine Ahnung. Zumindest hat er weder mein Handy noch meinen Geldbeutel mitgehen lassen. Und er hat mich auch nicht aufgefordert, wieder aufzuschließen.«

»Aber das ergibt doch überhaupt keinen Sinn. Wieso schlägt

dich jemand vor der Fahrschule grundlos zusammen? Ich meine, erst mein Vater, dann Hakan und jetzt du?«

Katha drückte den Schalter der Kaffeemaschine, und das Wasser begann in den Filter zu tropfen.

»Keine Ahnung. Ich kann es mir auch nicht erklären.«

Delf starrte ins Leere.

»Darf ich dich was fragen?«, erkundigte sich Katha.

»Natürlich.«

»Mein Vater. Wie ging es ihm? Also in letzter Zeit, meine ich. Vor dem Unfall.«

Delf blickte sie einen Moment lang an und schien zu überlegen. »Hattet ihr denn keinen Kontakt?«

»Kaum.«

»Na ja, er war eigentlich wie immer. Wobei ... seit ein paar Wochen war er ziemlich angespannt.«

»Und wie hat sich das geäußert?«

»Ich hatte einfach oft das Gefühl, dass er nicht richtig zuhört. Außerdem hat er Absprachen vergessen und wirkte irgendwie ... nervös. Außerdem hatte ich das Gefühl, dass er heimlich mit jemandem telefoniert. Ich bin ein-, zweimal dazugekommen, aber dann legte er immer schnell auf. So, als hätte er etwas zu verbergen.«

Katha erinnerte sich daran, dass ihr Vater es schon früher nie gemocht hatte, wenn man ihm beim Telefonieren zuhörte. Vielleicht war das noch immer so und hatte nichts zu bedeuten.

»Und wie geht es dir?«, fragte Delf.

»Na, wie soll es mir schon gehen ... Ich fühle mich schlecht, weil ich mich so wenig bei meinem Vater gemeldet habe. Ich habe im Moment alle Hände voll zu tun und muss mich um meine pubertierende Nichte kümmern, dabei habe ich echt keine Ahnung, wie man so was macht.«

Delf grinste sie an. »Ich glaube, niemand weiß wirklich, wie man mit Teenagern umgeht. Mach dir keine Gedanken, das regelt sich bestimmt.«

»Wir beide sind in einem ähnlichen Alter, oder?«, wollte Katha wissen.

»Ich bin sechsundzwanzig«, erwiderte Delf.

»Genau wie ich.«

Delf nahm sich eine Brezel und biss vorsichtig hinein. Sein Kiefer schien zu schmerzen.

»Katharina, ich weiß, du hast gerade viel um die Ohren. Aber meine Fahrschülerin liegt mir echt am Herzen. Von deinem Vater weiß ich, dass du eine tolle Fahrlehrerin warst. Kannst du bitte heute mit ihr fahren? Sie macht morgen ihre praktische Prüfung.«

Kathas Magen zog sich schmerzhaft zusammen. »Kann man die Prüfung nicht verschieben?«

»Ich habe ihr versprochen, dass sie ihren Führerschein hat, bevor sie ins Ausland geht. Ab nächster Woche ist sie für ein Jahr in Wales. Sie will dort auf einer Husky-Ranch arbeiten.«

Verdammt! Aber ich kann keine Fahrstunde geben! Ich kann nicht!

»Willst du denn nicht wieder als Fahrlehrerin arbeiten? Oder willst du die Fahrschule etwa aufgeben?«

»Das weiß ich noch nicht. Ich habe nur sehr kurz in diesem Beruf gearbeitet. Mir fehlt einfach die Erfahrung.«

»Dann ist Larissa der perfekte Wiedereinstieg. Sie fährt super. Sie wird die Prüfung bestimmt bestehen. Aber sie sollte noch einmal das Einparken und die Vollbremsung üben.«

Katha füllte den mittlerweile durchgelaufenen Kaffee in zwei Tassen. Auf einer stand »TÜV Süd«, sie reichte sie Delf.

»Vielleicht sollten wir die Fahrschule erst einmal schließen, oder nicht?«

Delf schüttelte den Kopf, während er den heißen Kaffee entgegennahm. »Dann verlieren wir den gesamten Kundenstamm. Das können wir uns nicht leisten. Außer du willst, dass wir alle arbeitslos werden.«

»Ich hab keine Ahnung, was ich will. Mir geht das alles zu schnell. Letzte Woche habe ich noch ein komplett anderes Leben geführt.«

»Tut mir leid. Ich habe es nicht so gemeint. Ist am Ende auch deine Entscheidung.«

Delf nahm einen Schluck Kaffee und starrte gedankenverloren in seine Tasse.

Katha schaute Delf an und musste unwillkürlich an Hakan, den anderen Fahrlehrer, denken, den es noch schlimmer erwischt hatte. War sie es diesen Menschen nicht schuldig, ihnen den Arbeitsplatz zu erhalten? Und was hätte ihr Vater wohl gesagt, wenn sie die Fahrschule einfach verkaufen würde? Es war schließlich sein Lebenswerk.

»Okay«, sagte sie schließlich, »ich mache es. Schick mir die Nummer deiner Fahrschülerin. Aber beeil dich, bevor ich es mir anders überlege.«

11

Das Erste, was sie empfand, war Kälte. Von allen Seiten. Es war eine unangenehme, feuchte Kälte, eine, die in jede Ritze kroch. Dann kam der Schmerz. In ihrem Schädel stach und dröhnte es, wie sie es noch nie zuvor erlebt hatte. Nicht einmal, als dieser Typ sie geschlagen hatte. Außerdem kam der Schmerz diesmal von innen. So, als habe sie zu viel Alkohol getrunken und einen Kater, nur etwa zehnmal so schlimm. Hatte man ihr vielleicht Drogen gegeben? Langsam versuchte sie, die Augen zu öffnen. Selbst das tat weh. Mit ihren Händen ertastete sie einen Steinboden. Kalt. Und feucht. Die Wand neben ihr fühlte sich genauso an. Ihre Augen waren geöffnet, doch sehen konnte sie nichts. Nur verschwommen nahm sie weit entfernt ein Licht wahr. Sie versuchte, sich aufzusetzen, ihre Kraft reichte jedoch nicht aus. Ihr Arm zitterte vor Anstrengung, und ihr Puls schlug immer schneller. Es dröhnte und pochte in ihrem Kopf.

Irgendetwas roch eklig. War sie das selbst? Vielleicht.

Unter großer Anstrengung schaffte sie es endlich, sich an die Wand zu lehnen. Am Hinterkopf spürte sie eine schmerzhafte Beule.

Wo bin ich, verdammt?

Das Letzte, an das sie sich erinnerte, war ihr Auto auf dem Parkplatz am Supermarkt. Und … JONATHAN! Sie hatte das Baby gerade im Maxi Cosi auf dem Beifahrersitz angeschnallt, als …

Was ist mit Jonathan?, *schrie es in ihr*, wo ist mein Kind?

Ein neuer, noch heftigerer Schmerz breitete sich in ihr aus, der sie die physischen Leiden augenblicklich vergessen ließ.

Plötzlich wurde es heller. Konnte das sein, oder gewöhnte sie sich nur langsam an die Dunkelheit? Hektisch suchte sie mit ihren Augen die Umgebung ab und blieb wie gebannt an dem metallenen Glänzen hängen: Gitterstäbe!

Sie befand sich in einer Zelle. Definitiv. Kein Zweifel. Eine Liege, ein Eimer, Steine oben, unten und an den Wänden und zu einer Seite Gitterstäbe. Alles zeichnete sich immer deutlicher ab, auch weil das Licht konstant näher kam.

Vor den Gitterstäben, die zu ihrem Kerker führten, stand nun ein Mann, der sie ruhig betrachtete. Er war groß, schlank, und eine furchtbare Narbe entstellte sein Gesicht. Irgendetwas stimmte nicht mit dessen ganzer linker Hälfte, aber noch viel unheimlicher war sein Gesichtsausdruck.

War das etwa Freude? Oder Mitgefühl?

In seiner Hand befand sich die Lampe, die den Raum erleuchtete.

»Wo ist mein Baby? Was haben Sie mit meinem Baby gemacht?«

Der hagere Mann lächelte. »Du wurdest auserwählt.«

Regungslos blieb er stehen und betrachtete sie, während sie versuchte, ihm fest in die Augen zu blicken.

»Für was? Was soll das?«

Sie wunderte sich, dass sie überhaupt in der Lage war, mit diesem Mann zu sprechen, der sie offensichtlich betäubt, entführt und eingesperrt hatte.

»Das wirst du noch erfahren. Ich wollte nur sehen, wie es dir geht und ob du etwas brauchst. Wasser?«

»Bitte … bitte lassen Sie mich gehen«, begann sie zu betteln. »Ich werde Sie auch nicht bei der Polizei anzeigen. Sie werden nie wieder

etwas von mir hören. Aber bitte lassen Sie mich zu Jonathan. Mein kleines Baby braucht mich.«

Der Mann kam näher an die Gitterstäbe und reichte ihr eine Flasche Wasser. Sein Blick ging ihr durch Mark und Bein, während er erneut sein unheimliches Lächeln aufsetzte.

»Das weiß ich doch, Corinna, dass dein Kind dich braucht. Aber ich brauche dich noch mehr.«

12

Vor dem Haus der Fahrschülerin stand das Fahrschulauto. Mit Katha auf dem Beifahrersitz. Nur Grundfahrübungen wiederholen, hatte Delf gesagt.

Nur. Als wenn das etwas ändern würde.

Ihr war es egal, ob sie mit dieser Fahrschülerin das Einparken, die Vollbremsung oder eine Fahrt durch die Stadt absolvierte. Bloß wieder in einem Fahrschulauto zu sitzen ließ ihr Herz galoppieren.

Katha versuchte, noch schnell eine Nachricht an Ronja zu tippen, doch ihr zittriger Finger traf ständig den falschen Buchstaben.

Sie bereute, dass sie zugesagt hatte. Und sie bereute, dass sie ihre Therapie abgebrochen hatte. Nach dem Vorfall damals hatte sie so schnell wie möglich wieder ein normales Leben führen wollen, statt einmal pro Woche alles wieder heraufzubeschwören. Allein darüber zu sprechen, was ihr widerfahren war, kostete sie so viel Kraft, dass sie danach für den Rest des Tages nicht mehr zu gebrauchen gewesen war. Dazu noch über den frühen Tod ihrer Mutter sprechen zu müssen, hatte ihr genauso wenig behagt. Die Auseinandersetzung mit ihrer Vergangenheit und dem Trauma waren einfach zu viel gewesen. Jetzt, zitternd und mit einem Schweißfilm auf der Haut, sah sie das plötzlich anders.

Die Fahrertür öffnete sich, und ein blondes Mädchen stieg ein.

»Hallo, ich bin Larissa.«

»Hi, ich bin Katha. Ich vertrete Delf heute, aber das habe ich dir ja schon geschrieben.«

»Und morgen? Wer fährt mit mir dann die Prüfung?«

Katha schluckte. »Na ja, entweder er oder ich.«

Definitiv nicht ich!

»Jetzt fahren wir erst mal los. Ich habe gehört, dass du noch einmal die Grundfahrübungen machen möchtest? Sollen wir dann mit dem Einparken anfangen?«

»Klar.«

Larissa startete den Wagen, und Katha dirigierte sie Richtung Supermarktparkplatz. Kathas Bein wippte nervös, während sie über die Innen- und Außenspiegel den Verkehr beobachtete.

»Beim Edeka-Schild links auf den Parkplatz fahren«, sagte Katha, und Larissa führte in der richtigen Reihenfolge den Blick in den Innen- und Außenspiegel, das Blinken und den Schulterblick durch, bevor sie auf den Parkplatz abbog.

»Sehr gut«, sagte Katha und versuchte routiniert zu klingen. »Da vorne links bei dem silbernen Mazda kannst du mal vorwärts einparken. Zwischen dem silbernen SUV und dem weißen Fiat 500.«

Larissa steuerte den Parkplatz an und versuchte, direkt in die Lücke hineinzufahren. Katha schüttelte den Kopf. Sie musste an den besten Einparktrick denken, den ihr Vater ihr gezeigt hatte. Delf kannte ihn anscheinend nicht.

»Du hast zu früh angefangen, nach links zu lenken. So kommst du nicht gut rein. Fahr noch mal rückwärts wieder raus.«

Larissa legte den Rückwärtsgang ein und fuhr wieder in die Ausgangsposition zurück.

»Roll noch ein Stück weiter nach vorne, so lange, bis deine Schulter auf der Höhe vom Anfang der freien Parklücke ist. Dann schlägst du voll links ein und fährst vor. Dann stehst du direkt hinter dem Fiat. Du lenkst also so, als wolltest du in den Parkplatz vom Fiat selbst einparken.«

»Aber warum?«

»Wenn du so stehst, lenkst du genau in die andere Richtung bis zum Anschlag und fährst zurück. Und schon stehst du perfekt vor der Lücke, in die du eigentlich hineinwillst. Du brauchst dann nur noch gerade zu lenken, den ersten Gang einzulegen und in die Lücke zu fahren. Versuch es mal.«

Larissa führte den Vorschlag durch und starrte sie kurz darauf mit großen Augen an.

»Das ist ja viel einfacher! Wieso hat mir Delf das so nicht gezeigt?«

»Nicht jeder kennt offensichtlich diesen Trick. Du gehörst jetzt zum erlauchten Kreis.«

Katha lächelte und vergaß für einen Moment beinahe, dass sie eigentlich gerade Höllenqualen durchlebte. Ja, eigentlich war sie doch eine passable Fahrlehrerin. Plötzlich erstarrte sie, als sie zum Eingang des Supermarktes blickte.

Das ist er nicht. Das denkst du nur, weil du in einem Fahrschulauto sitzt.

Ihr Puls beschleunigte sich.

»Park wieder aus, wir suchen uns noch eine Stelle, an der du das noch mal üben kannst, bevor wir mit dem rückwärts Einparken weitermachen«, sagte sie zu Larissa. Sie schloss die Augen und zählte bis drei. Als sie sie wieder öffnete, war sie sicher: Aus dem Eingang war ein junger Mann gekommen, den sie kannte, er trug ein Sixpack Bier unter dem Arm und lief in ihre Richtung.

Er ist es nicht.

Er kann es nicht sein.

Doch es war der Mann, der ihr Leben vor drei Jahren zerstört hatte. Sie erkannte ihn.

Und er sie.

13

Ronja steckte ihr Handy wieder in die Hosentasche. Sie schulterte ihren Rucksack und ging durch den Schulflur in Richtung Ausgang. Den Kunstunterricht konnte sie locker schwänzen.

Tom hatte sie, Chrissy und Safi einbestellt, und zwar beim Döner-Mann ihres Vertrauens. Ronja konnte das Schulgelände ungesehen verlassen und lief am Neckar entlang, eine Abkürzung zur Dorfmitte. Der Fluss glitzerte im Sonnenschein, irgendwo in den Bäumen stritten zwei Krähen. Sie setzte die Kopfhörer auf und spielte ihre Lieblings-Heavy-Metal-Band ab: *Bring Me the Horizon.*

Dieser Krisenrat, wie Tom es genannt hatte, konnte sich nur um ein Thema drehen: den Dodge! Sie fragte sich, was ihre Tante Katha wohl sagen würde, wenn sie plötzlich eine Rechnung von mehreren hundert Euro übernehmen musste. Wenn das überhaupt reichte. Sie hatte ehrlicherweise keine Ahnung von Autos oder was Reparaturen so kosteten.

Während sie am Flussufer entlangging, bemerkte sie den Schatten hinter sich erst, als er ihr kräftig an die Schulter griff.

»Shit!« Entsetzt wandte sie sich um.

Noch mit dem Doublebass im Ohr, starrte sie in Safis rundes Gesicht.

»Es gibt Döner!« Safi strahlte sie an.

»Weißt du nicht, dass man Menschen, die gerade Musik hören, nicht so erschrecken darf?«

»Das nennst du Musik?«

»Halt die Fresse.«

Ronja steckte die Kopfhörer wieder in ihren Rucksack.

»Dir ist klar, dass sich Tom nicht einfach so zum Döner essen mit uns treffen will, oder?«

»Wie jetzt?«

»Du solltest echt weniger kiffen, Safi.«

»Du kiffst doch selber.«

»Ja, aber nicht so oft wie du … Ist auch egal.«

»Meinst du, Toms Onkel hat es rausgekriegt?«

»Denk schon.«

Ronjas Handy vibrierte in ihrer Gesäßtasche. Nachdem sie einen Blick darauf geworfen hatte, sagte sie: »Meine Tante hat anscheinend auch was geraucht.«

Sie zeigte Safi die Nachricht, der wiederum versuchte, sie laut vorzulesen: »Akes gzs bei dibm …?«, und brach dann ab.

Safi schüttelte den Kopf. »Was läuft denn mit der falsch, und wann ist bitte neunundzwanzig Uhr, Bruder?«

Ronja lachte und zog das Handy wieder zurück.

»Die sollte sich mal besser eine Autokorrektur einrichten.«

Trotz des Buchstabensalats konnte sich Ronja denken, was ihre Tante ihr mitteilen wollte.

Alles gut bei dir? Ich bin heute länger in der Fahrschule, aber spätestens um 20 Uhr zurück.

»Wo ist eigentlich Chrissy? Ihr habt doch zusammen Bio?«, fragte Safi.

»Die war heute gar nicht da, die ist krank, hat sie geschrieben.«

Sie gingen weiter Richtung Dönerladen. Ronja überlegte, wie sie selbst das Geld zusammenkratzen könnte, um den Schaden zu bezahlen. Sie hatte etwas gespart, knapp hundert Euro, aber das würde ganz sicher nicht reichen.

»Da kommt Tom«, sagte Safi, und Ronja spürte seinen Ellbogen in der Seite.

»Ja, schon gut. Ich bin nicht blind.«

»Fuck! Hat der ein blaues Auge?«, fragte Safi. Als sie näher kamen, bestätigte sich der Verdacht.

»Du siehst echt scheiße aus, Tom! Bist du gegen eine Faust gelaufen? Oder wolltest du mal wieder den Fußball mit dem Auge ins Tor schießen?«, fragte Safi, und Ronja war klar, dass er den Ernst der Lage wie so oft nicht kapierte.

»Was ist passiert?«, fragte Ronja.

»Was passiert ist? Mein Onkel hat es gecheckt. Der ist stinksauer. Und ihr wisst echt nicht, was das heißt.«

»Shit.«

»O fuck, meine Eltern drehen durch. Seit ich bei Edeka das Bezahlen vergessen hab, sind die eh super sauer. Noch ein Ding und die stecken mich in so ein Scheißinternat.«

»Chill mal, das können die sich gar nicht leisten«, sagte Ronja, als neben ihnen plötzlich ein mattblauer Range Rover hielt.

»Scheiße, Tom, was soll das?«, brüllte Ronja. »Hast du uns etwa verpfiffen?«

Auf der Beifahrerseite wurde das Fenster heruntergelassen. Toms Onkel saß am Steuer, neben ihm ein ungepflegt aussehender Mann mit dunklem Dreitagebart, schlechten Zähnen und goldenen Ohrringen. Er grinste.

»Steigt ein, ihr Scheißbälger!«, sagte Toms Onkel. Seine Augen funkelten wütend.

»Tut mir leid, aber ich hatte keine Wahl«, sagte Tom, ehe er als

Erster in den Wagen stieg. »Ich musste es ihm sagen. Sorry, Ronja. Aber er wollte wissen, wer gefahren ist.«

»So eine verdammte Scheiße«, fluchte Ronja leise und stieg dann ebenfalls ein. Nur Safi blieb wie versteinert stehen.

»Du auch, Dönerkind!«, befahl der Onkel.

Schließlich ergab sich Safi und stieg ein. Zu dritt hockten sie auf der Rückbank, und keiner traute sich, etwas zu sagen. Toms Onkel drehte sich zu ihnen um und musterte sie der Reihe nach.

»Ihr meint also, ihr könnt euch einfach so mal eine Karre im Wert von knapp achtzigtausend Euro ausleihen, sie schrotten und dann wieder zurückstellen, als wäre nichts gewesen? Da muss ich euch enttäuschen. So einfach läuft das nicht. Ich sage nur ›Auge um Auge‹.«

Er zwinkerte ihnen zu, drehte sich wieder nach vorn und gab mächtig Gas.

14

»Sie kenned die Bruschtgröße von Ihrer Frau ned?« Die Verkäuferin warf ihm einen verächtlichen Blick zu. »Also wissed Se, dô gibts halt scho große Onderschiede. Die Haubengröße kann sich sogar im Laufe der Abpompzeit veränd'ra, henn se des g'wisst? Ha wahrscheinlich net, wenn se edd a môl die Bruschtgröße von ihrer Frau kenned.«

Die kleine, rundliche Frau blickte ihn fragend an. »Ja, isch's eher so a Handvoll, also ihr Hand, oder meh oder weniger?« Sie formte mit ihren Händen Kreise in der Luft.

»Eher weniger.«

Die Verkäuferin verdrehte die Augen, griff dann ins Regal und zog eine leuchtend gelbe Packung heraus. »I würd Ihne die dô empfehla. Des isch die Medela Harmony. Da machet Se nix falsch. Koscht 29,99 Euro. Die isch leis, dô kô Ihr Frau au im Bett abpompa. Ond Sie könnet in Ruhe schlôfa, des g'fällt Ihne jô sicher, oder?«

Sie hielt ihm die Packung entgegen. Er griff danach und bedankte sich höflich. Noch länger hätte er das Gespräch sowieso nicht ertragen. Nicht, dass er es nicht gewohnt war, er lebte schließlich schon seit seiner Kindheit auf der Schwäbischen Alb. Er schätzte aber eher die Landschaft und die Abgeschiedenheit. Menschen im Allgemeinen waren nicht sein Fall. Es gab nur wenige Personen, die er in seiner Umgebung ertrug. Eine davon hatte er früh verloren, seither war er auf der Suche nach einem Ersatz.

Nachdem er die Milchpumpe bezahlt und die Vierzig-Minuten-Strecke auf der Landstraße zurückgelegt hatte, betrat er das alte Bauernhaus, das er vor sieben Jahren gekauft hatte. Das Haus gehörte zu einem ehemaligen Gestütshof, und der nächste Nachbar lebte kilometerweit entfernt. Keine einfältigen Bauern, keine jungen Pärchen, die von der Stadt aufs Land gezogen waren, oder einsame Hausfrauen, die mit ihm Freundschaft schließen wollten.

Das Gelände war groß und dicht bewachsen. Ein Gärtner kam für ihn nicht infrage. Die Stallungen waren äußerst renovierungsbedürftig, aber statt Pferden beherbergte er hier nur zwei Dutzend Schweine. Die störte der Verfall nicht. Außerdem waren sie einfacher zu halten und anspruchslos in der Fütterung.

Das Haus benötigte seit Jahren einen neuen Anstrich, und auch das Dach hätte dringend erneuert werden müssen, doch er hatte seinen Fokus jahrelang auf den Innenausbau gelegt. Vom Dach bis zum Keller hatte er mittlerweile alles einwandfrei und nach seinen Vorstellungen renoviert.

Er ging in die Küche. Gewissenhaft las er sich die Gebrauchsanleitung durch und reinigte die Pumpe wie beschrieben.

Mit einem Pfeifen auf den Lippen trocknete er das Gerät behutsam ab, während sein Lieblingslied den Raum erfüllte. Anschließend widmete er sich dem Waschbecken, dessen Oberfläche er sorgfältig polierte und wieder zum Strahlen brachte. Wie stets folgten auf das Pfeifen nun die gesungenen Worte.

»Ein Männlein steht im Walde ganz still und stumm. Es hat von lauter Purpur ein Mäntlein um. Sagt, wer mag das Männlein sein, das da steht im Wald' allein, mit dem purpurroten Mäntelein?«

Mit der Pumpe, einer Flasche Wasser und einer Stablampe in der Hand öffnete er die Tür zum Keller.

15

»Weißt du was? Wir suchen uns eine andere Stelle. Bitte fahr vom Parkplatz runter.«

Kathas Stimme zitterte. Über den Rückspiegel konnte sie sehen, dass Leon dem Wagen folgte. Dann rumpelte das Fahrschulauto plötzlich und blieb stehen.

»Tut mir leid, ich hatte den falschen Gang eingelegt.«

»Fahr bitte wieder los!«, entfuhr es Katha eine Spur zu laut.

Sie wischte sich über die feuchte Stirn. Ihr Herz raste. Leon kam immer näher. Panisch drückte sie die Türverriegelung. Larissa hatte den Wagen in der Zwischenzeit wieder gestartet und legte gerade den ersten Gang ein, als eine Faust gegen das Fenster der Beifahrerseite schlug.

»Wer ist das denn?«, fragte Larissa.

Ohne nachzudenken, griff Katha der Fahrschülerin ins Lenkrad und drückte gleichzeitig die Kupplung, trat das Gaspedal auf der Fahrlehrerseite voll durch und ließ den Wagen aus dem Stand vom Parkplatz schnellen. Im Rückspiegel sah sie für den Bruchteil einer Sekunde Leon, der ihnen verdattert hinterher starrte.

Ein paar Straßen weiter hielt Katha an und stieg aus. Sie lehnte sich an den Wagen und versuchte, ihre heftige Atmung in den Griff zu bekommen.

»Was war denn los?«, fragte Larissa, nachdem sie ebenfalls ausgestiegen war.

»Es tut mir leid. Aber dieser Typ …«

»Ja, war voll gruselig, wie der dich angestarrt hat. Kennst du ihn?«

»Eine lange Geschichte. Nur so viel: Auf eine Konfrontation mit ihm kann ich echt verzichten. Tut mir leid, dass du das mitkriegen musstest.«

»Schon okay. Mir tut es leid, dass ich den Motor abgewürgt habe.«

Katha atmete tief ein und hielt für eine Weile die Luft an. In ihrem Kopf drängten Bilder in den Vordergrund, die sie tief vergraben hatte.

»Sollen wir die Fahrstunde abbrechen?«, fragte Larissa und holte Katha aus ihren schweren Gedanken zurück.

Katha blickte in die besorgten Augen des Mädchens.

»Nein. Wir beenden die Fahrstunde nach fünfundvierzig Minuten, wie immer. Du sollst schließlich gut vorbereitet morgen in die Prüfung gehen.«

Zu ihrer Überraschung gelang es Katha, die Fahrstunde tatsächlich ohne weitere Unterbrechungen zu Ende zu bringen.

Während sie zurück zur Fahrschule fuhr, überlegte sie, wie Leon es geschafft hatte, hierzubleiben. Es war ein kleiner Ort, und schlimme Dinge sprachen sich herum. Wie konnte er damit leben?

Und wie willst du hier leben, wenn er dir ständig über den Weg laufen könnte?

Als sie um die Ecke bog, sah sie, dass eine junge Frau vor der Fahrschule stand. Nachdem sie eingeparkt hatte, erkannte sie die Frau. Es war Tati, eine ehemalige Klassenkameradin.

»Tatjana? Wie schön dich zu sehen, was machst du hier?«, fragte Katha beim Aussteigen.

»Na ja, du weißt doch, in unserem Örtchen spricht sich alles schnell herum. Und als Redakteurin lese ich natürlich auch täglich die Polizeimeldungen. Mein Beileid übrigens.«

»Danke, aber das erklärt nicht, warum du hier bist.«

»Ja, ich habe mir gedacht, dass wir vielleicht irgendwo ungestört reden können.«

»Tati, sei mir nicht böse. Ich habe echt total viel um die Ohren, und es ist alles super stressig …«

»Das verstehe ich, aber ich dachte mir, es wäre nett, wenn ich mit dir persönlich spreche, ehe etwas an die Öffentlichkeit dringt, was euch schaden könnte.«

»Was willst du damit sagen?«

»Na ja, ein Fahrlehrer ist tot, einer liegt im Krankenhaus, ein anderer wurde zusammengeschlagen. Also ich würde meine Kinder nicht unbedingt in so eine Fahrschule schicken. Du etwa?«

16

Ihre Brüste spannten fürchterlich. Genau jetzt schrie und weinte ihr Baby irgendwo vor Hunger, während sie hier saß und das Gefühl hatte, dass ihre Brüste gleich mit einem lauten Knall platzen würden.

Wo ist Jonathan? Wer kümmert sich um ihn?

Hilflos zog sie ihr T-Shirt nach oben und presste ihren Oberkörper an die kalte, feuchte Wand. Dann begann sie, die Milch auszustreichen, was ihr etwas Erleichterung verschaffte. Der unheimliche Mann hatte ihr eine Wasserflasche und eine Decke gegeben, auf der sie nun saß. Das Wasser hatte sie allerdings bereits komplett ausgetrunken.

Warum sie hier war, wusste sie immer noch nicht.

»Du wurdest auserwählt«, hallte es immer wieder durch ihren Kopf.

Was zur Hölle soll das bedeuten? Wozu auserwählt? Zum Sterben?

Der Gedanke ließ sie schaudern. Als sie ein Geräusch hörte, zog sie schnell das Shirt wieder herunter und setzte sich ins hinterste Eck ihres Kerkers. Die Schritte wurden lauter, und er kam immer näher, bis er schließlich vor ihrem Verlies innehielt.

»Wie ich sehe, hast du getrunken. Gut.«

Er stellte ihr eine neue Flasche durch die Gitterstäbe auf den Boden.

»Bitte lassen Sie mich gehen. Oder sagen Sie mir wenigstens, wo mein Baby ist!«

»Machen wir einen Deal. Ich sage dir, wo dein Baby ist, und du wirst dafür artig mitmachen.«

»Wobei mitmachen? Und wo verdammt ist Jonathan?«

Ihr Puls schlug kräftig, begleitet von einem lauten Piepton, der in ihrem Ohr erklang.

»Das sind schon zwei Fragen, Corinna. Wenn ich beide beantworten soll, musst du erst einmal schwören, dass du brav mitmachen wirst.«

Corinna erhob sich und ging langsam zur Mitte der Zelle. Von hier aus konnte sie ihren Entführer deutlicher sehen. Er wirkte gepflegt und schaffte es, seine Grausamkeit hinter seiner Ausdrucksweise, seiner Kleidung und seinem Auftreten zu verstecken. Nur seine Augen verrieten ihn. Der Wahnsinn funkelte darin kristallklar.

»Sagen Sie mir erst, bei was ich mitmachen soll. Nur dann kann ich entscheiden, ob ich dazu bereit bin.«

Der Mann trat ganz dicht an die Gitterstäbe. »Komm näher.«

Langsam und mit zittrigen Beinen gehorchte Corinna. Dann stand sie direkt vor ihm. Sie konnte ihn riechen. Sein Parfüm und … einen Geruch, den sie gut kannte, aber nicht benennen konnte.

»Du gefällst mir. Du weißt, was du willst. In Ordnung. Ich sage es dir.« Ein Lächeln huschte über sein Gesicht. »Es ist eigentlich recht simpel. Du musst dich einer Reihe von Prüfungen unterziehen. Eine Art Auswahlverfahren. Machst du es gut, wirst du wieder Mama sein. Wenn es nicht so gut läuft, tja, dann …«

Er ging wieder einen Schritt zurück und vollführte eine unmissverständliche Geste an seinem Hals, während er die Mundwinkel übertrieben nach unten zog.

Corinna schluckte. Sie verstand. Zumindest die Option, wie das alles hier für sie enden konnte.

»Und was muss ich tun?«

»Zuerst musst du versprechen, dass du mitmachst. Das ist der erste Schritt, um bald wieder eine Mama sein zu können. Wie bei einer Hochzeit. Da verspricht man auch, dass man artig mitmacht, ohne genau zu wissen, was noch kommt.«

Der hohe Ton in ihrem Ohr wurde lauter, und sie hatte für einen Moment das Gefühl, gleich durchzudrehen. Ihr Baby in Gefahr zu wissen erfüllte sie mit Todesangst. Also welche Wahl hatte sie? Er war bereit, sie zu töten. Egal, um was es ging, sie musste sich fügen. Für Jonathan.

»Ich verspreche es.«

»Braves Mädchen. Zu deinen Fragen. Jonathan, dein Sohn, befindet sich aktuell, sagen wir, in Sicherheit. Das muss fürs Erste reichen.«

Corinna fragte sich, bei wem sich ihr Baby in Sicherheit befinden sollte. Bei ihm etwa?

In ihrer eigenen Welt gab es niemanden mehr, der sich um ihr Baby hätte kümmern können. Jonathans Vater hatte sich kurz nach der Geburt aus dem Staub gemacht. Und der Kontakt zu ihrer Familie war schon seit ihrer Jugend erloschen. Kein Mensch würde ihre Abwesenheit oder die ihres Babys bemerken.

»Und zum Auswahlverfahren: Ich will wissen, wie gut du als Mutter bist. Mehr nicht«, ergänzte der Mann.

Ein diabolisches Grinsen lag auf seinem Gesicht, als er ihr eine Milchpumpe zwischen den Gitterstäben durchreichte.

17

An den Wänden hingen Poster mit nackten Frauen, die vor teuren Autos posierten. Ein Dodge Challenger war auch dabei. Allerdings ein älteres Modell. Ronja war sich sicher, dass sie schon lange hier hingen, denn die Frauen hatten Frisuren, die sie aus Filmen der achtziger Jahre kannte.

Sie alle saßen in der Garage des Onkels auf Klappstühlen. Nebeneinander, platziert vor dem Dodge, mit freier Sicht auf den Lackschaden.

»Habt ihr auch nur in etwa eine Ahnung, was so ein Prachtexemplar kostet?«, fragte Toms Onkel, der neben seinem Wagen stand und seine Hand am Autodach abstützte. Er zündete sich eine Zigarette an. Keiner traute sich etwas zu sagen.

»Sogar wenn der verdammte Schaden behoben ist, weiß ich, dass mein Baby kaputt war. Geschrottet von verfickten Teenagern! Ich wurde auch schon wieder zusammengeflickt, trotzdem erinnern mich die Narben an den Scheiß, der passiert ist.«

Der Mann, der zuvor auf dem Beifahrersitz gesessen hatte, stand wie ein Türsteher am Garagentor und grinste.

»Allein für die Frechheit, den Wagen zu stehlen und damit zu fahren, sollte ich euch allen kräftig in den Arsch treten.«

»Es tut uns wirklich leid. Wir kommen für den Schaden auf«, sagte Ronja.

»Bruder, so viel Kohle hab ich nicht«, flüsterte Safi und starrte Ronja entsetzt an.

»Dann gehen wir eben jobben«, flüsterte Ronja zurück.

»O ja, ihr werdet dafür aufkommen. Und weil ich kein Unmensch bin, könnt ihr eure Schulden direkt bei mir abarbeiten«, sagte Toms Onkel, der offenbar gehört hatte, was Safi und Ronja getuschelt hatten.

»Bitte lass meine Freunde aus dem Spiel! Ich werde den Schaden allein abarbeiten, Onkel Joe«, sagte Tom plötzlich.

»Halt die Fresse! Du hast das nicht zu entscheiden«, zischte Toms Onkel seinen Neffen an. »Du allein kannst außerdem so viel gar nicht verdienen!«

Dieser Onkel war wirklich furchterregend, und Ronja verstand immer mehr, warum Tom nach dem Unfall derart in Panik geraten war. Allerdings begriff sie nicht, weshalb Tom sie überhaupt dazu überredet hatte, eine Spritztour mit dem Wagen zu machen. Die Chance, dass sein Onkel es herausbekam, wäre schließlich selbst ohne Unfall nicht gering gewesen. Hätte Ronja gewusst, wie dieser Mann tickte, hätte sie sich nie darauf eingelassen.

Onkel Joe strich über sein lichtes, fettiges Haar und drückte seine Zigarette in einem überquellenden Aschenbecher aus, der neben seinem Klappstuhl stand. Er sah aus wie ein Klischee-Mafioso aus einem Film.

Ronja beschloss, sich auf den Deal einzulassen. Anders kämen sie alle aus der Sache ohnehin nicht wieder heraus.

»Und wie können wir das abarbeiten?«, fragte sie.

»Gut, dass du fragst, Grufti-Girl.« Toms Onkel grinste, er kam näher und ging vor Ronja in die Hocke. »Wie alt bist du? Dreizehn? Wie die Milchbubis hier? Hast ja ganz schön dicke Eier, dass du dich traust, so einen Wagen zu fahren. Solche Cojones haben die zwei hier nicht.«

Er lachte, und auch sein Kumpel grölte aus seiner Ecke. Onkel Joes Atem wehte zu ihr herüber. Reflexartig drehte Ronja sich weg, doch ehe sie es sich versah, packte er ihr Kinn und fixierte ihren Kopf, so dass sie ihn ansehen – und riechen – musste.

»Für dich habe ich einen ganz besonderen Job.«

Onkel Joe ließ seinen Blick über ihren Körper wandern. Dann lockerte er seinen Griff und gab ihr eine leichte Ohrfeige, bevor er sich wieder erhob.

»Ab morgen tanzt ihr täglich nach der Schule hier an. Und eure Bitch-Freundin bringt ihr gefälligst mit. Ihr bekommt jeden Tag einen Auftrag von mir. So lange, bis ihr den Schaden beglichen habt.«

Ronja, Safi und Tom tauschten Blicke.

»Und woher wissen wir, wann der Schaden bezahlt ist?«, fragte Safi.

»Er will wissen, wann der Schaden bezahlt ist. Hast du das gehört, Matteo? Hast du das gehört?« Toms Onkel schaute zu seinem Kumpel herüber und lachte wieder.

Ronja fühlte sich immer unwohler. Safi blickte ängstlich von einem zum anderen.

Abrupt hörte Onkel Joe auf zu lachen.

»Der Schaden ist bezahlt, wenn ich es sage! Kapiert?«, blaffte er.

Safi nickte hastig.

»Merkt euch gleich eine Sache: Was ich sage, ist Gesetz! Wenn ihr euch das merkt, könnt ihr gar nicht mehr so viel falsch machen. Richtig, Tom?«

»Ja, Onkel Joe«, erwiderte Tom mit zittriger Stimme.

Onkel Joe klatschte in die Hände und steckte sich eine weitere Zigarette in den Mund. »So und jetzt verschwindet, bevor ich mir noch was anderes einfallen lasse.«

So schnell sie konnten, standen sie auf und drückten sich erst am Dodge, dann an Onkel Joe vorbei. Ronja hielt den Atem an, denn irgendwie stank dieser Mann eklig nach saurer Suppe.

»Du nicht!« Onkel Joe packte seinen Neffen am Kragen, um ihn zurückzuhalten. »Ihr anderen könnt gehen.«

Onkel Joe deutete zur Tür, während Tom verlegen zu Boden blickte.

18

»Bitte schreib den Artikel nicht.«

»Andere werden auch darüber berichten. Ganz sicher.«

Katha und Tatjana saßen sich im Büro der Fahrschule gegenüber.

Katha hatte ihre ehemalige Klassenkameradin doch hereingebeten. Sie wusste natürlich, dass sie die Geschehnisse rund um die Fahrschule auf Dauer nicht würde geheim halten können. Dennoch hoffte sie, dass ihre ehemalige Schulkameradin ihr helfen würde.

»Ich weiß, aber du schreibst für die wichtigste Zeitung in Reutlingen. Ihr habt eine hohe Auflage und werdet gelesen. Gib mir bitte noch ein bisschen Zeit.«

»Wofür? Wenn du mir ein Interview gibst, kannst du die Dinge doch klarstellen«, erklärte Tati.

»Eben nicht.«

»Wie meinst du das? Es ist doch vermutlich alles nur ein furchtbar tragischer Zufall, oder?« In Tatis Augen leuchtete die Neugier einer Journalistin auf. Sie hatte ganz offensichtlich nach der Schule ihre Berufung gefunden. »Oder ist es etwa kein Zufall? Ist jemand derart versessen darauf, euch zu ruinieren, dass er sogar über Leichen geht? Das wäre ja …«

»Tatjana, hör auf! Das habe ich damit nicht andeuten wollen. Aber ich bin erst seit gestern zurück, und die Ereignisse überschlagen sich in einem solchen Tempo, dass ich noch keinen klaren Gedanken fassen konnte. Ich muss selbst erst mal alles verstehen, bevor ich überhaupt irgendetwas dazu sagen kann.«

»Verstehe.«

»Bitte gib mir wenigstens noch eine Woche, und ich verspreche dir, du bekommst dann auch ein Exklusiv-Interview. Lass mich zumindest erst mal meinen Vater beerdigen.«

Das Wort *Exklusiv-Interview* schien Tati zu gefallen. Ein breites Lächeln zog sich jetzt über ihr Gesicht. »In Ordnung. Aber die Unfälle und den Überfall muss ich auf jeden Fall vermelden. Das ist dir klar, oder? Also den tragischen Unfall deines Vaters hatten wir letzte Woche sowieso schon drin. Aber von dem anderen Fahrlehrer, wie hieß er noch gleich?«

»Tati, bitte.«

»Ist ja schon gut. Aber ruf mich an, sobald du dich in der Lage fühlst, mir das Interview zu geben.« Ihre ehemalige Schulkameradin legte eine Visitenkarte auf den Tisch und erhob sich.

»Mach ich. Und danke.«

»Schon in Ordnung. Mach's gut, Katha. Ach so, weißt du eigentlich …« Tati hielt inne und wirkte unsicher, ob sie den Satz vollenden sollte.

»Was denn?«, hakte Katha nach.

»Ach, egal.«

Mit diesen Worten drehte sie sich um, warf Katha noch ein »Bis bald« hin und verließ die Fahrschule.

Katha ließ sich erschöpft zurück auf den Stuhl fallen. Sie zückte ihr Handy und checkte ihre Nachrichten. Ronja hatte sich nicht gemeldet.

Hätte mich auch gewundert.

Als Katha noch einmal las, was sie ihrer Nichte für ein Durcheinander geschrieben hatte, schüttelte sie den Kopf.

Okay. Diesmal kann sie nichts dafür. Was für einen Murks habe ich denn da verfasst?

Sie schaute auf die Uhr. Es war jetzt 16:14 Uhr. Noch mal Pizza wollte sie nicht holen. Nicht, dass sie Frieder wieder zufällig in die Arme rannte. Sie hatte noch Zeit, etwas einzukaufen und selbst zu kochen.

Eine Stunde später – sie hatte sowohl die Pizzeria als auch den Edeka-Markt gemieden – kam sie mit zwei vollen Einkaufstaschen zu Hause an. An der Haustür suchte sie gerade in ihrer Handtasche nach dem Schlüssel, als eine Stimme ihr einen Schauer über den Rücken jagte.

»Darf ich dir vielleicht helfen?«

»Frieder! Was machst du hier?«

Vor lauter Schreck hatte sie den Schlüssel fallen lassen, nach dem sie sich nun beide bückten. Ihre Hände berührten sich für einen kurzen Moment, doch Katha zuckte zurück.

»Ich wollte dich sehen, Katha. Mit dir reden.«

Frieder reichte ihr den Schlüssel, den sie sofort an sich nahm.

»Danke. Aber, Frieder, wir hatten das alles doch schon. Lass es bitte gut sein.«

»Du bist mir zumindest ein Gespräch schuldig, Katha! Das habe ich verdient. Nach allem, was war.«

Frieder hatte in der anderen Hand Blumen, die er ihr nun entgegenhielt. Er sah todunglücklich aus. »Die sind für dich. Tulpen. Die magst du doch.«

»Ich will keine Blumen. Und ich glaube nicht, dass ich dir

irgendetwas schuldig bin. Lass die Vergangenheit endlich ruhen. Es ist drei Jahre her.«

»Geht es dir gut, Katha? Du siehst abgespannt aus. Ich könnte mit reinkommen und uns etwas kochen. Ich sehe, du hast eingekauft.«

Frieder kam einen Schritt näher und hielt ihr erneut die Blumen hin.

»›Glück und Zuversicht vermag man selbst in Zeiten der Dunkelheit zu finden. Man darf bloß nicht vergessen, ein Licht leuchten zu lassen.‹ Weißt du noch?«

»Hör auf damit! Keine Blumen und keine Harry-Potter-Zitate! Und ich will auch nicht, dass du mit reinkommst. Akzeptier einfach, dass ich kein Gespräch möchte. Ich habe mit uns abgeschlossen, und das solltest du auch tun.«

»Du kannst dich nicht ewig in dieser Opferrolle suhlen! Lass dir doch endlich helfen. Du hast mir nie eine echte Chance gegeben. Ist ein Gespräch nicht das Mindeste, was ich verdient habe?«

»Ich suhle mich nicht in meiner Opferrolle! Lass mich gefälligst in Ruhe und verschwinde! Sofort!«

Katha öffnete die Haustür, schnappte sich die Einkaufstüten und schlug ihm die Tür vor der Nase zu. Dahinter blieb sie stehen und atmete heftig ein und aus.

19

Nachdem Katha die Einkäufe verstaut hatte, wollte sie Nudelwasser aufsetzen, doch in diesem Moment rief Delf an.

»Hat mit Larissa alles funktioniert?«

»Ja, es war ganz okay. Ich denke, dass sie die Prüfung morgen locker schaffen wird. Apropos Prüfung – kannst du die wieder übernehmen?«

»So wie es sich anhört, sollte ich wohl, oder? Ja, kann ich machen. Ich war heute Mittag noch mal beim Arzt, eine Gehirnerschütterung habe ich wohl nicht. Deshalb muss ich mich auch nicht unbedingt schonen. Und gegen die Schmerzen gibt es glücklicherweise kleine weiße Pillen.«

»Danke. Tut mir echt leid, ich würde dich gerne entlasten, aber im Moment brauche ich eher jemand, der mich entlastet«, gab Katha zu.

»Ist was passiert?«

Katha blickte auf die Uhr. Sie hatte Ronja geschrieben, dass sie spätestens um zwanzig Uhr zu Hause sei. Sie hatte also noch rund zwei Stunden Zeit.

»Nicht wirklich, aber ich könnte ein Glas Wein brauchen. Wie sieht es mit dir aus?«

»Hmm, Alkohol und Schmerztabletten?« Delf zögerte für einen Moment. Dann fügte er hinzu: »Bin dabei!«

Zwanzig Minuten später saßen sie an der Theke von Da Alfredo. Die Chance, dass Frieder schon wieder hier auftauchen würde, schätzte Katha als gering ein. Außerdem wäre sie diesmal wenigstens nicht allein. Stockend begann sie Delf von ihrem Tag zu erzählen und von ihr Begegnung mit Tati.

»Die Presse hat dich aufgesucht?«, fragte Delf erstaunt.

Katha nickte. »Zum Glück war es eine ehemalige Schulfreundin von mir, und ich konnte eine Woche Aufschub raushandeln.«

»Was soll das denn heißen?«, fragte Delf und nippte an einem Gin Tonic.

Katha schwenkte den Rosé-Wein im Glas hin und her. »Na ja, sie wird außer den Polizeimeldungen erst mal nichts anderes berichten. Da ich ihr ein Exklusiv-Interview versprochen habe, werden wohl auch ihre Kollegen keinen anderen Bericht vorher veröffentlichen. Und in den Meldungen wird zumindest nicht explizit erwähnt, um welche Fahrschule es sich handelt. Wobei natürlich jeder Vollidiot die Adresse googeln kann und dann auch auf uns kommt.«

Delf stellte sein Glas ab und schaute sie an. Er lächelte.

»Auf uns«, sagte er beinahe feierlich. Als Katha zögerte, fügte er hinzu: »Du hast eben ›auf uns‹ gesagt. Du identifizierst dich mit der Fahrschule. Gefällt mir.«

Katha starrte in Delfs hellblaue Augen. Er hatte recht. Sie hatte sich mit einbezogen. Und ob sie es wollte oder nicht, die Fahrschule war ein Teil ihres Lebens.

»Prost«, sagte Katha darauf lediglich und hob ihr Glas zum Anstoßen.

Delf tat es ihr gleich und nahm einen großen Schluck. Als er das Glas wieder absetzte, blickte er sie nachdenklich an.

»Ich war nicht ganz ehrlich zu dir. Wegen deines Vaters. Tut mir leid. Ich hätte es dir gleich sagen sollen.«

»Was ist denn mit meinem Vater?«

»Du hast gemeint, er hätte keine Feinde. Ich bin mir da nicht mehr so sicher. Vielleicht hatte er doch welche.«

»Delf, raus mit der Sprache! Wer könnte meinem Vater etwas angetan haben? Wenn du auch nur den Hauch einer Ahnung hast, ist es mein Recht, das zu wissen.« Katha musste ihr Glas abstellen, da ihre Hand zu zittern begann.

»Die Polizei hat dich nicht ohne Grund nach Schulden gefragt. Außer Hakan und mir wusste das niemand, aber die Fahrschule steht vermutlich kurz vor dem Bankrott. Und mit Sicherheit gab es Personen, denen dein Vater Geld schuldete. Das habe ich nach dem Unfall auch der Polizei gesagt.«

»Wie kann das sein? Es lief doch gut in der Fahrschule, oder?«

Delf atmete hörbar aus. »Ja, eigentlich schon. Trotzdem hat dein Vater sowohl mich als auch Hakan mehrmals um Aufschub mit den Gehältern gebeten. Wir haben es auch nicht verstanden. Aber anscheinend hatte er tatsächlich Geldprobleme.«

Wirre Gedanken schossen Katha durch den Kopf. Ihr Vater war pleite? Das konnte einfach nicht wahr sein. Wenn jemand mit Geld umgehen konnte, dann er.

Ja, aber du hast keine Ahnung, wie es ihm zuletzt ging.

»Katha, alles okay? Tut mir leid, ich wollte es dir eigentlich erst später sagen, wenn du dich von dem Schock ein bisschen erholt hast. Aber ich dachte, vielleicht ist es doch wichtig.«

»Danke, dass du es mir gesagt hast. Ich werde gleich morgen die Bücher durchsehen, auch bei uns zu Hause. Vielleicht finde ich was dazu.«

Und ich frage Ursel. Am besten heute noch.

Katha zückte ihr Handy, um die Uhrzeit zu checken.

Verdammt, schon 19:42 Uhr. Ronja kommt gleich.

»Hey, ich muss los.« Sie machte Anstalten sich zu erheben.

Delf lächelte. »Ich sollte mich wohl auch wieder hinlegen. Aber danke, für den kleinen Tapetenwechsel, der hat gutgetan.« Sein Handy klingelte.

»Vermutlich wieder ein Fahrschüler. Ich geh dann mal«, sagte Delf, legte einen Zehner auf den Tisch und verließ die Pizzeria.

Katha bestellte schnell noch zwei Pizzen und trank den letzten Schluck Wein aus.

Knapp zwanzig Minuten später stieg sie in ihr Auto, als ihr Handy vibrierte.

Ich habe mich schon schlafen gelegt. War voll kaputt. Wir sehen uns beim Frühstück. LG, Ronja

Mit den Kartons auf dem Schoß starrte Katha auf die Nachricht. Es war gerade erst 20:05 Uhr.

Na ja, sie hat letzte Nacht wenig Schlaf bekommen, und auch alles andere hat sie sicher mehr als geschlaucht.

Als Katha zu Hause aus ihrem Wagen stieg, steuerte sie das Nachbarhaus an. Vielleicht hatte Ursel Lust auf Pizza, und vielleicht konnte sie ihr auch etwas über die Finanzen ihres Vaters verraten.

20

Hätte sie ihr sagen sollen, dass Leon noch in der Stadt ist? Tati fühlte sich schon den ganzen Tag schlecht, dass sie es ihrer ehemaligen Klassenkameradin verheimlicht hatte. Schließlich war dieser Typ der Grund, warum Katha damals so Hals über Kopf abgehauen war.

Tati rieb sich die Schläfen, sie musste dringend Feierabend machen. Doch noch saß sie an ihrer wöchentlichen Kolumne *Be(ein)druckt*, die ihr heute so gar nicht von der Hand ging. Das Thema: dicke Luft in der Stadt. Der Reutlinger Luftreinhalteplan ging ihr fürchterlich auf den Keks und alles nur, weil dieses Messgerät an der falschen Stelle stand. Es wurde wirklich langsam Zeit, dass sie diese zu klein geratene Großstadt verließ. Hamburg oder Berlin schwebten ihr vor.

Sie nahm ihr Handy in die Hand, um sich abzulenken. Tiervideos brachten sie auf andere Gedanken, aber selbst die Katze, die sich im Takt eines Metronoms erschreckte, konnte sie heute nicht erheitern. Tati fragte sich, was wirklich in der Fahrschule los war. Ob Kathas Vater tatsächlich durch einen Fahrfehler die Steige hinuntergestürzt war. Ausgerechnet an einer der wenigen ungesicherten Stellen – was für ein Zufall! Sie öffnete noch einmal das Presseportal des Polizeipräsidiums Reutlingen und las die Meldung zum Unfall.

Reutlingen: Fahrlehrer verunglückt bei schwerem Verkehrsunfall

Am Freitagvormittag gegen 11:30 Uhr ereignete sich ein tragischer Unfall auf der sogenannten Promillesteige zwischen Dettingen und Hülben. Ein 53-jähriger Fahrlehrer stürzte während einer Fahrstunde aus bislang unbekannter Ursache mit seinem Motorrad knapp hundert Meter in die Tiefe. Er erlag noch vor Ort seinen schweren Verletzungen. Der Fahrschüler, der vorausgefahren war, blieb unverletzt. Die genauen Umstände des Unfalls sind derzeit noch unklar und werden von den Behörden untersucht. Zeugen, die sachdienliche Hinweise zum Unfallhergang geben können, werden gebeten, sich beim Polizeipräsidium Reutlingen zu melden. Der Sachschaden wird auf rund 20.000 Euro geschätzt. Die Steige zwischen Dettingen und Hülben war für die Dauer der Unfallaufnahme für mehrere Stunden gesperrt.

Auch zum Unfallhergang des anderen Fahrlehrers hatten die Beamten noch keine Ursachen genannt. Konnte das ein Zufall sein? So kurz hintereinander? Und der einzig verbliebene Kollege in der Fahrschule wurde dann wenig später brutal zusammengeschlagen?

Tati beschloss, an der Sache dranzubleiben. Insgeheim hoffte sie, wirklich einmal eine Geschichte aufzudecken, die anderen verborgen blieb und die sie als Einzige herausfand. Und im Moment witterte sie zum ersten Mal eine echte Chance. Vielleicht würde sie zunächst einmal die anderen Fahrschulen unter die Lupe nehmen. Was, wenn es um einen bizarren Wettkampf ging? Reutlingen hatte viel zu viele Fahrschulen, die Konkurrenz war hoch. Und die Fahrschule Matthias Holten war beliebt. Vielleicht zu beliebt?

Einen Anruf vor dem Feierabend könnte sie noch erledigen. Sie suchte die Nummer in ihren privaten Handykontakten und ließ es länger klingeln.

»Hey, Paul. Ich bin's. Ich brauche deine Hilfe.«

»Tati, ich hab schon Feierabend, und du weißt, dass ich dir sowieso keine Auskunft geben darf … Um was geht es denn diesmal?« Paul klang genervt.

»Ich will gar nicht viel«, versicherte sie ihm hastig. »Ich will nur, dass du mir gleich Bescheid gibst, wenn ihr Ursachen zu den Unfällen in der Fahrschule Matthias Holten ermittelt habt oder sich irgendwas Neues tut. Kannst du das bitte für mich tun?«

Paul stöhnte und seufzte, doch dann sagte er wie so oft: »Ja, kann ich machen. Aber nur, wenn du versprichst, es nicht zu veröffentlichen, bevor wir die Polizeimeldung herausgegeben haben. Nur intern, verstanden? Nur zwischen uns. Warum willst du das überhaupt wissen?«, fragte Paul jetzt interessierter.

»Ich bin da eben an was dran. Danke und schönen Feierabend.«

»Kommst du noch vorbei?«, fragte Paul.

»Heute nicht. Bis bald, ich melde mich.«

Tati steckte das Telefon in ihre Handtasche und fuhr den PC herunter. Paul war nicht nur Kriminalhauptkommissar, sondern auch Pressesprecher des Polizeipräsidiums. Und sie waren seit Monaten befreundet – in gewisser Weise.

21

Im Schützenhaus herrschte kein Betrieb. Alles war ruhig, nur in der Ferne hörte man das unentwegte Rauschen der Autos auf der Bundesstraße. Auf dem Feldweg war es stockdunkel, der Mond hatte Ronja im Stich gelassen und sich lieber hinter dunklen Wolken versteckt. Der Wind frischte spürbar auf.

Sie musste ständig daran denken, wie Toms Onkel sie angeschaut hatte, und spürte, wie es ihr eiskalt den Rücken herunterlief. Ja, musste sie zugeben, sie hatte Angst. Angst davor, was passierte, wenn sie diesem Joe gehorchte. Aber auch Angst vor dem, was passierte, wenn sie es nicht tat. Mit Katha würde sie darüber nie reden können. Und ihren Freunden blühte das gleiche Schicksal. Sie hatte niemanden, den sie um Rat fragen konnte.

Die Kirchenglocken erklangen, es war nun genau zwanzig Uhr. Kraftvoll trat Ronja in die Pedale. Sie war spät dran; außerdem wurde es kühl. Ihre Jacke hatte sie in Onkel Joes Garage vergessen, aber dorthin würden sie keine zehn Pferde zurückbringen. Auch wenn Tom vermutlich immer noch bei seinem Onkel war. Toms Eltern hatten sich getrennt, als er noch klein gewesen war. Die Mutter musste rund um die Uhr arbeiten und hatte nie Zeit für ihn. Deshalb schickte sie ihn immer zu ihrem Bruder, Onkel Joe. Ob sie wusste, wie er Tom behandelte? Ronja wurde erst jetzt klar, dass die Prellungen und die verschwollenen Augen, mit denen Tom so oft herumlief, vermutlich gar nicht vom Fußballspielen stammten, wie er immer erzählte, sondern von Schlägen, die ihm sein Onkel Joe verpasst hatte.

Ronja war so in Gedanken, dass sie die Person, die mitten auf dem Feldweg lag, zu spät erkannte. Panisch zog sie die Bremse, kam ins Schlingern und stürzte direkt neben der Gestalt zu Boden.

»Shit!«

Ihre Hose war aufgerissen, und ihr Knie blutete. Doch sie schaute nur kurz auf ihre Wunden.

»Hallo? Geht es Ihnen nicht gut?«, wandte sie sich an die Gestalt, die vor ihr auf der Straße lag.

Sie nahm all ihren Mut zusammen und stupste die Person in den Rücken. Keine Reaktion. Ein panischer Gedanke breitete sich in ihr aus: Da lag ein Toter vor ihr.

»Soll ich Hilfe rufen?«, fragte Ronja laut und griff nach ihrem Handy in der Gesäßtasche.

Verdammt, das Display ist kaputt!

Trotz des zersprungenen Glases gelang es ihr, den Notruf zu wählen. Doch noch bevor sie sich das Telefon ans Ohr halten konnte, wurde es ihr plötzlich aus der Hand geschlagen.

Ronja schrie auf.

Dann, im nächsten Moment wurde ihr ein süßlich riechender Lappen fest auf Nase und Mund gedrückt. Sie versuchte, sich zu wehren, und bevor die Dunkelheit sie vollends einhüllte, sah sie noch, wie sich die tot geglaubte Person von der Straße erhob.

22

Der Mond ist merkwürdig gefärbt. Irgendwie gelb. Die Umgebung ist dunkel und hell zugleich. Zumindest kann sie den Himmel von den dunklen Baumkronen unterscheiden. Die Wipfel tanzen an ihr vorbei, schön sieht das aus. Die absolute Stille wird nur durch den Ruf des Waldkauzes gestört.

Aber warum fühlt sie sich so seltsam schwer an? Ständig drückt ihr ein Stein in den Rücken, doch egal, wohin sie sich dreht, sie bleibt immer in derselben Position liegen.

Dann ist sie plötzlich nicht mehr im Wald. Sie steht auf einem großen Feld. Weit und breit ist kein Haus, kein Licht, kein Mensch zu sehen. Es ist warm, aber sie zittert. Dann sieht sie zwei kleine, helle Lichtpunkte. Sie kommen näher. Immer näher.

Sind das Augen? Gelbe Augen?

Sie will wegrennen, doch sie kann sich nicht bewegen. Ihre Füße sind so schwer, dass sie sie nicht einmal anheben kann. Sie versucht es, wieder und wieder, doch es ist vergebens.

Der dunkle Schatten mit den gelben Augen schließt immer weiter auf und ist jetzt nur noch eine Armlänge von ihr entfernt. Als er nach ihr greift, schreit sie. Sie schlägt um sich. Doch es bleibt totenstill. Nur der Waldkauz ist zu hören, während der Schatten sie langsam zu sich zieht.

Mit einem lauten Schrei schreckte Katha hoch. Was in ihrem Traum stumm geblieben war, hallte nun in ihren Ohren nach.

Nassgeschwitzt und tränenüberströmt richtete sie sich im Bett auf. Ihre Brust bebte.

Es war nur ein Traum. Nur ein Traum.

Sie atmete mehrmals tief durch und wischte sich die Tränen aus dem Gesicht. Dann griff sie nach ihrer gelben Lieblingsstrickjacke und zog sie über. Barfuß schlich sie über den Flur. Sie wollte Ronja auf keinen Fall wecken. Kurz horchte sie an ihrer Tür und hoffte, dass Ronja von ihrem Schrei nicht bereits aus dem Schlaf geschreckt war. Doch in dem Zimmer war es ruhig. Leise ging Katha die Treppe hinunter.

Mit Ursel hatte sie noch ausgiebig gesprochen, doch auch die Nachbarin wusste nichts von finanziellen Schwierigkeiten, die ihr Vater gehabt haben könnte.

»Ich kann mir Geldprobleme bei Matthias überhaupt nicht vorstellen«, hatte Ursel gesagt. »Er war doch so ein bescheidener Mann und die Fahrschule eine solche Goldgrube.«

Ursel hatte recht. Kathas Vater hatte niemals Geld für Luxusautos, Urlaubsreisen oder teure Hobbies ausgegeben.

Eine Sache hatte Ursel allerdings erwähnt. Es gab ein Bankschließfach, in dem Matthias auch sein Testament verwahrte. Leider befand es sich ausgerechnet in der Bank, in der ihr Ex-Verlobter Frieder arbeitete. Und Katha hatte weder einen Schlüssel, noch wusste sie, ob eine Vollmacht für sie hinterlegt worden war.

Vielleicht hat Frieder die Bank ja inzwischen gewechselt …

Falls nicht, würde sie vermutlich nicht drum herumkommen, ihren Ex-Verlobten um Hilfe zu bitten.

Ein Luftzug, der durchs gekippte Fenster drang, fuhr ihr sanft ins Haar. Der frische Wind roch nach Regen. Während sie in der Küche das Wasser aus dem Hahn einen Moment laufen ließ, bevor sie ein Glas darunterhob, schloss sie das Fenster. Dabei fiel ihr Blick auf den Esstisch, und ihr Herz begann heftig zu schlagen, als ihr klar wurde, was sich darauf befand. Zitternd nahm sie den Briefumschlag in die Hand.

Ihr Name stand darauf geschrieben.

In blutroter, noch feuchter Schrift.

23

Während sie die Milch abpumpte, erinnerte sie sich. Der Geruch, den sie an ihrem Entführer wahrgenommen hatte, aber nicht sofort hatte zuordnen können, war derselbe, den sie auch jetzt im Moment in der Nase hatte. Der Geruch von Milch. Von Muttermilch. Sie starrte auf die Flasche, in der sich nun ihre eigene Milch befand. Gedacht für ihr kleines Baby, das womöglich hilflos irgendwo auf sie wartete und nicht verstand, warum sie es im Stich gelassen hatte.

Bestimmt ist Jonathan ganz in der Nähe, und er bringt ihm die Milch.

Als der Druck aus ihren Brüsten gewichen war, atmete sie erleichtert auf.

Ich muss hier raus. Sofort. Aber wie?

Sie überlegte krampfhaft, wie die Opfer in Filmen üblicherweise fliehen konnten. Es gab doch immer eine, die es am Ende schaffte. Das letzte Mädchen einer Jugendgruppe, das Final Girl.

Sie wusste nicht, wie lange sie so dagesessen und gegrübelt hatte, doch als sie Schritte hörte, merkte sie, dass ihr Bein eingeschlafen war.

»Aufstehen!«, forderte er sie auf und zielte mit einer Waffe auf sie. »Nimm die Flasche mit.«

Corinna gehorchte. Mit der Flasche in ihrer zitternden Hand erhob sie sich. Der Mann schloss die Tür des Kerkers auf.

Dabei hielt er die Waffe weiter auf sie gerichtet.

»Zeit für deine erste Prüfung.«

Hatte er gerade tatsächlich »Prüfung« gesagt? Corinna suchte nach einer Regung in seinem Gesicht, fand aber nur den gewohnten angsteinflößenden Ausdruck. Ihre Kehle fühlte sich trocken an. Es war das erste Mal, dass sie ihr Gefängnis verließ. Der Gang, den sie nun entlangschritten, erinnerte an einen alten Weinkeller. Es roch feucht und muffig.

»Ich hoffe, du strengst dich an. Wäre ein Jammer, wenn ich mich in dir getäuscht hätte.«

Corinnas Herz begann noch heftiger zu schlagen.

»Was passiert dann?«

»Ich glaube, das weißt du.«

Mit der Waffe im Rücken, drängte er sie vorwärts. Den langen Gang entlang. Vorbei an weiteren Zellen.

24

Katha hatte jedes Zimmer durchsucht, hatte den Keller durchwühlt, hinter jede Tür geblickt und sämtliche Schränke geöffnet. Immer noch barfuß stand sie nun auf der Straße vor dem Haus und blickte sich panisch um.

Der Wind wurde stärker, die Blätter in den Bäumen raschelten, ein Gewitter kündigte sich an. Die Luft roch so stark nach Regen, als hätten die Tropfen den Asphalt bereits berührt. Schauer der Angst schüttelten sie.

Ronja hatte nicht friedlich schlafend in ihrem Bett gelegen.

Kein Licht brannte in den Häusern der Nachbarn, selbst die Straßenlaternen waren erloschen. Nur der Mond sorgte für Konturen, indem er Licht und Schatten nach Belieben verteilte.

Katha wurde schwindelig, und sie taumelte benommen zurück ins Haus. Sie nahm noch einmal den Brief in die Hand, in der Hoffnung, alles sei nur ein böser Traum. Doch die grausame Botschaft war klar und deutlich zu lesen.

»Denn ich habe einen Tag der Rache mir vorgenommen;
das Jahr, die Meinen zu erlösen, ist gekommen.«
Sag die Wahrheit, oder sie stirbt!
48 Stunden, um das Geheimnis zu lüften.
Keine Polizei, sonst richte ich sie sofort.

Wer auch immer in ihr Elternhaus eingedrungen war, um diese Botschaft zu hinterlassen, hatte genau gewusst, was er tat. Es gab keine Einbruchspuren, zumindest war weder die Haustür beschädigt noch ein Fenster eingeschlagen. Kein Einbrecher war zufällig ins Haus eingedrungen, der dann eventuell auf Ronja gestoßen war und sie mitgenommen hatte. Nein, es gab eine Botschaft. Mit einem Befehl, den sie nicht verstand. Und zur Polizei durfte sie nicht gehen, wie der Verfasser der grausamen Zeilen deutlich gemacht hatte.

Von welcher »Wahrheit« sprach dieser Irre? Und welches Geheimnis sollte sie lüften?

Katha blickte zur Uhr. Es war jetzt 4:13 Uhr. Sie hatte 48 Stunden Zeit für diese Wahrheit. *Sonst …*

Ein enges Band schnürte sich um ihre Brust.

… sonst würde sie auch noch das letzte Mitglied ihrer Familie verlieren, hörte sie die eigene Stimme in ihrem Kopf.

25

Er war zu klebrig. Vermutlich hätte sie ihn vor dem Ausrollen kühlen müssen. Jetzt riss das Nudelholz immer wieder Löcher in den Teig. Sie hatte noch nie gerne gebacken, und wie hätte ihr ausgerechnet unter diesen Umständen etwas gelingen sollen?

Sie schwitzte heftig und hatte das Gefühl, nicht genug Luft zu bekommen.

Da stand sie nun, zusammen mit einer anderen entführten Frau in einer provisorischen Küche in einem alten, feuchten Keller und musste um die Wette backen. Die Frau musste Ende 20 sein. Sie wirkte zerbrechlich, blass und sprach kein Wort.

Das Monster – so nannte sie den Mann in ihren Gedanken nun – hatte zwei identisch aussehende Kochinseln eingebaut. Zwei Backöfen, zwei Arbeitsplatten, zwei Spülbecken. Alles schien neu und kaum gebraucht zu sein. Es war gleichermaßen absurd und krank.

Aus dem Augenwinkel sah sie, dass ihre Konkurrentin bereits beim Ausstechen war.

Weihnachtskekse wie bei Mama, *lautete die Aufgabe, die er ihnen aufgetragen hatte. Während sie den Teig herstellten, hatte er sich einen Stuhl in die Mitte des Raumes gestellt und Platz genommen. Jetzt beobachtete er sowohl sie als auch die andere Frau, die offenbar den Namen Jelena trug.*

Vorsichtig rollte Corinna über das Backpapier, das sie auf den großzügig bemehlten Teig gelegt hatte. Diesmal schien es zu funktio-

nieren. Nachdem sie das Papier behutsam von der ausgerollten Fläche wieder abgezogen hatte, nahm sie den sternförmigen Ausstecher. Mit zittriger Hand drückte sie die Metallform in den weichen Teig.

Einen Moment lang blickte sie ihm dabei in die Augen und stellte sich vor, wie sie den Ausstecher in sein Gesicht drücken würde. Als ob er ihre Gedanken erraten hätte, begann er zu sprechen.

»Ihr braucht euch nicht zu Tode zu schuften, ich sehe schon, richtig gut könnt ihr das beide nicht.«

Er erhob sich und ging um Jelenas Tisch herum, bis er dicht neben ihr stand.

»Sieben Stück? Von mir aus soll das reichen. Es geht vor allem um Geschmack und Konsistenz. Beim Aussehen drücke ich ein Auge zu. Wie bei euch selbst. Schönheiten seid ihr beide nicht.«

Dann kam er zu ihr und legte ihr seine Hand auf die Schulter. Sie gab unter ihr nach, als wäre die Hand aus Blei. Er starrte auf ihre Arbeitsplatte, dann blickte er sie an.

»Du hast erst einen einzigen Keks ausgestochen?«

Wieder konnte sie ihn riechen. Sie bekam eine Gänsehaut, als er erneut übertrieben die Mundwinkel herunterzog und sich zu allem Überfluss noch mit den Fäusten über das Gesicht wischte, als wären da Tränen, und dabei die Geräusche eines weinenden Babys imitierte.

»Ich mache dir auch sieben. Versprochen«, versicherte Corinna mit einem versöhnlichen Unterton.

Sofort hielt der Mann inne, nahm die Hände herunter und setzte ein Lächeln auf.

»Danke!«, sagte er zufrieden und fixierte sie noch einen Moment lang. Dann drehte er sich um und ging zurück zu seinem Stuhl.

»Und jetzt beeilt euch, ich habe Hunger!«

Zwanzig Minuten später wehte ein süßer Duft nach Plätzchen durch den muffigen Kellerraum.

Corinnas Augen füllten sich mit Tränen, als das Monster nicht nur die Teller mit den Keksen vor sich platzierte, sondern auch in zwei Gläser jeweils Milch einschenkte. Ihre Milch. Und die ihrer Konkurrentin.

»Was gibt es Schöneres als frisch gebackene Plätzchen und ein Glas Milch dazu?«

Für einen Moment tauschten die Frauen Blicke aus, und Corinna erkannte, dass Jelena genauso viel Angst und Abscheu vor diesem Mann empfand wie sie selbst. Gewiss sorgte auch sie sich um ein Kind.

Als der Mann zu essen begann, schloss Corinna die Augen. Sie dachte an Jonathan. An sein Lächeln, wenn sie seinen Bauch küsste, an das Gewicht, wenn er auf ihrer Brust einschlief, an seinen Geruch, von dem sie nie genug bekommen konnte.

Als sie die Augen wieder öffnete, war ihr etwas klar geworden. Sie würde alles tun. Egal, was es war oder wie krank es schien. Was dieser Mann auch von ihr verlangen würde, sie würde es tun. Alles, um ihren Sohn wieder in ihre Arme zu schließen.

26

Katha musste vor Erschöpfung eingeschlafen sein. Als sie auf dem kalten Küchenboden erwachte, schmerzte nicht nur ihr Körper, sondern auch die Erkenntnis, dass alles kein böser Traum gewesen war.

Ronja war entführt worden. Und sie musste ein Rätsel lösen, ohne eine leise Ahnung zu haben, worum es überhaupt gehen könnte.

Katha erhob sich. Sofort schoss das Adrenalin durch ihren Körper.

Dreh jetzt nicht durch! Denk nach …

Es ging offensichtlich um Rache. Das stand schwarz auf weiß in der Nachricht. Aber wer wollte sich hier an wem rächen? An ihr? Und wenn ja, warum?

Katha ging zur Kaffeemaschine, die sofort begann, laut rasselnd Bohnen zu mahlen. Katha dachte an die Unfälle in der Fahrschule. Das konnte doch alles kein Zufall sein. Aber was hatte das mit ihr oder mit ihrem Leben zu tun?

Das Jahr, die Meinen zu erlösen, ist gekommen.

Sie dachte daran, was sie Ronja versprochen hatte: Du kannst dich auf mich verlassen!

Aber wie könnte sie ihre Nichte retten, ohne zur Polizei zu gehen?

Mit schnellen Schritten lief sie nach oben und zog ihr Smartphone vom Kabel. Gerade als ihr Zeigefinger die Tastatur einblenden wollte, ging ein Anruf ein. Es war Delf. Doch sie hob nicht ab. Sie dachte an die Fahrschule. Dachte daran, wie oft ihr Vater sich über irgendwelche Eltern geärgert hatte, die ihn für das Versagen ihrer Kinder verantwortlich machen wollten oder nach mehr Fahrstunden drängten, obwohl die Kinder noch nicht einmal die Theorieprüfung bestanden hatten.

Das Telefon in ihrer Hand vibrierte weiter. Sie dachte daran, wie ihr Vater sich aufgeregt hatte, weil sich die Eltern in den letzten Jahren immer mehr einmischten und die Schüler nicht einmal mehr selbst ihre eigenen Fahrstunden ausmachen konnten.

Endlich verstummte das Smartphone.

Was, wenn jemand voller Hass auf ihren Vater war, weil er die Prüfung nicht geschafft hatte?

Nein, das wäre ja total wahnsinnig.

Eine halbe Stunde später betrat Katha die Fahrschule und eilte in das Büro.

»Entschuldigung! Sie können hier nicht einfach so reinspazieren. Unsere Bürozeiten sind dienstags und donnerstags von … Ach, Sie sind es, Frau Holten.«

Die Büroangestellte, eine Frau von Anfang vierzig, strich sich nervös eine dunkle Strähne aus dem Gesicht und rückte ihre Brille zurecht.

»Katha reicht, gerne per Du. Du bist Tanja, oder?«

»Ja, genau. Ich bin seit …«

»Ich brauche dringend ein paar Infos, Tanja. Ich muss wissen, ob es in letzter Zeit … oder nein, in den letzten Jahren, irgendwelche besonderen Vorfälle in der Fahrschule beziehungsweise mit Fahrschülerinnen oder Fahrschülern gegeben hat?«

Tanja war sichtlich irritiert von Kathas forscher Art.

»Also besondere Vorfälle, aber inwiefern besonders?«

»Keine Ahnung! Ärger halt … Gab es Anzeigen? Unfälle?«

Tanjas Blick verriet, dass Katha nun zu laut und mit zu viel Nachdruck gesprochen hatte.

»Ja, also, leider kommt so was immer mal wieder vor. Und natürlich gibt es einen Ordner, in dem der Schriftverkehr mit Anwälten abgelegt wird. Häufig werden zum Beispiel Rechnungen nicht beglichen, auch nach einigen Mahnungen nicht. Das landet dann bei unserer Anwältin.«

»Und wo ist dieser Ordner? Kann ich den bitte sofort sehen?« Vor Ungeduld zitterte Kathas Stimme.

»Dieser Ordner ist bei unserer Anwältin in der Kanzlei.«

»Und wie bitte heißt diese Anwältin?«

»Doktor Svenja Hoppe. Wird jetzt aber nicht mehr viel nützen, schätze ich.«

»Und wieso nicht?«

»Na ja, ich weiß, dass die Polizei diese Unterlagen gestern mitgenommen hat. Wegen der Unfälle.«

27

Die Luftnot wurde immer größer. Nicht nur, dass ihre Bronchien sich verengten; sie schwitzte auch so sehr, dass ihr Schweißperlen über die Stirn liefen, und sie das Gefühl hatte, alles in ihrem Körper würde durcheinandergeraten. Wenn sie noch lange so dastehen musste, würde sie zwangsläufig zusammenbrechen.

Der Anblick des Milchbarts auf seiner Oberlippe und wie er mit seiner Zunge genüsslich darüberleckte, ekelte sie. Unwillkürlich fragte sie sich, wozu dieser Mann noch fähig war.

»Ladys, ich habe eine Entscheidung zu verkünden.«

Ängstlich blickte Jelena zu ihr hinüber. Corinna hatte das Gefühl, als suche sie bei ihr Hilfe. Doch sie war zu beschäftigt, sich auf den Beinen zu halten, als dass sie für jemand anderes eine Stütze hätte sein können.

»Ich muss euch sagen, es war ein knappes Rennen. Eure Weihnachtskekse waren … ehrlich gesagt … nicht besonders gut. Vielleicht liegt Jelena einen Hauch vorne, aber nur, weil die Kekse nicht ganz so im Mund zu Staub zerfallen sind wie deine, Corinna.«

Ihre Atmung wurde flacher, und sie hörte das Monster nur noch dumpf, so als hielte es seine Rede in einem anderen Raum.

»Aber, und jetzt kommen wir zum entscheidenden Kriterium«, fuhr das Monster fort, »beim Geschmack von Keks und Milch in Kombination liegt Corinna deutlich vorne! Diese Runde geht an dich, Corinna.«

Verschwommen sah sie, dass das Monster mit dem Finger auf sie zeigte und zu klatschen begann. Der Applaus vermischte sich mit dem Wimmern Jelenas neben ihr.

»Du weißt, was das heißt, Jelena … Tut mir leid, der Punkt geht an Corinna. Aber keine Sorge, es kommen ja noch drei Spiele. Es ist also noch nichts entschieden.«

Corinna versuchte, sich am Tisch abzustützen, rutschte jedoch mit ihrer nassen Hand ab und prallte auf den Boden.

28

Kraftlos sank Katha auf den Stuhl vor sich. Der Ordner, der vielleicht Aufschluss hätte geben können, warum sich jemand an ihr oder ihrem Vater rächen wollen würde, war bei der Polizei. Und genau dort konnte sie nicht hin, wenn sie Ronjas Leben nicht gefährden wollte.

Hätte Delf vorhin nicht angerufen, hätte sie vielleicht tatsächlich die 110 gewählt, obwohl sie nur wenig Vertrauen in die Beamten hatte.

Gerade als sie sich fragte, wo sie noch suchen könnte, kam Delf um die Ecke.

»Hey, was machst du denn hier?«, fragte er überrascht. »Ich habe vorhin versucht, dich zu erreichen.«

»Ich … ich wollte etwas nachschauen«, stammelte Katha.

»Kann ich dir dabei vielleicht irgendwie helfen? Um was geht es denn?«

»Hast du kurz Zeit? Und können wir das vielleicht woanders besprechen?«, fragte Katha, die den neugierigen Blick von Tanja nicht länger ertrug.

»Klar. Komm, wir gehen auf einen Kaffee zum Bäcker. Die Prüfung beginnt erst um zehn Uhr.«

Fünf Minuten später saßen sie an einem der hinteren Tische des Cafés der Bäckerei. »Und du willst die Unterlagen, weil du denkst, du findest darin jemanden, der das Auto deines Vaters manipuliert haben könnte?«

Katha nickte, während Delf sie mit großen Augen ansah.

»Das Auto wurde definitiv manipuliert, und es kam zum Unfall, oder? Und mein Vater … ist tot. Meinst du wirklich, das alles ist nur ein Zufall? Irgendjemand muss dahinterstecken, das ist doch offensichtlich. Und vielleicht ist es jemand, mit dem mein Vater auch gerichtlich zu tun hatte.«

»Vermutlich denkt die Polizei ähnlich. Aber das ist auch deren Job. Warum willst du dich da einmischen?«

»Hältst du das für Einmischung?«

»Sorry, so war das jetzt nicht gemeint. Und ich kann das auch durchaus nachvollziehen. Aber nicht …«, Delf machte eine Pause und blickte sie eindringlich an, »… nicht, dass du dich da in was verrennst. Selbst wenn du möglicherweise eine Spur entdeckst, was dann? Willst du die Person zur Rede stellen? Spätestens dann ist das doch Aufgabe der Polizei. Nicht, dass du dich noch in Gefahr begibst.«

»Ich muss das einfach wissen. Und ganz ehrlich: Ich vertraue nicht auf die Ermittlungsarbeit der Beamten. Es wäre nicht das erste Mal, dass sie die Flinte ins Korn werfen, wenn sie nicht sofort etwas Eindeutiges finden.«

Katha strich sich eine Haarsträhne hinters Ohr. Delf blickte sie eindringlich an. »Wie meinst du das?«

»Ach, egal. Ich habe da so meine eigenen Erfahrungen gemacht.«

Katha nahm einen großen Schluck Kaffee. Sie atmete tief ein und sah dann zu Delf. Er schien aufrichtig besorgt zu sein. Seine hellen Augen funkelten.

Er war trotz seiner Blessuren frisch rasiert. Seine Nase sah aus, als wäre sie schon einmal gebrochen gewesen und im Anschluss etwas schief zusammengewachsen. Seine Augenbrauen waren gestutzt, sein helles Haar kurz geschnitten. Sein Mund hatte eine schöne Form, auch wenn die Oberlippe wie bei vielen Männern viel schmaler als die Unterlippe war.

»Es gab da mal diesen einen Fahrschüler …«, sagte Delf und verstummte abrupt.

»Ja, und weiter?«

»Es muss schon ein paar Jahre her sein, aber er hatte deinen Vater bedroht, weil er mehrmals durch die Prüfung gefallen war.«

»Bedroht? Inwiefern?«

»Er hat ihm wohl unangebrachte Nachrichten geschickt, später hat er ihm vor der Fahrschule und sogar zu Hause aufgelauert.«

»Wann war das, und wie hieß dieser Fahrschüler?«

»Das weiß ich nicht. Das war noch, bevor ich Fahrlehrer bei Matthias wurde. Er hat mir davon nur einmal erzählt. Aber Hakan müsste das wissen. Aber ob der schon wieder ansprechbar ist …«

»Das werde ich sofort herausfinden«, sagte Katha und winkte der Kellnerin, um zu bezahlen.

29

»Ich hatte noch nie so einen jungen Gast hier. Ich weiß daher gar nicht so recht, was ich mit dir machen soll.«

Der Mann sah unheimlich aus. Sein Gesicht wirkte merkwürdig schief und an einer Stelle irgendwie eingedellt, und seine Augen waren so hell, wie es Ronja noch nie gesehen hatte. Aber er sprach mit ihr wie mit einer Freundin. Sie konnte leider nichts entgegnen. Ein Knebel steckte schmerzhaft in ihrem Mund.

»Weißt du, eigentlich kannst du ja am wenigsten dafür. Trotzdem bist du wohl das letzte Puzzleteil. Du bist also von enormer Bedeutung für mich. Ich möchte, dass dein kurzer Aufenthalt hier so angenehm wie möglich wird. Schließlich bist du fast noch ein Kind.« Der Mann beugte sich über sie und legte ihr ein Kissen unter den Kopf. »So ist es bequemer, oder?«

Er lächelte und strich ihr sanft über die Wange.

»Als ich noch ein Kind war, hat das meine Mutter immer so gemacht. Oder meine Schwester.«

Was willst du von mir? Was bist du für ein Scheißfreak?

Ronja fragte sich, ob der Mann ein Freund von Onkel Joe war. Und das hier womöglich ihr erster *Job*. Ein dicker Kloß steckte in ihrem Hals, und sie bebte vor Angst. Alles nur, wegen der verdammten Spritztour mit dem Dodge.

»Am Ende habe ich beide verloren. Es ist das Schlimmste,

wenn man seine Familienmitglieder verliert, nicht wahr? Du kennst das doch auch.«

Mitleidig blickte er sie an. Ronja spürte, wie ihr unaufhörlich die Tränen in den Knebel liefen. Ihre Augen brannten von der verwässerten Wimperntusche. Trotzdem versuchte sie, so ruhig wie möglich zu bleiben und Kraft zu sparen. Auch wenn sie sich die ganze Zeit fragte, warum sie gefesselt und geknebelt auf einem Bett lag.

30

Ihre Glieder schmerzten, und sie hatte Fieber. Das Schlimmste spielte sich aber in ihrem Kopf ab. Nicht nur die Schmerzen brachten sie um den Verstand, auch versuchte sie unentwegt, die letzten Sekunden in der unterirdischen Küche zu rekonstruieren.

Hatte er gesagt, es gäbe noch drei weitere Prüfungen?

Ihr Magen rebellierte. Was, wenn sie dann versagte? Würde er Jelena oder sie wirklich töten?

Corinna hatte sich auf ihre Liege gelegt und sich mit der Decke zugedeckt. Sie zitterte und sehnte sich nach einem Bad und einem richtigen Bett.

Werde ich Jonathan jemals wiedersehen?

Zum Weinen war sie zu erschöpft, an Schlaf war auch nicht zu denken. Ihre Gedanken drehten sich ohne Unterlass um eine Sache: das Gefühl, zu verstehen, was das Monster wollte. Sie hatte es in seinen Augen gesehen, als sie ihm mehr Kekse versprochen hatte. Er schien überrascht, dieser Mann Ende zwanzig. Und er hatte für einen Moment diesen bestimmten Blick gehabt.

Den eines Kindes.

Er veranstaltete dieses Horror-Casting, weil er offenbar auf der Suche nach einer bestimmten Person war.

Einer Frau.

Einer Frau, die seine Mutter werden könnte.

Corinna setzte sich auf. Obwohl ihr Blick vom Fieber getrübt war und sie in die Dunkelheit starrte, sah sie mit einem Mal glasklar.

Wenn du eine Mama brauchst, dann sollst du sie bekommen!

31

Fast eine Stunde hatte es gedauert, bis man sie endlich zu Fahrlehrer Hakan Demir vorgelassen hatte. Hakan lag mit einer schweren Gehirnerschütterung, mehreren gebrochenen Rippen und einem Riss in der Lunge in seinem Krankenhausbett.

»Tut mir leid, dass wir uns unter solchen Umständen kennenlernen. Ich bin Katharina Holten. Aber alle nennen mich Katha. Ist es okay, wenn wir uns duzen?«

»Klar«, sagte Hakan, seine Stimme klang angestrengt. Sein Oberkörper war bandagiert, und über eine Nasenbrille wurde ihm Sauerstoff zugeführt.

»Außerdem tut es mir leid, dass du mir trotz deiner Lage jetzt bitte helfen musst«, erklärte Katha.

»Wie könnte ich dir helfen?«

»Du weißt es vielleicht schon, aber dein Unfall war kein Zufall. Jemand hat das Auto meines Vaters, das Auto, mit dem du deine Fahrstunde gemacht hast, manipuliert. Jemand wollte meinen Vater umbringen. Was ihm offensichtlich ja auch anders gelungen ist.«

Hakan sah sie fragend an.

»Du meinst, Matthias hatte keinen Unfall, sondern jemand hat ihn … umgebracht?«

»Du kanntest ihn doch auch. Glaubst du denn, dass er durch einen Fahrfehler den Abhang hinabgestürzt ist? Und an seinem Auto funktionierten die Bremsen zufällig nicht?«

Hakan bewegte seinen Kopf langsam von rechts nach links, sagte aber nichts.

»Genau deswegen bin ich hier. Fällt dir vielleicht jemand ein, der meinen Vater so sehr gehasst haben könnte, dass er zu so etwas fähig wäre?«

»Was? Nein, das kann ich mir wirklich nicht vorstellen.« Hakan räusperte sich und verzog dabei schmerzverzerrt das Gesicht. »Gibst du mir mal bitte das Wasser?«

Katha reichte ihm das Glas. Als ihr Hakan seine Hand entgegenstreckte, sah sie eine Tätowierung auf seinem Handgelenk. Es waren drei geschriebene Zeilen.

Vielleicht die Namen seiner Kinder, dachte sie. *Zum Glück hat er diesen Unfall überlebt.*

»Wie geht es deiner Fahrschülerin eigentlich?«

»Sie ist wohl über den Berg. Aber wenn es halt schlecht läuft, hat sie bleibende Schäden. Es wird sicherlich noch Ärger mit der Versicherung geben.«

»Das ist wirklich schrecklich. Ich hoffe, sie wird gesund.« Katha fand Hakan ziemlich unsensibel, dass er zuerst an mögliche Probleme mit der Versicherung dachte statt an die Gesundheit des Mädchens.

»Delf hat mir erzählt, dass es vor ein paar Jahren einen Vorfall mit einem Fahrschüler und meinen Vater gab. Er soll ihn bedroht und ihm aufgelauert haben, hat Delf gesagt.«

Hakan überlegte einen Moment. »Du meinst die Sache mit Elias?«

»Keine Ahnung, ich weiß nicht, wie der Fahrschüler hieß.«

»Ja, also wir hatten mal diesen Elias. Er ist ständig durch die Prüfungen gerasselt. Und ja, er hat Matthias halt dafür verantwortlich gemacht. Mit solchen talentfreien Deppen muss ich mich auch manchmal rumschlagen. Aber Elias hat es halt echt übertrieben. Manche Typen sollten halt nicht Auto fahren dürfen. Ist ja kein Grundrecht eigentlich.«

»Und wie ging es dann weiter?«

»Soweit ich weiß, hat er deinem Vater ein paarmal aufgelauert und ihm Prügel angedroht. Elias wollte unbedingt seinen Führerschein. Er hat deinem Vater aber nur Angst gemacht. Mehr ist nicht passiert. Matthias hat wohl mit seinen Eltern ein ernstes Wort gesprochen und gesagt, dass er es der Polizei meldet, wenn Elias nicht aufhört. Irgendwann hat er halt die Fahrschule gewechselt. Keine Ahnung, ob er da dann die Prüfung bestanden hat.«

»Und wann war das genau?«

Hakan überlegte.

»Ich glaube so vor drei oder vier Jahren.«

»Meinst du, dieser Elias könnte sich jetzt nach so langer Zeit dafür noch rächen?«

»Warum sollte er das tun?«

»Vielleicht hat ihn irgendetwas getriggert«, erwiderte Katha, fand ihre Worte aber selbst nicht überzeugend.

Ja, es klang nach einer Sackgasse. Trotzdem würde es vielleicht nicht schaden, diesen Elias zu checken. Was er heute machte, wo er lebte.

Sie blickte auf ihre Armbanduhr. Es war jetzt 11:02 Uhr. Die Frist lief bis Donnerstagnacht 4 Uhr. Unter der Annahme, dass die 48 Stunden ab 4 Uhr begannen, dem Zeitpunkt, als sie den Brief fand, blieben ihr also noch knapp 41 Stunden, um Ronjas Leben zu retten.

»Weißt du, wie dieser Elias mit Nachnamen heißt?«

Hakan bewegte leicht den Kopf. Sofort verzog er schmerzhaft das Gesicht. »Nein, leider nicht, aber wir haben eine Liste im Computer in der Fahrschule. Unter dem jeweiligen Fahrlehrer sind alle Fahrschüler hinterlegt. Schau am besten dort nach.«

»Danke, das mach ich.«

Katha sprang auf und nahm ihre Jacke, die sie über die Stuhllehne gehängt hatte.

»Kann ich noch etwas für dich tun, Hakan?«

»Ja. Sag bitte meine restlichen Fahrstunden ab, okay? Mein Planer lag allerdings im Auto.«

»Ich glaube, Tanja hat das bereits gemacht, aber ich kümmere mich drum.«

Als Katha wieder in ihrem Auto saß, zog sie ihr Handy aus der Tasche und wählte, so absurd es war, Ronjas Nummer.

»Ob du eine Nachricht hinterlässt oder nicht, ist mir scheißegal, ich höre es sowieso nicht ab«, belehrte sie die Stimme ihrer Nichte, nachdem die Mailbox angesprungen war. Frustriert wollte Katha bereits das Handy wieder einstecken, als es in ihrer Hand zweimal vibrierte. Eine anonyme Nummer hatte ihr eine MMS geschickt.

Wer verschickt denn heute noch eine MMS?

Mit zittrigem Finger öffnete sie die Nachricht.

»Was hast du mit ihr vor, du perverses Schwein«, flüsterte sie, während sie auf ihr Handydisplay starrte.

32

»Du kannst dich wieder anziehen. Das war nur fürs Foto.«

Nachdem er ihre Fesseln gelöst hatte, warf er ihr Pulli und Hose zu. Endlich befreit, nahm Ronja sich vorsichtig den Knebel aus dem Mund. Ihr Rachen war staubtrocken, das Schlucken schmerzte. Sie wusste, dass sie besser genau das tat, was er von ihr wollte. Noch immer hielt er eine Waffe in der Hand.

»Ich würde dir raten, nicht zu schreien. Wenn du brav bist, muss ich dich nicht mehr knebeln. Wenn nicht, dann …«

»Was haben Sie mit mir vor?«

»Nichts Besonderes. Du musst hier nur warten. Jemand anderes muss etwas tun. Und damit sie das auch macht, brauche ich dich.«

»Sie?«

O Gott, sie haben Chrissy! Muss sie etwa etwas für Onkel Joe machen?

»Ja, ich rede von einer Sie.«

»Ich weiß, wir haben Scheiße gebaut. Aber das ist doch jetzt echt zu krass. Ich meine, Sie betäuben mich, bringen mich hier her und bedrohen mich mit einer Waffe. Alles, weil wir ein Auto demoliert haben? Wir kriegen das Geld für die Reparatur schon zusammen, sagen Sie das Onkel Joe bitte.«

Der Mann starrte sie einen Moment lang an und ließ dann die Waffe sinken.

»Wie wollt ihr denn das Geld zusammenkriegen? Hast du dir das schon überlegt?«

»Wir können Ferienjobs machen. Immerhin sind wir zu viert, da bekommen wir das Geld schon zusammen.«

»Was war das denn für ein Auto?«

»Ein Dodge Challenger«, erwiderte Ronja, erstaunt über die Frage.

Plötzlich lachte der Mann auf.

»Nette Geschichte, aber nein, ich kenne keinen Onkel Joe«, sagte er.

Ronja erstarrte für einen Moment. »Wenn Sie nicht für Onkel Joe arbeiten, wer sind Sie dann? Und warum bin ich hier?«

»Ich arbeite ganz sicher für niemanden. Und du bist wegen etwas anderem hier. Wegen *jemand* anderes.«

»Wegen wem denn?«

Der Mann hob die Waffe wieder und schwenkte sie langsam hin und her.

»Es geht …«, er machte eine spannungsvolle Pause, »… um deine Tante Katha! Du bist wegen ihr hier. Du hast das alles ihr zu verdanken.«

»Was wollen Sie denn von ihr?«

»Nicht viel. Eigentlich will ich nur, dass sie mir die Wahrheit sagt.«

»Worüber?«

»Du stellst zu viele Fragen.«

»Wie lange muss ich hierbleiben?«

»Zwei Tage. Und wie gesagt, bist du brav, wird es gar nicht so schlimm. Schließlich darfst du in meinem gemütlichen Gästezimmer wohnen.«

»Und wenn ich nicht brav bin?«

»Dann muss ich dich wohl oder übel an einen Ort bringen, an dem es nicht so schön ist. Und glaube mir, da willst du wirklich nicht sein.«

Plötzlich hielt er sich die Waffe an die Schläfe und tat so, als würde er abdrücken. Er warf seinen Kopf herum und ließ seine Zunge aus dem Mund heraushängen. Dann lachte er und zielte wieder auf ihren Kopf.

Ronja betrachtete den Mann mit der hässlichen Narbe im Gesicht. Er war genauso dünn und blass wie sie selbst auch.

»Wie heißen Sie?«, fragte sie, einer Eingebung folgend.

»Nenn mich einfach … Vic.«

»Okay. Dann muss ich Ihnen jetzt was sagen, Vic.«

»Sag ruhig Du zu mir. Was willst du mir denn sagen?«

»Ich glaube, ich bin meiner Tante Katha ziemlich egal. Was auch immer du von ihr willst, als Druckmittel funktioniere ich ganz bestimmt nicht.«

Der Mann lachte erneut auf. Dann blickte er sie eindringlich an.

»Glaub mir, Kind, sie wird *alles* tun, um dich zu retten. Spätestens nach diesem Foto muss sie Angst haben, dass sie schuld daran ist, wenn dir etwas passiert.«

33

Das Foto, auf dem ihre gefesselte, halb nackte Nichte zu sehen war, hatte sie getriggert. All die Gefühle von damals, die sie lange Zeit so gut hatte verdrängen können, kamen wieder zum Vorschein. Es war, als würde ein eisiger Wind durch ihre Seele fegen. Nie würde sie sich verzeihen, wenn Ronja erleben müsste, was auch sie beinahe zerstört hatte. Wütend hämmerte sie aufs Lenkrad.

»Was für eine verfickte Wahrheit willst du wissen, du Bastard?«, schrie sie.

Ein Klopfen an die Scheibe der Beifahrertür erschreckte sie fast zu Tode. Delf stand da und blickte sie besorgt an. Katha atmete mehrmals tief durch und stieg dann aus.

»Alles in Ordnung? Ich wollte dich nicht erschrecken …«

»Tut mir leid. Ich bin gerade ein wenig angespannt.«

»Ich hatte gehofft, dich hier nach meiner Prüfung abzufangen. Larissa hat übrigens bestanden. Hast du mit Hakan sprechen können?«

»Ja, aber er konnte sich nur an den Vornamen des Fahrschülers erinnern. Ich muss in die Fahrschule und in eure Datenbank. Ich hoffe, mein Vater hatte nicht zu viele Fahrschüler mit dem Namen Elias.«

Katha merkte erst jetzt, dass Delf sie anstarrte. Eilig wischte sie sich die Tränen aus dem Gesicht.

»Es geht mich vielleicht nichts an, aber ist wirklich alles okay? Also ich meine, natürlich ist nichts wirklich okay. Aber … also ist sonst noch irgendetwas? Ich habe dich gerade im Auto fluchen gehört und …«

»Nein. Nichts ist Ordnung. Warum bist du eigentlich hier?«, fragte sie.

»Mein zweiter Prüfling ist schon nach fünf Minuten durchgefallen, und ich dachte, vielleicht kann ich dich noch unterstützen oder selbst mit Hakan sprechen.«

»Kann ich dir vertrauen?«

Delf blickte sie überrascht an und nickte dann. »Natürlich kannst du mir vertrauen.«

»Meine Nichte Ronja wurde heute Nacht entführt.«

»Was?« Delf wirkte ehrlich erschüttert. Unvermittelt zog er Katha zu sich heran und nahm sie in seine Arme. »Das ist furchtbar. Was kann ich tun? Wie kann ich dir helfen?«

Katha löste sich aus der Umarmung.

»Ich habe noch einundvierzig Stunden Zeit, um sie zu retten. Aber ich habe keine Ahnung, was der oder die Entführer von mir wollen.«

»Wieso einundvierzig Stunden? Geht es denn nicht um Geld? Hast du schon die Polizei verständigt?«

»Ich soll irgendeine Wahrheit herausfinden. Wenn ich das nicht schaffe, dann ist Ronja in einundvierzig Stunden tot. Und wenn ich die Polizei informiere, dann stirbt sie ebenfalls. So lautete die Botschaft.«

Delf sah sie schockiert an. »Das darf nicht wahr sein.«

»Bitte sag es niemanden. Ich hätte es nicht mal dir erzählen dürfen.«

»Natürlich. Aber meinst du wirklich, es hat was mit einem Fahrschüler zu tun? Oder warum willst du auch weiterhin nach diesem Elias suchen?«

»Ich weiß es nicht. Aber wo soll ich sonst anfangen? Ich glaube, die Unfälle und der Tod meines Vaters hängen damit irgendwie zusammen. Das kann doch alles kein Zufall sein.«

»Okay, dann fahren wir in die Fahrschule und durchforsten die Datenbank. Vieleicht finden wir ja etwas.«

34

Auch wenn es auf der Schwäbischen Alb immer ein bisschen kühler war als unten in der Stadt, war es ein heißer Tag im Mai. Der Mist stank stärker als sonst, und es waren auch mehr Fliegen da. Immer wieder musste er sie mit der Hand verscheuchen. Es war an der Zeit, wieder einmal gründlich auszumisten, auch wenn er diesen Job nicht besonders mochte.

Seine Schweine hatte er in den hinteren Stallbereich gedrängt, von wo sie ihm jetzt hinter dem metallenen Gatter bei der Arbeit zuschauten und grunzten. Noch war er sich nicht sicher, welches Tier es werden sollte. Welches Schwein wäre wohl am besten für die nächste Prüfung geeignet? Eines von den Kleinen oder lieber ein altes, schwaches, auf das er getrost verzichten könnte?

Mit der Mistgabel stach er tief ins dunkel gefärbte Stroh und wuchtete einen mit Mist durchtränkten Ballen hoch auf einen Anhänger, den er direkt neben dem Stall platziert hatte. Auch wenn ihm die Arbeit im wahrsten Sinne des Wortes stank, hielt sie ihn immerhin fit. Sein Körper war muskulös und stark, auch wenn man ihm seine Kraft nicht auf Anhieb ansah. Als der Hänger gut gefüllt war, rollte er einen frischen Ballen ins Gehege, lockerte ihn auf und verteilte das Stroh im ganzen Stall.

»So, jetzt habt ihr wieder ein weiches, sauberes Bett«, sagte er, und öffnete das Gatter, so dass die Schweine Zugang bekamen.

Während eins nach dem anderen in den frisch gestreuten Stall rannte, kam ihm eine Idee.

Mit einem Grinsen im Gesicht ließ er ein Schwein nach dem anderen in den Stall, den letzten beiden schlug er das Gatter vor der runden Nase zu.

»Ihr nicht. Ihr habt es so gewollt.«

Dann nahm er sich zwei Stricke und band sie den beiden um den Hals. Die große Sau ließ es mühelos über sich ergehen, während ihr kleines Ferkel quietschte und schrie.

»Mutter und Sohn. Na, dass passt doch. Hätte ich nicht besser aussuchen können.«

Manchmal muss man den Dingen einfach ihren Lauf lassen, dachte er und begann sein Lied zu pfeifen. Mit den Stricken um ihre Hälse führte er die Schweine aus dem Stall und hinein ins Haus.

35

»Und du bist sicher, dass du nicht die Polizei einschalten willst?«

Kathas Kopf dröhnte. Sie war froh, dass Delf ihr Auto zur Fahrschule fuhr, denn sie konnte keinen klaren Gedanken fassen.

»Das kann ich nicht riskieren. Der Entführer hat mir ein Bild von Ronja geschickt.«

»Was? Und was ist darauf zu sehen …?«

»Meine Nichte, gefesselt und halb nackt. Wer auch immer dahintersteckt, er meint es ernst.«

»So ein mieses Schwein! Okay, ich kann verstehen, dass du kein Risiko eingehen willst. Also gut, keine Polizei.«

Delf starrte auf die Straße vor ihnen. »Was stand genau in dieser Botschaft? Also wörtlich?«, wollte er wissen.

»Denn ich habe einen Tag der Rache mir vorgenommen; das Jahr, die Meinen zu erlösen, ist gekommen. Sag die Wahrheit, oder sie stirbt! Achtundvierzig Stunden, um das Geheimnis zu lüften. Keine Polizei, sonst richte ich sie sofort«, rezitierte Katha auswendig und ohne Delf dabei anzuschauen. Die Zeilen hatten sich tief in ihr Hirn eingebrannt.

»Mittlerweile sind es nur noch etwa vierzig Stunden. Und wenn der Stau hier noch schlimmer wird, dann sind es nur noch neununddreißig, bis wir in der Fahrschule sind. Verdammt nochmal …«, platzte es aus Katha heraus.

Ihre Anspannung übertrug sich auch langsam auf Delf, der nun hupte, weil das Auto vor ihm nicht sofort losfuhr, obwohl die Ampel auf Grün umgeschaltet hatte.

»Tag der Rache«, sagte Delf plötzlich. »Wer will sich denn an dir oder deiner Nichte rächen? Wofür denn?«

»Wenn ich das wüsste, könnte ich das Geheimnis ja lüften. Kann ich aber nicht, weil ich es nicht weiß.«

Noch eine Ampelphase, dann hätten sie wieder freie Fahrt. Delf wechselte die Spur.

»Mann, ich hätte einfach obenrum fahren sollen. Tut mir leid. Ich war so in Gedanken, dass ich nicht nachgedacht habe. Durch den Scheibengipfeltunnel wäre es bestimmt schneller gegangen.«

»Ich hoffe nur, die halbe Stunde fehlt mir am Ende nicht, um Ronjas Leben zu retten«, sagte Katha resigniert. »Und ich weiß kaum etwas über meine Nichte. Ob sie Probleme in der Schule hat, vielleicht hat sie einer Freundin den Freund ausgespannt, und die will sich jetzt rächen? Oder sie hat einem Lehrer oder einer Lehrerin das Leben schwer gemacht? Oder sie hat einen Stalker? Ich habe absolut keine Ahnung. Also wieso soll ausgerechnet ich die Wahrheit sagen? Ich verstehe das alles nicht.«

Die Ampel wurde wieder grün, und Delf hatte endlich freie Fahrt.

»Wenn ich darüber nachdenke, muss es eher etwas mit meinem Vater zu tun haben, oder?«

»Was ist mit dir?«, fragte Delf zögerlich.

Katha schwieg, während Delf zunächst erneut die Fahrbahn wechselte und anschließend in eine Nebenstraße bog.

»Wo fährst du denn hin? Das ist doch nicht der Weg zur Fahrschule.«

Delf sagte nichts. Ohne sie anzusehen, fuhr er auf einen Parkplatz am Seitenstreifen. Dann stellte er den Motor aus.

»Ich weiß.«

36

Ausgerechnet Pizza. Ronja saß mit ihrem Entführer an einem Tisch, und sie teilten sich eine Pizza. Zwar war das eigentlich ihr Leibgericht, aber sie hatte keinen Hunger. War es Mittag oder schon Abend? Sie wusste es nicht. Nach Vics Aufforderung knabberte sie schließlich an einem Stück herum.

»Sei froh, dass du etwas zu essen bekommst«, hatte er noch betont. Dass sie Vegetarierin war, interessierte ihn nicht. Pizza Salami mag schließlich jeder, meinte er.

»Meine Schwester liebte Pizza Salami. Für sie war es das Größte, wenn wir Pizza holten.«

»Was ist mit deiner Schwester? Ist sie gestorben, oder warum sprichst du von ihr in der Vergangenheit?«

Schlagartig hielt Vic inne. Ronja begriff, dass sie ein schmerzhaftes Thema angesprochen hatte. Langsam legte er das Stück Pizza auf seinem Teller ab.

»Ja, ich habe meine Schwester früh verloren. Sie fehlt mir bis heute. Alles wurde schlimmer, als sie nicht mehr da war. Und Mutter …« Er verstummte und schloss für einen Moment die Augen. »Iss jetzt.«

Ronja nagte lustlos am Rand der Pizza herum. »Ich vermisse meine Eltern auch. Seit ich sie nicht mehr habe, fühle ich mich immer … wie eine Last. Als wäre ich nur noch eine Bürde für andere.« Ronja legte ihre Pizza ab. »Meine Tante Katha hat sich kein Stück für mich interessiert. Bestimmt ist es ihr sogar recht, wenn ich jetzt weg bin und sie sich nicht um mich kümmern muss. Dein Plan kann also kaum funktionieren.«

Sie bemerkte eine Reaktion in seinem Gesicht. Er hörte ihr offensichtlich zu, blieb allerdings stumm.

»Ich glaube, ich bin meiner Tante Katha ziemlich egal. Was auch immer du von ihr willst. Als Druckmittel funktioniere ich vermutlich nicht besonders gut.«

Der Mann, der sich ihr als Vic vorgestellt hatte, lachte. Es klang fast schon gruselig. Dann blickte er sie eindringlich an. »Glaub mir, sie wird *alles* tun, um dich zu retten. Spätestens nach diesem Foto muss sie Angst haben, dass sie schuld daran ist, wenn dir etwas passiert, was auch sie schon durchleben musste.«

Ronja gingen plötzlich mehrere schreckliche Gedanken durch den Kopf. Was war es genau, das ihre Tante hatte durchleben müssen?

Aber Vic war noch nicht fertig. »Und wie schlimm wäre es, wenn sie wüsste, dass es auch noch derselbe Mann ist, der auch für ihr Trauma verantwortlich ist?«

Stille trat ein.

»Woher hast du eigentlich die Narbe in deinem Gesicht?«, fragte Ronja dann, um das Thema zu wechseln.

»Du bist wirklich zu neugierig. Iss jetzt, sonst bekommst du nichts mehr. Und trink deinen Saft.«

Sein Tonfall wurde strenger, und Ronja beschloss zu gehorchen. Sie aß ihr Stück Pizza und spülte es mit dem Saft hinunter. Nachdem auch Vic fertig gegessen hatte, fasste er sie am Handgelenk und führte sie zurück zum Bett. Ronja spürte, dass sich ihre Beine seltsam schwer anfühlten. Als hätte sie ewig auf diesem Stuhl am Tisch gesessen. Kurz knickte sie weg, merkte noch, wie Vic sie hielt.

»Leg dich lieber hin«, sagte er, als sie am Bett waren, »bevor die Tropfen wirken.«

»Welche Tropfen?«

»Die in deinem Saft. Ich habe heute noch etwas vor und keine Lust auf Überraschungen.«

37

»Was soll das?« Kathas Herz schlug heftig, während Delf konzentriert in den Rückspiegel schaute.

»Siehst du den schwarzen SUV?«

Katha blickte in den Außenspiegel. »Ja. Was ist mit dem?«

Der schwarze Geländewagen stand ein paar Meter hinter ihnen und hatte den Blinker gesetzt, schien aber nicht die Absicht zu haben, tatsächlich einparken zu wollen.

»Halt mich für verrückt, aber ich glaube, der verfolgt uns schon die ganze Zeit.«

»Hast du deswegen so oft die Spur gewechselt?«

»Ja«, antwortete Delf, ohne sie dabei anzusehen. Er starrte immer noch in den Rückspiegel. Dann plötzlich schnallte er sich ab und öffnete die Tür. Noch ehe Katha etwas sagen konnte, sprang er heraus und lief auf den Wagen zu. Hastig drehte Katha ihren Kopf, konnte aber auch nicht mehr als im Außenspiegel sehen.

Delf rannte auf den SUV zu. Kathas Herz schlug schneller. Dann gab der Geländewagen plötzlich Gas und rauschte dicht an Delf vorbei. Als der Wagen Katha passierte, erhaschte sie einen kurzen Blick auf den Fahrer und versteinerte. Er hatte sich weggedreht, hatte versucht, seine Identität zu verbergen. Doch sie hatte ihn erkannt. Wie hätte sie ihn nicht erkennen können?

Die Fahrertür öffnete sich, und Delf stieg wieder ein.

»Den Kerl müssen wir verfolgen. Das war doch offensichtlich, oder?« Delf war außer Atem. »Hast du den Fahrer gesehen?«, fragte er.

Doch Katha schwieg. Sie wusste nicht, was sie sagen sollte.

»Katha? Sag doch etwas? Soll ich hinterherfahren?«

»Nein. Der ist eh schon weg.«

»Der? Wer war es denn? Kennst du ihn etwa?«

Katha nickte. »Ja, ich kenne ihn. Sogar sehr gut.« Sie spürte Delfs Blick, sprach jedoch nicht weiter.

»Du willst mir nicht sagen, wer es war, oder? Oder warum er uns verfolgt? Wer auch immer es war, könnte er vielleicht was mit der ganzen Sache zu tun haben?«

»Nein, das denke ich nicht.«

Katha begriff, dass sie Delf die Wahrheit sagen musste. Auch wenn sie ihn kaum kannte, war er der Einzige, der ihr im Moment zur Seite stand und ihr anscheinend einfach nur helfen wollte.

»Das war mein Ex-Verlobter. Frieder Haug.«

»Dein … Ex-Verlobter?« Delf schien sich wieder etwas zu beruhigen. »Okay, also vielleicht geht mich das ja nichts an, aber ich denke, du hast mich nicht ohne Grund ins Vertrauen gezogen.«

Katha nickte stumm, ohne Delf anzusehen.

»Ich weiß nicht, was zwischen euch war oder ist. Aber könnte es sein, dass er vielleicht was mit der Sache zu tun hat? Ich meine, warum verfolgt er uns? Und dann haut er einfach ab? Das macht man doch nicht ohne Grund.«

Katha schüttelte den Kopf. »Nein, er hat damit nichts zu tun. Ganz sicher nicht.«

Egal wie aufdringlich und beharrlich Frieder sein konnte; ihre Nichte zu entführen und so ein Foto von einer Dreizehnjährigen zu machen und mit ihrem Tod zu drohen, zu so etwas wäre er nicht fähig. Aber eine Sache beunruhigte sie dennoch: Frieder wollte sie zurückhaben. Um jeden Preis. Und jetzt, seit sie wieder hier war, würde er erst recht alles daransetzen, sie zurückzuerobern. Und offensichtlich ging er dafür ziemlich weit.

»Lass uns in die Fahrschule fahren. Bitte.« Nun schaute sie Delf doch an. »Wir dürfen nicht noch mehr Zeit verlieren.«

38

»Du siehst gar nicht gut aus«, sagte das Monster, und seine Stirn legte sich in Falten. »Du hast die erste Prüfung bestanden. Du musst dich nicht grämen.«

Um ihm zu antworten, fehlte ihr die Kraft. Jeder Muskel tat ihr weh, Hitzewellen wechselten sich mit Schüttelfrost ab. Ihre Brüste schmerzten so sehr, dass sie sich beinahe wünschte, wieder ohnmächtig zu werden.

»Das ist jetzt wirklich ungünstig. Ich habe gerade begonnen, die zweite Prüfung vorzubereiten. Zum Glück habe ich mit einer Sache noch gewartet …«

Er schien mehr mit sich selbst zu sprechen als mit ihr. Sie zog ihre Beine an und umklammerte die Knie. Dumpf hörte sie, wie er die Tür öffnete. Langsam hob sie den Kopf und sah, wie er auf sie zukam. Dann beugte er sich zu ihr hinunter und legte seine Hand auf ihre Stirn.

»Das ist gar nicht gut. Das ist auch völlig gegen die Regeln. Glaub bloß nicht, du könntest dich drücken.«

Corinna spürte, wie er seine Hände in ihren Körper grub und an ihr zerrte. Nach einigem Hin und Her zog er sie auf der Decke, auf der sie lag, über den Boden nach draußen. Wie einen Sack ließ sich Corinna über den Flur ziehen, vorbei an den anderen Zellen. Sie wusste nicht, ob der Fieberwahn sie bereits halluzinieren ließ oder ob sich in einer der Zellen tatsächlich zwei Schweine befanden. Sie schloss die Augen wieder.

Als er sie über die Türschwelle zog, bohrte sich etwas in ihren Rücken, und sie stöhnte auf. Wenig später verharrte er, und sie wurde nicht mehr weitergezogen. Als sie die Augen öffnete, hatte sich der graue Steinboden in weiße Kacheln verwandelt.

»Ich lass dir jetzt ein warmes Bad ein. Eigentlich ist das zwar nicht meine Aufgabe, aber tot nützt du mir auch nichts. Ich will es wirklich mit dir versuchen, Corinna. Du hast Potenzial.«

Sie hörte, wie das Wasser rauschend in die Keramikwanne floss.

»Wenn du mithelfen könntest, wäre das gut«, sagte er, während er an ihrer Hose zerrte.

Sie mobilisierte ihre letzten Kräfte und hievte sich hoch. Dann lehnte sie mit dem Rücken an der Wanne und ließ ihren Blick durch den Raum schweifen. So wie er eine Küche in seinem Keller eingebaut hatte, gab es auch ein Badezimmer mit Fliesen, Waschbecken, WC und Wanne.

»Du kannst dich gerne selbst ausziehen. Denk nicht, mir würde das gefallen.« Er richtete sich auf und ging zum Waschbecken. Darüber befand sich ein Spiegelschränkchen, das er mit einer schnellen Bewegung öffnete.

Nein, sexuell bist du nicht an mir interessiert. Das habe ich schon verstanden, du Muttersöhnchen.

Für einen Moment überlegte sie, was schlimmer wäre: Sexualstraftäter oder Psychopath? Pest oder Cholera? Beides brachte am Ende wahrscheinlich den Tod.

Das Monster ging in die Hocke und reichte ihr drei Tabletten. »Hier, nimm die.«

»Was ist das?«

»Gegen das Fieber. Und die Schmerzen. Du wirst dich danach besser fühlen.«

Sie blickte in seine hellen Augen, die sie auffordernd anschauten. Dann steckte sie die Tabletten in den Mund, doch beim Versuch, sie zu schlucken, scheiterte sie. Ihre Kehle war zu geschwollen. Hustend und spuckend landeten die Pillen wieder in ihrer Hand.

Vielleicht sterbe ich jetzt einfach. *Der Gedanke fühlte sich gut an.*

Das Monster erhob sich und gab den Blick auf die Toilette direkt gegenüber frei. Sie glänzte. Wie der Rest des Badezimmers. Die Fliesen, der Boden, man konnte sich darin spiegeln.

Wie viele Frauen sind hier in deinem Keller schon gestorben? *fragte sie sich unwillkürlich.*

»Trink.«

Corinna drehte ihren Kopf und blickte nach oben. Das Monster stand leicht gebeugt über ihr und hielt ihr ein Glas mit Wasser entgegen.

Sorgst du dich etwa wirklich um mich?

Vielleicht war er doch noch ein Mensch. Halb Monster, halb Mensch. Vielleicht musste sie ihn nur besser kennenlernen. Vielleicht hatte er eine Schwachstelle, die sie ausnutzen konnte. Sie musste sie nur noch finden. Beherzt griff sie nach dem Glas und versuchte ein zweites Mal, die Tabletten in ihren Körper zu befördern. Diesmal mit Erfolg.

»Du hast deine Sachen immer noch an. So kannst du nicht in die Badewanne«, hörte sie ihn sagen.

Sie bemühte sich, ihre geöffnete Hose abzustreifen, doch sie kam nur bis zu den Knien. Es dauerte zu lange, weshalb das Monster irgendwann mit anpackte. Entschlossen und grob. Innerhalb kürzester Zeit saß sie jetzt nur noch mit ihrem Slip bekleidet auf den kalten Fliesen und zitterte. Er packte sie unter den Achseln und wuchtete sie hoch, so dass sie nun halb über den Wannenrand hing. Als ihr Arm das warme Wasser berührte, war es, wie der erste Sonnenstrahl auf der Haut nach einem kalten, langen Winter. Sofort raffte sie sich auf und stieg mit ihrer letzten Kraft hinein in das wohlig warme Wasser. Sie hatte das Gefühl, endlich wieder atmen zu können. Und selbst ein Monster, das sie anstarrte, konnte dem Kampfgeist, der sich mit einem Mal in ihr entfachte, nichts anhaben.

39

Während Delf den Computer hochfuhr, rief Katha bei Ursel an.

»Ja, hallo?«, meldete sich die alte Dame. Ihre Stimme wirkte zerbrechlich.

»Ursel, ich bin es Katha. Sag mal, hast du mittlerweile den Namen und die Nummer von Ronjas Freundin gefunden?«

»Ach, Kind, ich habe gar nicht mehr geschaut, weil Ronja doch wieder da war. Hast du mit ihr denn nicht darüber gesprochen?«

Nein, natürlich nicht, weil ich mal wieder nicht nachgedacht habe, verfluchte Katha sich selbst.

»Warum brauchst du sie denn? Ist Ronja schon wieder unpünktlich? Hat sie um diese Zeit nicht noch Schule?«

Die Schule! Mist! Die melden sich bestimmt auch noch, wenn Ronja unentschuldigt fehlt.

»Nein, nein. Alles okay. Ich wollte nur …«, Katha überlegte. Sie durfte Ursel nichts von der Entführung erzählen. »Weißt du … ich habe einfach vergessen, sie danach zu fragen. Also wenn du den Namen und die Nummer noch hast, gib sie mir doch bitte. Sie wollte heute Abend wieder weg, deshalb. Nur zur Sicherheit.«

»Ach so, ja. Dann strenge ich meine grauen Zellen kräftig an und überlege, wo ich den Zettel hingetan haben könnte.«

»Vielen Dank, Ursel.«

»Ist sonst alles in Ordnung bei dir, Katharina? Du klingst so besorgt. Brauchst du meine Hilfe noch bei irgendwas? Soll ich vielleicht ein Mittagessen für uns alle kochen?«

»Lieb von dir, aber ich komme zurecht, danke. Ich melde mich wieder.« Katha legte schnell auf. Sie checkte nochmals ihr Display nach eingegangenen Nachrichten, bevor sie zu Delf ins Büro ging. Er hatte bereits eine Excel-Tabelle geöffnet.

»Also in den letzten fünf Jahren hatten wir fünf Fahrschüler mit dem Namen Elias. Drei davon hatten bei deinem Vater Unterricht.«

»Okay, kannst du mir die Telefonnummern und Adressen ausdrucken?«

»Klar.« Delf markierte die Namen und klickte auf das Druckersymbol. Der Drucker startete mit ein paar Sekunden Verzögerung. »Und was genau willst du jetzt tun?« Delf hatte sich zu ihr umgedreht und die Arme vor der Brust verschränkt.

Katha nahm die Ausdrucke, die der Drucker ausspuckte, und blickte auf die Adressen. »Ich werde dort hinfahren und herausfinden, welcher von den dreien meinem Vater gedroht hat.«

»Und was machst du dann?«

»Wenn ich weiß, wer es ist, werde ich ihn unter die Lupe nehmen.« Katha spürte selbst, wie wenig überzeugend sie klang.

»Unter die Lupe nehmen? Willst du vorbeifahren und checken, ob er zufällig deine Nichte bei sich zu Hause gefangen hält?« Sein Tonfall hatte sich verändert, er klang nun beinahe sarkastisch.

Katha setzte sich gegenüber auf einen Stuhl. »Hast du einen besseren Vorschlag?«

»Nein, sorry. Ich habe auch keine Ahnung. Aber ich weiß nicht, ob es sinnvoll ist, den erst besten Verdächtigen sofort unter

Generalverdacht zu stellen. Ich meine, was, wenn er damit gar nichts zu tun hat und damals nur falsch getickt hat?«

»Delf, ich bin froh, dass du mir hilfst. Aber ich wollte dich da auch nicht in was reinziehen. Ich habe wirklich keine Ahnung, was ich tun soll … ich …« Kathas Unterlippe begann zu beben.

»Vielleicht sollten wir einfach mehrgleisig fahren. Wenn wir zu viel Zeit verschwenden, eine Sache zu verfolgen, hast du vielleicht keine Zeit mehr, noch anderen Hinweisen nachzugehen.«

»Hinweisen nachgehen? Was denn für Hinweisen? Wir haben doch sonst nichts.«

»Was ist mit deinem Ex-Verlobten? Was ist … Tut mir leid, das sagen zu müssen, aber was ist mit dir? Oder mit Ronja?«

Für einen Moment tauschten beide Blicke aus. Dann senkte Katha den Kopf. Delf hatte recht. Da sie keinen blassen Schimmer hatte, um was es dem Entführer ging, konnte jeder damit etwas zu tun haben. »Was schlägst du vor?«

»Ich könnte mich entweder darum bemühen, herauszufinden, welcher Elias es von den dreien war und was er heute macht, oder ich führe mal ein Gespräch mit deinem Ex-Freund oder beobachte ihn«, schlug Delf vor.

»Ich glaube, das mit Frieder mache ich am besten selbst«, sagte Katha und dachte auch an das Schließfach ihres Vaters. So könnte sie gleich zwei Dinge erledigen: Frieder auf den Zahn fühlen und mehr über ihren Vater und seine finanzielle Situation herausfinden.

»Okay, dann kümmere ich mich um Elias, wenn das für dich in Ordnung ist.«

Katha nickte und reichte ihm die ausgedruckten Adressen. »Du musst das nicht tun, Delf. Es ist alles einfach ein einziges Desaster.«

Delf nahm ihre Hand. »Ich lass dich doch nicht allein damit! Wir werden deine Nichte retten. Versprochen.«

Katha blickte in seine hellblauen Augen, dann fiel sie ihm um den Hals. Eine Weile hielt er sie in den Armen und sagte nichts. Als sie sich wieder von ihm löste, blickte er sie an.

»Katha, bitte ziehe auch in Betracht, dass es etwas mit dir selbst zu tun haben könnte. Warum hast du damals als Fahrlehrerin eigentlich aufgehört und bist nach Berlin gezogen?«

Ohne ihm zu antworten oder weiter nachzudenken, schnappte sich Katha ihre Handtasche und stürzte aus dem Büro.

40

Tati betrat die Fahrschule in der Innenstadt, nahe des Bahnhofs. Es war bereits die vierte an diesem Tag. Sie hatte sogar die Redaktionskonferenz und die Blattkritik ausfallen lassen. Erstaunlicherweise hatte niemand etwas gegen eine Unterhaltung mit ihr einzuwenden gehabt. Allerdings hatte sie bisher auch noch nichts erfahren, das sie weitergebracht hätte. Jetzt saß sie dem dicklichen Inhaber der Fahrschule »Achalm-Drive« gegenüber, der gerade in eine Butterbrezel biss.

»Wollen Sie auch eine?«, fragte er freundlich.

Tati lehnte ab, obwohl ihr Magen knurrte. Butterbrezeln passten aktuell leider nicht zu ihrer Low-Carb-Challenge. »Hatten Sie denn mal Fahrschüler und Fahrschülerinnen, die von der Fahrschule Holten zu Ihnen gewechselt sind?«

Der Mann wischte sich etwas Butter vom Mund. »Klar, kommt schon hin und wieder mal vor, dass jemand wechselt.«

»Warum?«, wollte Tati wissen, obwohl sie bereits von den anderen Fahrschulinhabern die Gründe dafür erfahren hatte: zu wenig Fahrstunden, die Schüler wollen schneller an ihren Führerschein, günstigere Preise bei der Konkurrenz.

»Wir haben einfach mehr Fahrlehrer und Fahrlehrerinnen und halten außerdem an jedem Tag der Woche Theorieunterricht ab. Manche Fahrschüler informieren sich vorher nicht richtig und sind dann überrascht, wenn die kleinere Fahrschule das nicht bieten kann. Wir haben vier Filialen im Landkreis Reutlingen. Und wir haben günstigere Tarife für Fahrstunden. Der ein oder andere wechselt dann schon mal … auch vom Holten. Ich kenne … kannte Matthias ja auch schon lange. War ein feiner Kerl. Und ein guter Fahrlehrer.«

»Und gab es auch mal jemanden, der nicht zufrieden war? Oder Kollegen von Ihnen, mit denen Matthias Holten Probleme hatte?«

Der Fahrlehrer überlegte und tunkte seine Brezel in den Kaffee.

»Da gab es mal einen, der ist zigmal bei Matthias durch die Prüfung gerasselt. Der kam dann zu uns. Hat hier auch noch mehrere Anläufe gebraucht, bis er es schließlich geschafft hat. Aber der war ziemlich angepisst vom Holten. Da erinnere ich mich noch gut dran.«

»Und wie hieß der?«

»Sagen Sie mal, was soll das eigentlich für ein Bericht werden? Ich weiß nicht, ob ich einfach so irgendwelche Namen von meinen Schülern rausgeben darf.«

»Ich recherchiere zunächst nur.« Tati legte ihm eine Visitenkarte auf den Tisch. »Wenn Sie unsicher sind, können Sie diesem Fahrschüler auch meine Nummer geben, dann kann er sich bei mir melden.«

Der Fahrlehrer nickte und tunkte die Brezel erneut in den Kaffee. In der Tasse schwammen mittlerweile nicht nur Krümel, sondern auch Fettaugen.

»Sie haben sicher mitbekommen, dass es zwei Unfälle in der Fahrschule Holten gab. Was denken Sie darüber?«

»Ziemlich tragische Geschichte«, sagte der Fahrlehrer und legte seine Hände auf den dicken Bauch.

»Können Sie sich vorstellen, dass Matthias Holten wegen eines Fahrfehlers gestorben ist?«

»Matthias war einer der besten Zweiradfahrlehrer, den ich in meiner beruflichen Laufbahn kennengelernt habe. Ich schließe aus, dass er einen Fehler gemacht hat. Schon gar nicht an dieser Stelle. Haben Sie sich den Unfallort mal angesehen?«

Tati schüttelte den Kopf.

»An dieser Stelle kommt man nicht einfach so von der Fahrbahn ab. Da muss schon ein anderes Fahrzeug beteiligt sein oder aber …«, er machte eine Pause und zog die Augenbrauen nach oben, »… man will es.«

41

Katha wusste, dass sie sich alles andere als korrekt verhalten hatte. Aber Delfs Frage hatte ihr den Atem geraubt. Allein der Gedanke, darüber sprechen zu müssen, löste in ihr blanke Panik aus. Immer wieder hatte sie es versucht, doch selbst in der Therapie fiel es ihr schwer, das Erlebte mit Worten noch einmal hochzuholen. Die vergangenen zwei Jahre, nach dem Therapieabbruch, hatte sie es geschafft, alles so weit zu verdrängen, dass sie zumindest das Gefühl gehabt hatte, neu anfangen zu können. Weit weg von Reutlingen. Doch seit sie wieder hier war, holte sie die Vergangenheit immer mehr ein. Es war wie ein schleichendes Gift, das sich mehr und mehr in ihrem Körper verteilte.

Katha stieg in ihr Auto und fuhr los. Dabei fiel ihr ein, dass Delf sein Auto noch am Krankenhaus stehen hatte.

Du kannst sicher ein anderes Fahrschulauto nehmen, sagte sie sich und nahm eine Route, die sie lange nicht gefahren war, die sie früher jedoch fast täglich zurückgelegt hatte.

Nur wenige Minuten später stellte sie ihr Auto vor Frieders Elternhaus ab. Das Reihenhäuschen am Eck war noch immer das Schönste der ganzen Straße. Frieders Mutter hatte den Vorgarten reichlich bepflanzt, und jetzt im Mai erstrahlten die zehn Quadratmeter in allen Farben. Katha öffnete das Gartentürchen und ging die zwei Stufen hoch. Dann drückte sie auf die Klingel, auf der in geschwungenen Lettern »Familie Haug« geschrieben stand.

Als wenige Sekunden später die Tür geöffnet wurde, stand eine überaus überraschte Mutter Haug vor ihr.

»Katharina? Was machst du denn hier? Wie schön, dich zu sehen«, sagte die Frau, die einmal beinahe ihre Schwiegermutter geworden wäre, und nahm sie in den Arm.

»Hallo, Marion«, erwiderte Katha. »Wie geht es dir? Darf ich vielleicht kurz hereinkommen?«

»Aber ja. Komm, ich mach uns gleich einen Tee. Oder lieber was Kühles? Mensch, dass ich dich hier noch einmal willkommen heißen darf, hätte ich auch nicht gedacht.«

»Mach dir keine Umstände, ich will eigentlich nur kurz mit dir sprechen. Aber lieber drinnen«, sagte Katha und deutete in den Flur.

»Das hört sich ja geheimnisvoll an. Aber natürlich, komm rein.«

Im Flur hatte sich nichts verändert, auch wenn er Katha nun kleiner vorkam. Noch immer hatten Frieders Eltern die alten Fotos von früher an den Wänden hängen und vermutlich alles, was Frieder als Kind je für sie gebastelt hatte, in Vitrinen und auf Regalen ausgestellt.

»Wollen wir ins Wohnzimmer gehen? Peter ist hinten im Garten. Er freut sich bestimmt, dich zu sehen.« Dann nahm sie Kathas Hand und zog die Augenbrauen zusammen. »Es tut uns so leid, was deinem Vater passiert ist. Es ist wirklich furchtbar. Wenn wir irgendetwas für dich tun können, scheue dich nicht, es uns zu sagen.«

»Vielen Dank, Marion. Aber ich bin eigentlich wegen etwas anderem hier«, sagte Katha. »Arbeitet Frieder noch in seiner Bank, oder hat er zwischenzeitig gewechselt?«

»Nein, er ist noch dort. Weißt du es denn gar nicht? Er ist mittlerweile sogar Filialleiter. Ich glaube, der jüngste aller Zeiten, hat er mal gesagt. Ist das nicht wunderbar? Das hat er sich doch immer gewünscht. Wieso willst du das denn wissen? Willst du ihn besuchen?« Ihr Gesicht hellte sich auf. Bevor Katha etwas sagen konnte, fuhr Marion fort: »Du weißt, dass er noch immer nicht über dich hinweg ist, oder? Du bist nach wie vor seine Traumfrau. Er liebt dich von ganzem Herzen, Katharina, daran hat sich nichts geändert.« Plötzlich fasste sie Katha an der Schulter und sah sie eindringlich an. »Wir würden uns alle nichts mehr wünschen, als dass ihr beide wieder zusammenfindet. Frieder hat sich …«, sie senkte ihren Blick für einen Moment und ließ auch Kathas Schulter los, »er hat sich sehr verändert seit damals. Ich habe das Gefühl, dass er sich nicht mehr erlaubt hat, glücklich zu sein. Ohne dich.«

»Marion, es tut mir leid. Und ich wollte euch und Frieder nicht verletzten, doch er muss wirklich darüber hinwegkommen. Ich will ihm keine falschen Hoffnungen machen, aber ich muss mit ihm reden.«

»Ich verstehe. Also er müsste jetzt eigentlich in der Bank sein.«

»Danke, Marion. Sag Peter einen Gruß, und ich komme euch sicher ein anderes Mal besuchen«, sagte Katha und ging zur Tür, um das Haus rasch wieder zu verlassen. Sie stieg in ihr Auto und winkte Marion, die am Eingang stehen geblieben war. Jetzt war es dann so weit: Sie musste zur Bank fahren, zu Frieder.

42

Die Tabletten und das Bad hatten es tatsächlich geschafft, sie zu beleben. Sie fühlte sich deutlich besser, auch wenn das Monster ihr gesagt hatte, dass er sie schon bald zur zweiten Prüfung holen würde. Nun saß sie wieder in ihrem Verlies und aß. Er hatte ihr Nudeln und Tee gebracht. Kamillentee mit Honig und frischem Ingwer. Offensichtlich lag ihm etwas daran, dass sie gesund blieb. Zumindest wollte er sie nicht einfach sterben lassen.

Wenn, dann willst du das schon selbst tun, oder?

Was auch immer sie bei dieser neuen Prüfung erwarten würde, sie fühlte sich stärker und besser vorbereitet als beim ersten Mal. Sie würde diesen Wettbewerb annehmen, sie würde kämpfen, um seinen schwachen Moment zu finden. Dann würde sie das Monster zur Not auch töten, um ihr Baby zu retten. Wenn es noch zu retten war.

Ein Lichtstrahl erhellte plötzlich den Raum. Corinna wunderte sich, warum es in diesem Teil des Kellers nicht einmal ein Licht gab, wo der Rest doch sogar zu einer Art zweiten Wohnung umfunktioniert worden war. Mit der Taschenlampe leuchtete er in ihr Gefängnis, der Strahl traf ihre Augen, die sie sofort schloss.

»Wie geht es dir, Corinna? Hast du gegessen?«

»Es geht mir besser. Danke für die Hilfe.« Sie spielte mit. Er würde von ihr bekommen, was er wollte. So lange, bis er ihr vertrauen würde.

»Freut mich zu hören. Ich schließe jetzt auf und komme rein.

Ich habe die Waffe bei mir, würde mich aber freuen, wenn du freiwillig mitkommst.«

»Das werde ich tun.«

Das Geräusch des Schlüssels im Schloss und das Öffnen der Gittertür jagten ihr jedes Mal einen Schauer über den Rücken. Metall auf Metall, ein leichtes Quietschen, wenn die Tür einen bestimmten Winkel einnahm.

Das Monster berührte ihren Arm und zog sie hoch. Dann gingen sie gemeinsam den Gang entlang, vorbei an den Zellen, die alle leer waren.

Das mit den Schweinen muss ich mir wohl wirklich eingebildet haben.

Sie verließen den Teil des Kellers, in dem sich die Zellen befanden, und kamen in den ausgebauten Teil. Vorbei an dem Badezimmer, aus dem es noch nach ihrem Seifenwasser roch, und durch die Küche, die wieder blitzte und blinkte, als hätte er die ganze Nacht geputzt.

Sie hielten vor einer Tür, die Corinna noch nicht kannte. Das Monster holte einen Schlüsselbund aus der Hosentasche. Etwa zwanzig Schlüssel befanden sich daran, doch das Monster schien sie alle ganz genau zu kennen. Mit nur einem Griff hatte er den passenden Schlüssel und sperrte die Tür auf.

Als sie den Raum betraten, hielt Corinna für einige Sekunden den Atem an. Sie hatte es sich nicht eingebildet. Trotz des Fiebers hatte sie sich nicht getäuscht. Vor ihr, etwa in der Mitte des schmalen Raums standen zwei identische Metalltische. Sie glänzten und waren ganz sicher aus Edelstahl. An den Tischseiten befanden sich Stangen, an die man etwas anbinden konnte. An dem linken Tisch saß bereits ihre Konkurrentin Jelena. Sie streichelte ein kleines Ferkel, das auf ihrem Tisch angekettet war.

43

Als sich die gläserne Schiebetür zum Innenbereich der Bank öffnete, hatte Katha ein mulmiges Gefühl. Der graue Teppichboden verschluckte den Laut ihres unsicheren Gangs, und während sie unruhig ihre Jacke zurechtzupfte, blickte sie die junge Dame am Empfang bereits freundlich an. Sie war Mitte zwanzig und definitiv zu stark geschminkt.

»Hallo, ich würde gerne zu Herrn Haug.«

»Haben Sie einen Termin?«

»Nein. Aber sagen Sie ihm, Katharina Holten möchte ihn sprechen.«

Die Bankangestellte mit dem virtuos gezogenen Lidstrich, die auch als Beauty-Expertin in einer Drogerie hätte arbeiten können, deutete auf ein Zimmer. »Herr Haug hat im Moment ein Kundengespräch. Sie können solange hier warten. Vielleicht hat er danach kurz Zeit für Sie.«

»Wie lange wird das ungefähr dauern?«

»Vielleicht noch dreißig Minuten.« Die Frau widmete sich wieder ihrem Computer und schien das Gespräch beenden zu wollen.

Katha atmete tief ein und setzte sich auf einen Sessel, der zu einer Sitzgruppe im Foyer gehörte. Sie nahm ihr Handy in die Hand und checkte ihre Nachrichten. Delf hatte geschrieben.

Hey Katha. Tut mir leid, wenn ich vorhin was Falsches gesagt habe. Also ich war gerade bei Elias Häffele. Er wohnt dort nicht mehr, aber seine Eltern haben mir versichert, dass er zufrieden mit der Fahrschule war. Bin jetzt auf dem Weg zu Elias Grellert. Melde Dich, wenn was ist. Ich habe meine restlichen Fahrstunden für heute abgesagt.

Delf hatte nichts Falsches gesagt. Sie konnte dankbar sein, dass es überhaupt jemanden gab, der ihr zur Seite stand. Katha klickte auf ihre Yahoo-App, die sie seit ihrer Rückkehr nach Reutlingen nicht mehr gecheckt hatte.

Uff, 23 E-Mails … okay, nur kurz überfliegen.

Zwei Drittel konnte Katha gleich wieder löschen, da es sich um Werbeangebote und Newsletter handelte. Zwei Mails weckten ihr Interesse, denn der Absender war ihr Berliner Arbeitgeber. In der ersten wollte ihr Chef Markus wissen, wann sie wieder zurückkomme und warum sie so Hals über Kopf gegangen sei. Ein Todesfall in der Familie sei seiner Meinung nach zwar tragisch, aber kein Grund für ein derart unüberlegtes Handeln. Und in der zweiten Mail teilte ihr Markus mit, dass er sie erst einmal freistellen müsse. Außer einem schlechten Gewissen lösten die beiden Mails kaum Emotionen in Katha aus. Wenn sie ehrlich war, war der Job im Eventmanagement immer nur Plan B gewesen, eine Notlösung, eine Alternative zu dem, was sie eigentlich hatte machen wollen, auch wenn sie nicht länger dazu in der Lage schien.

Als die Tür aufging und Frieder in seinem dunkelblauen Anzug und mit einem Zahnpasta-Lächeln ein Ehepaar nach draußen führte, wurde Katha nervös. Frieder hingegen war das Erstaunen ins Gesicht geschrieben, als er sie erblickte. Professionell wie er war, verabschiedete er sich zunächst noch von dem Pärchen und kam dann zu ihr. Katha sah, wie die zurechtgemachte Bankangestellte Frieder und sie genau musterte.

»Katha, wie schön dich zu sehen. Was machst du denn hier?«, fragte er und strahlte sie an.

»Können wir reden? Jetzt?«

Frieder genoss es sichtlich, dass nicht er dieses Mal der Bittsteller war.

»Natürlich. Sollen wir in mein Büro gehen?«, fragte Frieder, doch als sich Katha erhob, mischte sich bereits die Beauty-Expertin vom Empfang ein.

»Herr Haug, gleich kommt noch Familie Kuhn, wegen des Darlehens.« Offenbar gefiel ihr nicht, dass Katha für Frieder so wichtig war, dass er sie sofort in sein Büro bat.

»Sagen Sie den Termin ab«, sagte Frieder, und Katha sah noch, wie der Empfangsfrau buchstäblich die Kinnlade herunterfiel.

Frieders Büro war geschmackvoll eingerichtet. Er wies ihr einen Platz zu und setzte sich anschließend hinter seinen Schreibtisch. Gerade so, als würden sie gleich ein Beratungsgespräch führen. Auf seinem Tisch stand eine Schale mit Granini-Bonbons.

Katha erinnerte sich, dass er diese Bonbons bereits zu Schulzeiten immer dabeihatte. Er hielt offensichtlich gerne an alten Gewohnheiten fest.

»Wie schön, dass du mich besuchst. Muss ja ziemlich dringend sein. Meine Mutter hat mir geschrieben, dass du bei ihr warst.«

War klar, dachte Katha und fragte sich gleichzeitig, ob *sie* auf dem Foto in dem aufgestellten Bilderrahmen zu sehen war, das in Frieders Richtung zeigte.

»Ich weiß, dass du uns heute Vormittag in der Stadt verfolgt hast.« Katha gab sich keine Mühe, freundlich zu klingen.

»Ich war nur zufällig dort.«

»Frieder, hör auf, mir etwas vorzumachen.«

»Okay. Also, ich war im Krankenhaus.«

»Wieso warst du im Krankenhaus?«

»Ich hatte eine Untersuchung. Allerdings geht dich das eigentlich gar nichts mehr an, Katha. Das betonst du doch selbst immer so.« Frieder wirkte plötzlich abweisend. »Ich habe dich dann zufällig gesehen. Mit diesem Typ. Auf dem Krankenhausparkplatz. Und es schien dir offensichtlich nicht gut zu gehen.«

»Und deswegen bist du uns gefolgt?«

»Ich wollte einfach wissen … wohin du gehst. Oder ob dieser Typ …« Frieder verharrte einen Moment und ließ seinen Finger sanft über den Rahmen des Fotos gleiten.

»Ob dieser Typ was?« Katha spürte, dass ihre Stimme etwas zu laut und fordernd klang.

»Ich wollte wissen, ob dieser Typ vielleicht … dein neuer Freund ist.«

Okay. Das ergab Sinn, und genau so etwas hatte sich Katha schon gedacht. Frieder war eifersüchtig, aber nicht gefährlich.

»Ist er das denn?«, fragte Frieder mit Nachdruck, weil sie nichts erwidert hatte.

»Nein! Aber selbst, wenn – es geht dich nichts an. Wir sind getrennt. Akzeptiere es endlich!«

Frieders Miene veränderte sich von einer Sekunde auf die nächste. Auf einmal war er nicht länger der freundliche, erfolgreiche Banker, sondern wieder der verletzte, enttäuschte Teenager, der seiner ersten großen Liebe hinterhertrauerte. »Weswegen bist du dann hier?«

»Ich muss dich etwas fragen. Und ich bitte dich, mir zu helfen. Hatte mein Vater hier bei dir ein Bankschließfach? Ich muss das unbedingt wissen. Ursel meinte …«

»Ja, hat er.«

Frieder holte einen Schlüssel aus seiner Tasche und öffnete eine Schublade.

Katha konnte es kaum fassen. »Was machst du?«

Frieder wirkte nicht, als müsse er erst stundenlang nach irgendetwas suchen. Er holte mehrere Papiere aus einem Umschlag und legte sie vor Katha auf den Schreibtisch.

»Erinnerst du dich nicht? Nach dem Tod deiner Schwester hat dein Vater dir eine Vollmacht ausstellen lassen«, erklärte Frieder mit tonloser Stimme. »Ich habe alle Unterlagen hier. Du hast also auf alle Konten Zugriff. Er hat mir alles anvertraut, weil er wusste, dass man sich auf mich verlassen kann. Das kann man nämlich, Katha.«

»Und was ist mit dem Schließfach?«

»Das befindet sich auch hier bei uns im Haus.«

»Dann lass es uns öffnen«, bat Katha. Doch Frieder holte noch etwas aus der Schublade und legte es auf die Unterlagen. Auf dem schwarzen Umschlag stand in weißer Schrift: *Für meine liebe Tochter Katharina Holten.*

44

Das Monster hatte Corinnas Sau, die sicher 180 Kilo auf die Waage brachte, und auch dem kleinen Ferkel eine tiefe Schnittwunde zugefügt. Die beiden Schweine hatten dabei vor Angst und Schmerzen so laut gequiekt, dass es kaum zu ertragen war. Diese Laute würde sie nie wieder vergessen können. Die Schweine waren auf den Tischen festgebunden und konnten sich nicht von der Stelle rühren, versuchten es aber in ihrer Panik immer wieder. Vor allem das Ferkel schien nicht stillzuhalten, und ihre Aufgabe lautete: nähen.

Ja klar, in deiner Welt muss eine gute Mutter auch nähen können, *dachte Corinna und versuchte gar nicht erst, noch einen weiteren Gedanken an die nächsten Tage und Prüfungen zu verschwenden. Er hatte ihnen Nadel und Faden bereitgestellt und sich wie beim letzten Mal auf einem Stuhl vor ihnen niedergelassen.*

»Na, dann zeigt mal euer Können«, sagte er und drückte die Taste einer Stoppuhr nach unten.

Corinna dachte nicht darüber nach, dass sie einem misshandelten Tier gleich noch mehr Schmerzen zufügen musste, sie dachte nur noch an Jonathan und sein Gesicht, und das gab ihr Kraft. Die Sau schrie, als Corinna den ersten Stich machte und das dicke Garn durch die Schwarte stach. Der Schnitt war sicher zehn Zentimeter lang und ziemlich tief. Die Sau blutete stark, und das warme Blut lief Corinna stetig über die Hand. Es fiel ihr schwer, die Nadel festzuhalten. Ständig flutschte ihr das kleine Ding aus den Fingern. Ein

Seitenblick verriet ihr, dass es Jelena nicht anders erging. Ihr liefen zusätzlich noch Tränen übers Gesicht, während sie versuchte, das Ferkel an ihre Brust zu drücken, damit es stillhielt. Corinna machte sich an den zweiten Stich, doch schon rutschte ihr die Nadel erneut aus der Hand. Die Sau zappelte wie verrückt.

So funktioniert es nicht!

Dann kam ihr eine Idee. Sie zog ihr Shirt aus und trocknete das Blut an ihren Händen ab. Dann nahm sie die Nadel, tupfte die Stelle, die sie nähen wollte trocken, und setzte schnell den zweiten Stich. Mit dieser Taktik und obwohl das Shirt mit der Zeit immer weniger Flüssigkeit aufnehmen konnte und die Sau kaum stillhielt, schaffte sie es, die Schnittwunde mit neun Stichen zu verschließen.

»Fertig!«, rief sie und trocknete sich ein letztes Mal das Schweineblut von der Hand. Einen Moment später schrie Jelena »Nein, nein, nein« und bekam einen Weinkrampf.

Corinna blickte zu ihr und sah, wie immer noch das Blut aus dem Ferkel lief. Beherzt sprang sie zu Jelena und begann mit derselben Taktik die Wunde des Ferkels zu nähen. Sie wollte nicht, dass das kleine Schwein womöglich noch in Jelenas Arm starb.

Als sie fertig war, lehnte sich Jelena an sie und schluchzte. Beide waren blutverschmiert, und der Boden des Raums erinnerte an einen Schlachthof.

Das Monster erhob sich und applaudierte.

»Ich glaube, es steht außer Frage, wer diese Prüfung gewonnen hat, oder?«

Jelena schluchzte noch lauter.

»Damit steht es zwei zu null für Corinna. Jelena – es wird knapp. Aber verloren ist noch nichts. Ihr habt noch zwei Prüfungen vor euch. Vielleicht gibt es ja sogar noch ein Stechen zwischen euch beiden.«

Corinna begann zu zittern. Sie hatte das Gefühl, sich gleich übergeben zu müssen. Der Blutgeruch war inzwischen unerträglich geworden.

»Nachdem wir so gut für dich genäht haben, dürfen wir uns im Badezimmer sauber machen? So können wir doch nicht ins Bett gehen.«

Corinna spürte, wie Jelena ihren Kopf hob und sie mit großen Augen ansah. Als verstünde sie nicht, was vor sich ging. Doch Corinna wusste, im Gegensatz zu ihrer Kontrahentin, ganz genau, was dieses Monster brauchte: Liebe und Führung.

»Ich denke, das ist machbar«, antwortete er und brachte die beiden Frauen in das Badezimmer, das Corinna bereits kannte. Zu ihrer Überraschung ließ er sie sogar allein und verschloss lediglich die Tür hinter sich.

Kurz darauf hörten sie die Schweine ein letztes Mal quieken, bevor sie – nach zwei Schüssen – für immer Ruhe gaben.

45

Katha starrte auf den Brief. Es fühlte sich nicht nur so an, sondern es war auch die vermutlich letzte Botschaft ihres Vaters an sie. Er hatte augenscheinlich vorgesorgt.

»Wann hättest du mir davon erzählt?«, wollte Katha von Frieder wissen.

»Matthias hat mir immer gesagt, dass du kommen und danach fragen würdest. Da war er sich ganz sicher.«

Katha dachte an Ursel. Ganz bestimmt hatte ihr Vater sie gebeten, ihr Bescheid zu sagen, wenn ihm etwas zugestoßen wäre. Doch warum hatte Ursel ihr nicht gleich davon erzählt? Schließlich ging es doch um sein Testament. Vermutlich.

»Willst du den Brief nicht aufmachen?« Frieder reichte ihr einen goldenen Brieföffner.

Behutsam schob sie die Klinge unter die Lasche des Briefumschlags. Kurz darauf hielt sie eine einzelne DIN-A4-Seite hoch, auf die ihr Vater handschriftlich einen Text geschrieben hatte.

Meine liebe Katharina,
wenn Du diese Zeilen liest, bin ich höchstwahrscheinlich nicht mehr am Leben. Du weißt, ich bin kein großer Briefeschreiber, das war ich nie, aber ich will, dass Du weißt, dass ich immer mit großer Freude Dein Vater gewesen bin. Auch wenn ich Dich nicht gut genug

vor der Welt da draußen beschützen konnte – und Gott weiß, das werde ich mir nie verzeihen. Ich habe es geliebt, Dich aufwachsen zu sehen und eine Zeit lang ein Teil Deines Lebens zu sein. Auch wenn unsere gemeinsame Zeit zuletzt rar gewesen ist. Ich will, dass Du eines weißt: Du warst und bist perfekt, mein liebes Kind. So wie Du bist. Ich hoffe, dass Du irgendwann verstehst, warum ich nicht so perfekt sein konnte, wie ich es gerne gewesen wäre. Sicher, ich hätte in vielen Dingen anders entschieden, wenn ich die Bedeutung früher erkannt hätte. Und sicherlich wird mein Andenken nicht so rein sein, wie ich es mir gewünscht hätte. Ich wünsche Dir viel Kraft, vor allem, wenn Du die Wahrheit erfährst. Glaub mir, das alles war so nicht geplant. Wenn Du Antworten suchst, dann wird es eine Person geben, von der Du sie bekommen kannst. Du musst sie nur finden. Der Schlüssel für das Bankschließfach ist an dem Ort, an dem wir alle – Deine Mutter, Lisa, du und ich – immer am glücklichsten waren. Und bitte kümmere Dich um Ronja. Du bist die Einzige, die sie jetzt noch hat.

Ich wünsche Dir das Leben, das Du verdienst. Ich werde Dich immer lieben. Vielleicht kannst Du mir eines Tages verzeihen.

Dein Papa

Kathas Augen hatten sich beim Lesen mit Tränen gefüllt. Doch spätestens bei den Worten *wenn Du die Wahrheit erfährst* hatte es ihr nahezu den Atem verschlagen.

Die Wahrheit!

Da war dieses Wort schon wieder. Also musste es doch etwas mit ihrem Vater zu tun haben. Er kannte offensichtlich diese Wahrheit, die sie herausfinden sollte. Hatte er deshalb sterben müssen?

»Alles okay?«, fragte Frieder.

Katha wischte sich mit dem Handrücken die Tränen aus dem Gesicht und nickte. »Kannst du das Schließfach öffnen?«

»Nur mit dem zweiten Schlüssel, Katha. Steht in dem Brief denn nicht, wo du ihn findest?«

»Doch, ich denke schon. Aber das dauert zu lange … ich muss erst nach Hause.«

Frieder blickte sie nachdenklich an. »Du kannst wiederkommen. Egal wann.«

Katha schenkte ihm ein Lächeln. »Danke, Frieder. Ich weiß es zu schätzen. Kann ich dich anrufen, wenn ich den Schlüssel gefunden habe?«

»Natürlich.«

Als Katha sich erhob, sprang auch Frieder sofort hinter seinem Schreibtisch hervor. Sanft legte er ihr eine Hand auf die Schulter und blickte sie mitfühlend an.

»Du weißt, dass ich immer für dich da bin, oder?«

Mehr als ein Nicken brachte Katha nicht zustande. Sie verabschiedete sich und verließ die Bank. Die Beauty-Expertin blickte ihr neugierig hinterher.

Katha hatte ein mulmiges Gefühl. Die Worte ihres Vaters trafen sie bis ins Mark. Sie fragte sich unweigerlich, ob sie ihren Vater überhaupt je gekannt hatte. Wieso hoffte er, dass sie ihm verzeihen würde? Was hatte er denn getan? Ihr komplettes Leben schien ihr plötzlich fremd. Ihre Finger spielten mit dem Briefumschlag, während sie zu ihrem Wagen lief.

Als sie die Fahrertür öffnete, beschloss sie, dass sie sich nicht von Gefühlen beherrschen lassen durfte. Sie hatte einen Job zu erledigen: Sie musste Ronjas Leben retten.

Katha fuhr auf dem schnellsten Weg zu ihrem Elternhaus. Sie musste diesen Schlüssel holen, um so schnell wie möglich mehr in Erfahrung zu bringen. Sie hoffte, die Antworten in diesem Schließfach zu finden. Oder zumindest einen Hinweis auf die Person, die sie ihr geben konnte.

Als sie zu Hause angekommen war und mit schnellen Schritten durch den Flur lief, vibrierte ihr Handy. Es war Delf.

»Hey, was gibt es?«

»Ich komme gerade von Elias Nummer zwei. Er ist ebenfalls nicht verdächtig. Wo bist du?«

»Ich bin bei mir zu Hause.«

»Warst du schon bei deinem Ex-Verlobten?«

»Ja. Aber ich muss noch nach dem Schlüssel ...« Katha blieben die Worte im Hals stecken.

»Katha? Bist du noch dran?«

Sie drückte das Handy fest an ihre Brust und reckte den Kopf zur Decke. Sie horchte, hörte aber nur Delf, der dumpf immer wieder ihren Namen rief. Doch dann vernahm sie es erneut. Das unverkennbare Knarzen der Holzdielen im ersten Stock.

46

Sie musste sich furchtbar anstrengen, um ihre Augenlider zu öffnen. Mit einer Hand griff sie sich an den Kopf. Sie konnte sich nicht erinnern, wann sie je solche Kopfschmerzen gehabt hatte. Hinter ihrer Stirn und den Augen spürte sie einen stechenden Schmerz. Dann erinnerte sie sich. Vic hatte ihr irgendetwas in den Saft gemischt.

Langsam richtete sie sich im Bett auf und sah sich um. Sie war allein. Und sie war nicht gefesselt. Hatte er es vergessen, oder dachte er vielleicht, sie würde länger schlafen? Obwohl sie sich müde und schlapp fühlte, sprang sie auf und rannte zur Tür.

Abgeschlossen. War ja klar.

Sie blickte sich um. Auf der linken Seite des Raumes waren große, schwere Vorhänge zugezogen. Doch dahinter mussten sich Fenster befinden. Vielleicht könnte sie einfach rausklettern oder die Nachbarn auf sich aufmerksam machen. Sie könnte laut um Hilfe rufen oder die Glasscheibe einschlagen. Ronja blickte sich um. Vielleicht müsste sie sich abseilen – mit den Bettbezügen und dem Laken könnte es gehen. Sie ging zu den Vorhängen. Doch hinter ihnen befanden sich lediglich zwei vergitterte Fenster. Zudem ging der Blick weit ins Grüne. Sie konnte nirgends ein Haus oder gar einen Nachbarn entdecken. Trotzdem versuchte sie, eines der Fenster zu öffnen, aber nur die Kipp-Funktion war möglich. Resigniert und immer noch völlig erschöpft, zog Ronja die Vorhänge wieder zurück in die alte Position. Vic sollte nicht merken, dass sie nach Fluchtmöglichkeiten Ausschau hielt. Außer dem Bett und einem Tisch mit Stühlen, an dem sie mit ihrem Entführer Pizza gegessen hatte, gab es auch noch zwei Nachttische und einen großen Schrank. Sie beschloss, zuerst die Nachttische zu durchsuchen. Im ersten fand sie eine Bibel und noch zwei weitere Bücher. Das eine trug den Titel »Der Augensammler«, und Ronja hatte sofort Bilder im Kopf, die ihr Angst einjagten.

Hoffentlich sammelt mein Entführer nicht auch irgendwelche Körperteile.

Außer den Büchern waren noch Taschentücher, ein kariertes Tuch und einzelne CDs von Bands, die Ronja nicht kannte, in den Schubladen. Der andere Nachttisch beherbergte einen Locher, einen Tesafilm-Abroller, ein Lineal, einen Block, aber leider keine Schere. Nicht einmal Stifte. Mit einer Schere oder einem spitzen Bleistift hätte sie sich vielleicht verteidigen können.

Ronja dachte an Katha und fragte sich, was Vic wohl damit gemeint hatte, was auch ihre Tante schon hatte durchleben müssen? Er hatte es mit Bezug auf das Foto gesagt, das Foto, auf dem Ronja halb nackt zu sehen war. War Katha vergewaltigt worden?

Ronja ging zu dem großen Kleiderschrank. Er war aus dunklem Holz und sicher schon sehr alt. Beim Öffnen quietschte er, war aber so gut wie leer. Auf dem Boden des Schranks lag eine braune Wolldecke, an der Kleiderstange hingen mehrere Jacken. Ronja kam eine Idee. Sie breitete die Decke über den kompletten Schrankboden aus und kletterte hinein. Sie würde sich hier verstecken. Vielleicht wäre Vic so dumm, die Tür aufzulassen, wenn er nach ihr suchte. Dann könnte sie in diesem Moment vielleicht einfach durch die Tür verschwinden. Während sich Ronja ihre Flucht lebhaft ausmalte, riss sie ein Geräusch aus ihren Gedanken.

Das ist doch …?

Sie legte ein Ohr an die Rückwand des Schranks und lauschte.

Waren das Schüsse?

47

Langsam hielt sie sich das Handy wieder ans Ohr. Ihre Hand zitterte. »Hier ist jemand in meinem Haus«, flüsterte sie.

»Was?« Delfs Stimme klang entsetzt. »Verlass sofort das Haus.«

»Kannst du bitte einen Moment in der Leitung bleiben?« Katha nahm das Handy wieder vom Ohr und ging langsam zur Treppe. Von oben vernahm sie deutlich Schritte. Wer auch immer in ihrem Haus war, verhielt sich nicht gerade leise. Sie hörte, wie ein Schrank geöffnet wurde.

»Katha, verlass sofort das Haus! Du willst doch nicht etwa nachsehen gehen?«

Katha hörte Delfs Stimme nur leise. Sie war völlig darauf konzentriert, sich selbst nicht zu früh bemerkbar zu machen. Sie stand am unteren Ende der Treppe und sah sich um. Vielleicht musste sie sich verteidigen. Sie schlich zu ihrer Handtasche und wühlte darin herum, ohne den Blick von der Treppe abzuwenden. Als sie die Dose Pfefferspray ertastete, beruhigte sie sich etwas. Wenigstens hatte sie so dem Eindringling etwas entgegenzusetzen.

Vorsichtig erklomm sie eine Stufe nach der anderen. Die Geräusche des Eindringlings wurden immer deutlicher. Er durchsuchte offenbar Schränke und Schubladen im Büro ihres Vaters. Mit dem Finger auf dem Abzug des Sprays, lugte sie um die Ecke.

»Ursel!«

Katha senkte sogleich ihre Hand mit dem Pfefferspray und atmete erleichtert durch.

»Mein Gott, ich dachte, hier wäre ein Einbrecher. Darf ich mal fragen, was du hier machst?«

Ihre alte Nachbarin starrte sie mit großen Augen an. Anscheinend wusste sie nicht, wie sie die Situation erklären sollte. Plötzlich hörte Katha Delf, der immer noch in der Leitung war.

»Alles okay, Delf. Entwarnung. Es war nur meine Nachbarin Ursel.«

»Gott sei Dank. Aber was …«

»Ich melde mich später noch mal bei dir. Bis gleich.«

Katha unterbrach die Verbindung und ließ ihren Blick durch den Raum schweifen. Anscheinend hatte Ursel etwas gesucht. Die alte Freundin der Familie stand vor einem geöffneten Schrank.

»Was suchst du denn?«

»Ach, ich, also … ich wollte dir doch noch den Zettel vorbeibringen«, stammelte Ursel.

Katha ging näher zu ihr, sie blickte in den Schrank, in dem sich Ordner und Kartons befanden. »Ich frage dich noch einmal: Was hast du hier gesucht? Du kommst einfach in unser Haus und wühlst in den Schränken?«

»Matthias hat … Also, wie soll ich das jetzt am besten erklären?«

Katha sah, dass die alte Frau zitterte. Plötzlich tat Ursel ihr leid. So hatte Katha sie noch nie gesehen.

»Ich muss jetzt gehen«, sagte Ursel unvermittelt und versuchte, sich vorbeizudrängen. Doch Katha hielt sie an der Schulter fest.

»Schon okay, Ursel. Ich habe mich nur erschreckt. Sag mir doch einfach, wonach du gesucht hast. Vielleicht kann ich dir ja helfen? Und was für einen Zettel wolltest du mir geben?« Katha war erstaunt über sich selbst. Sie sprach ruhig und abgeklärt, obwohl genau das Gegenteil an Gefühlen in ihr tobte.

»Ach so, der Zettel.« Ursel griff in ihre Hosentasche und holte einen kleinen weißen Zettel heraus. »Das ist die Nummer von Chrissy, Ronjas Freundin. Ich habe ihn doch noch gefunden.«

Katha nahm die Nummer entgegen, hielt Ursel aber immer noch an der Schulter fest.

Die alte Nachbarin sah sie ängstlich an. »Darf ich jetzt gehen?«

»Ursel, sag mir doch, was du hier gemacht hast!«

Ursel schien mit sich zu ringen, ohne jedoch etwas zu erwidern.

»Dann gib mir bitte den Schlüssel«, forderte Katha sie ein paar Sekunden später auf. Ursel sah sie mit großen Augen an. »Welchen Schlüssel?«

»Na, den Hausschlüssel. Du weißt, du bist hier jederzeit willkommen, aber auf solche Überraschungen wie eben kann ich verzichten.« Katha löste sich von Ursel und streckte ihr die geöffnete Hand entgegen.

Die Nachbarin wirkte erschöpft. Sie kramte umständlich in ihrer Jackentasche und legte schließlich den einzelnen Schlüssel in Kathas Handfläche.

»Danke. Auch für die Nummer von Ronjas Freundin«, sagte Katha.

Ursel nickte stumm und verließ eilig den Raum.

Kathas Handy vibrierte. »Tut mir leid, dass ich dich so abgewürgt habe, aber ich musste erst einmal mit meiner Nachbarin sprechen.«

»Was hat sie denn bei dir zu Hause gewollt?«, fragte Delf.

»Ehrlich gesagt, weiß ich es nicht.« Katha hörte, wie unten die Haustür geschlossen wurde. »Offenbar hat sie etwas gesucht. Wollte mir aber nicht sagen, was.«

»Merkwürdig! Was ist das denn für eine Frau?«

»Eigentlich vertraue ich ihr. Wieso hast du vorhin überhaupt angerufen?«

»Ich wollte wissen, ob du mitkommen willst, zu Elias Nummer drei?«

»Nein, ich muss noch den Schlüssel für das Bankschließfach suchen. Ich glaube, dass ich dort vielleicht ein paar Antworten finden werde.«

»Soll ich dann diesen Elias überhaupt noch überprüfen?«

»Natürlich! Wir müssen alles versuchen. Ich weiß ja immer noch nicht, um was es eigentlich geht. Also, wenn es für dich in Ordnung ist, dann bitte check diesen ehemaligen Fahrschüler noch.«

»Mach ich. Ich habe die Fahrstunden ja sowieso schon alle abgesagt. Wir müssen deine Nichte finden, alles andere ist egal.«

»Danke, Delf. Meldest du dich, wenn du bei Elias Nummer drei warst?«

»Klar. Bis später.«

Katha steckte das Handy in ihre Hosentasche. In dem Schrank, vor dem sie Ursel aufgeschreckt hatte, standen Ordner mit Unterlagen von Versicherungen, Abrechnungen und Rentenbescheiden. Außerdem auch Kartons, in denen ihr Vater wohl Belege für die Steuer gesammelt hatte.

Was zur Hölle hast du hier bloß gesucht, Ursel?

Doch Katha hatte keine Zeit, um es herauszufinden. Sie musste den Schlüssel holen und zurück zur Bank fahren. Und bei dieser Freundin von Ronja musste sie auch anrufen.

Hastig eilte sie die Treppe hinunter und ging über die Terrassentür in den Garten. Hier hatten sie als Familie im Sommer immer am liebsten zusammengesessen. Der eine las ein Buch, die anderen spielten ein Spiel, und am Abend wurde gegrillt. Wenn es einen Ort gab, an dem sie als Familie am glücklichsten waren, dann wohl hier. Neben dem Gartentisch stand im Gras eine Steinfigur. Es war eine Geisha. Unter ihr hatte ihr Vater schon früher einen Hausschlüssel für den Notfall versteckt, wenn sie oder Lisa ihren mal wieder vergessen hatten.

Katha kippte die Geisha leicht nach hinten. Doch darunter befand sich nichts. Hektisch tastete sie das Gras ab. Nirgendwo lag ein versteckter Schlüssel.

48

Zunächst wussten sie nicht, was sie sagen sollten. Jelena weinte noch immer, und nachdem sich Corinna das Schweineblut von den Händen und Unterarmen gewaschen hatte, nahm sie ihre Konkurrentin in den Arm.

»Bitte lass mich das nächste Mal gewinnen«, wimmerte Jelena plötzlich und sah Corinna mit geröteten Augen an. »Wenn ich noch einmal verliere, tötet er mich.«

»Das weißt du doch gar nicht, vielleicht sagt er das auch nur, um uns unter Druck zu setzen«, erwiderte Corinna, wusste aber, dass es gelogen war. Sie beide hatten genau erkannt, wozu er fähig war.

Jelena schüttelte verzweifelt den Kopf und begann erneut zu schluchzen.

»Wie alt ist dein Baby?«, fragte Corinna.

»Adam ist vier Monate alt. Und deins?«

»Jonathan ist dreieinhalb Monate.«

Schweigend standen sie einen Moment einfach nur so da. Corinna dachte an den letzten gemeinsamen Moment mit ihrem Baby. Wie sie Jonathan festgeschnallt und mit ihren Fingern noch einmal über seinen Bauch gekitzelt hatte, woraufhin er gelächelt hatte. Sicherlich ging es Jelena mit Adam genauso. Auch sie erinnerte sich an die besonderen Momente mit ihrem Sohn. Wenn sie Jelena irgendwie helfen konnte, müsste sie es dann nicht tun?

»Gut, ich werde das nächste Mal verlieren. Das gibt uns beiden mehr Zeit.«

Jelena starrte sie einen Moment lang ungläubig an und umarmte sie dann heftig.

»Lass uns schauen, ob wir hier irgendetwas finden, was uns nützlich sein könnte«, schlug Corinna dann vor.

»Wie meinst du das?«

»Wir können uns doch nicht unserem Schicksal nur ergeben und einfach lediglich tun, was dieser Typ von uns verlangt. Vielleicht können wir ihn irgendwie gemeinsam überwältigen.«

Jelena nickte eifrig und begann, mit hektischen Blicken den Raum abzusuchen. Corinna ging zum Waschbecken und öffnete den Spiegelschrank. Außer einer Packung Schmerztabletten, einem Kamm und noch eingepackten Zahnbürsten gab es etliche kleine Shampoo- und Duschgel-Proben.

Schnell steckte sich Corinna ein Probe-Shampoo und einen Streifen Schmerztabletten in den Bund ihrer Unterhose.

»Was hast du denn gefunden?«

»Nichts Besonderes, aber wer weiß … Schmerztabletten, Shampoo … keine Ahnung. Vielleicht kann ich es brauchen.«

Jelena hob die Klobürste in die Luft. »Und wenn ich ihm das ins Gesicht schlage?«

Corinna musste bei dem Gedanken grinsen. Und auch auf Jelenas Gesicht war der Hauch eines Lächelns zu sehen.

Doch plötzlich wurde die Tür aufgerissen. Er stand im Türrahmen und ließ seinen Blick zwischen den beiden Frauen hin und her wandern.

»Ich dachte, ihr habt euch gewaschen«, sagte er und blickte fragend auf Jelena, die immer noch voller Blut war. Rasch stellte

sie die Klobürste wieder in die Halterung und blickte ängstlich zu Boden.

»Gut, dann trennen wir euch mal wieder. War vielleicht eh keine gute Idee, euch allein zu lassen. Corinna, kommst du bitte.« Er ging einen Schritt zur Seite und bedeutete ihr, das Badezimmer zu verlassen.

»Und du wäschst dich jetzt gefälligst«, sagte er zu Jelena, bevor er zusammen mit Corinna den Raum verließ.

49

»Verdammt!«

Katha war sicher gewesen, den Schlüssel hier zu finden. Ratlos ging sie zurück ins Haus. Sie schloss die Terrassentür und ließ sich auf einen Stuhl in der Küche fallen. Sie war erschöpft. Erst jetzt merkte sie, dass sie kaum etwas getrunken oder gar gegessen hatte. Doch der Blick auf die Uhr erinnerte sie daran, dass sie sich keine Pause leisten konnte. Es war bereits 15:35 Uhr. Immer wieder rieb sie mit den Händen über ihr Gesicht und grübelte.

Wo kann der Schlüssel denn sonst sein? An welchem Ort waren sie noch glücklich gewesen?

Sie holte ihr Handy aus der Hosentasche und legte es auf den Tisch, dabei zog sie auch den Zettel, den Ursel ihr gegeben hatte, mit heraus.

Ronjas Freundin Chrissy.

Katha wählte die Nummer, die Ursel notiert hatte. Eine Frauenstimme meldete sich am anderen Ende der Leitung.

»Kuhn?«

»Hallo, Frau Kuhn. Hier ist Katharina Holten, die Tante von Ronja. Ich würde gerne mit Chrissy sprechen. Geht das?«

»Ja, warten Sie kurz. Ist denn was passiert?«

»Nein, nein. Ich habe nur eine Frage«, Katha überlegte einen Moment und ergänzte: »Es geht um Ronjas Geburtstag.«

»Einen Moment, ich hole Christina.«

Nach ein paar Sekunden meldete sich eine deutlich jüngere Stimme am Telefon.

»Ja?«

»Hallo, Chrissy, du kennst mich nicht, aber ich bin Ronjas Tante Katha.«

»Okay. Und?«

»Du musst mir einen Gefallen tun. Ich habe zu deiner Mutter gesagt, es ginge um Ronjas Geburtstag, daher musst du vielleicht darauf achten, was du antwortest.«

»Aha, okay.«

»Ich werde dich jetzt etwas fragen und möchte, dass du ehrlich antwortest. Es ist wirklich wichtig.«

»Okay.«

»Gibt es jemanden, der Ronja etwas Schlechtes will? Hat sie vielleicht irgendwelche Feinde, einen Stalker oder so?«

»Was? Wieso?«

»Ich muss das einfach wissen, Chrissy. Und du musst mir helfen. Du bist doch ihre beste Freundin, oder? Wenn es jemand weiß, dann du. Also, gibt es da was?«

Chrissy schwieg und schien eine Weile zu überlegen. Dann antwortete sie endlich: »Ja, vielleicht. Aber ich weiß nicht, ob sich Ronja darüber freuen würde, wenn ich das ausplaudere.«

Katha schluckte. »Du musst mir alles erzählen bitte.«

»Mhm.«

»Meinst du, wir können uns kurz treffen? Weißt du, wo unsere Fahrschule ist? Kannst du da hinkommen? So in einer Viertelstunde?«

»Ja, okay. Aber ich brauche mindestens dreißig Minuten.«

»Klar, kein Problem. Vielen Dank, Chrissy. Bis gleich.« Katha steckte das Handy wieder ein, schnappte sich eine überreife Banane aus der Obstschale und ließ Wasser aus der Leitung in ein Glas laufen. Während sie die weiche Banane aß, öffnete sie die Schubladen und Schränke in der Küche. Sie suchte alles gründlich ab, in der Hoffnung, einen Schlüssel zu finden. Doch auch wenn die Küche ein Ort gewesen war, an dem sie als Familie oft zusammengekommen waren und schöne Stunden verbracht hatten, war es offensichtlich nicht der Ort, an dem Matthias den Schließfachschlüssel deponiert hatte.

Als Katha dreißig Minuten später vor der Fahrschule stand, kam Chrissy mit ihrem Fahrrad angefahren. Mit dem starken Make-up, der Handtasche und den gefärbten Haaren wirkte sie nicht wie dreizehn, sondern wie eine Fahrschülerin kurz vor ihrem achtzehnten Geburtstag.

»Danke, dass du gekommen bist. Wollen wir vielleicht reingehen, um zu reden?«, fragte Katha.

Chrissy nickte, und Katha schloss die Tür auf. Sie setzten sich an den Schreibtisch im Vorraum, an den Platz, an dem ihr Vater seine lustigen Theoriestunden gehalten hatte.

»Was ist denn mit Ronja?«, fragte Chrissy. »Sie war heute nicht in der Schule, und ich kann sie nicht erreichen.«

»Sagen wir so. Es geht ihr nicht so gut, und ihr Handy … ist kaputt.«

»Aha«, sagte Chrissy. Sie wirkte nicht besonders überzeugt. »Und was hat sie?«

»Chrissy, das ist alles furchtbar schwer für mich zu erklären, aber du musst mir vertrauen. Ich brauche diese Info von dir. Gibt es irgendwas, in das Ronja vielleicht verwickelt ist? Eine Streiterei in der Schule oder so?«

»Warum fragen Sie sie nicht einfach selbst?«

»Chrissy, bitte. Ich würde es tun, wenn es ginge. Ronja ist … in Gefahr.«

Chrissy hielt einen Moment vor Entsetzen inne und begann dann, mit dem Fuß zu wippen.

»Du bist doch hergekommen, um mir was zu erzählen, oder?«, fragte Katha und suchte Augenkontakt zu dem Teenager.

Doch Chrissy starrte ins Leere.

»Bitte!«, forderte Katha mit lauter Stimme.

Endlich schaute das Mädchen sie wieder an. »Ja, es gibt da was. Das betrifft nicht nur Ronja, sondern uns alle.«

»Wen meinst du mit uns?«

»Unsere Clique. Das sind Safi, Tom, Ronja und ich. Und wir haben … na ja, ziemlich Scheiße gebaut.«

Dann fing Chrissy endlich an zu erzählen.

50

»Und ihr habt einfach so eine Spritztour gemacht?« Vic lehnte sich zurück und betrachtete Ronja von oben bis unten. In seinem Blick konnte sie so etwas wie Respekt erkennen.

Nachdem er sie – wie hätte es auch anders sein können? – im Schrank gefunden hatte, war sie zurück ins Bett geschleppt und mit Kabelbindern fixiert worden.

Nun saß er neben ihr und lachte amüsiert, als sie ihm von dem Ausflug mit dem Dodge erzählt hatte.

»Hast du mit dreizehn Jahren auch mal was Verbotenes gemacht?«, fragte Ronja.

Schlagartig wechselte Vics Stimmung, und sein Lachen verstummte. »Ich erinnere mich nicht so gerne an diese Zeit«, sagte er nachdenklich.

»Erzähl mir von deinen Eltern«, wechselte er dann abrupt das Thema.

»Die waren echt total cool. Sie waren sehr jung. Meine Mutter hat mich bekommen, als sie siebzehn Jahre alt war«, erzählte Ronja. »Manchmal dachten meine Klassenkameraden, dass mich meine Schwester oder mein Bruder von der Schule abholen würde. Ich fand das aber nicht schlimm.«

»Wie sind sie gestorben?«, wollte Vic wissen.

»Wenn ich es dir erzähle, verrätst du mir dann auch was über dich?«

Vic zögerte einen Moment, dann nickte er langsam.

Ronja fand ihn gar nicht mehr so gruselig wie am Anfang. Zwar sah er mit dieser hässlichen Narbe irgendwie schaurig aus, aber eigentlich war er ganz nett.

»Sie wollten mal wieder allein Urlaub machen. Ich war deshalb in einem Ferienlager am Bodensee. Sie waren in Österreich unterwegs, als es passierte. Irgend so ein Vollidiot meinte, er könnte ein Motorrad in einer Kurve überholen, und er ist dann voll in das Auto meiner Eltern gekracht. Mein Vater war sofort tot, meine Mutter ist später im Krankenhaus gestorben. Sie war nicht angeschnallt und wurde aus dem Auto gegen eine Leitplanke geschleudert.«

Ronja hatte so gut wie nie über den Unfall ihrer Eltern gesprochen. Ein Jahr war es mittlerweile her. Sie hatte damals heimlich den Bericht der Polizei gelesen, den ihr Opa Matthias auf dem Küchentisch liegen lassen hatte. Da er ihr nicht hatte erzählen wollen, wie sie genau gestorben waren, war ihr keine andere Wahl geblieben, als herumzuspionieren. Sie wusste, dass ihr Opa es nur gut mit ihr meinte, aber sie wollte die Wahrheit unbedingt wissen. Sie hatte das Gefühl, nur so mit dem Verlust abschließen zu können. Konnte sie aber natürlich nicht. Sie hatte Angst, zu vergessen, wie sie ausgesehen hatten.

»Meine Mutter hat sich umgebracht.« Vic starrte ins Leere, als er zu erzählen begann. »Sie hat sich selbst die Kehle durchgeschnitten. In der Badewanne. Ich frage mich immer, wie viel Schmerz sie ertragen musste, um dazu fähig zu sein.«

»Tut mir leid. Das klingt schrecklich. Wie alt warst du, als es passiert ist?« Ronja sprach leise, sie hatte das Gefühl, dass ihre Unterhaltung auf einmal in eine neue Richtung ging.

»Ich war vierzehn.«

»Und dann? Hat dein Vater sich um dich gekümmert?«

»Hmm … wenn du es so nennen willst.«

»Und deine Schwester?«

Vic schaute auf seine Armbanduhr. Dann erhob er sich. »Genug geredet für heute. Ich habe noch einiges zu tun.«

»Was hast du denn immer zu tun?«

»Das geht dich nichts an.« Bevor Vic das Zimmer verließ, blickte er sie noch einmal mit düsterem Blick an.

51

Katha musste das Gehörte erst einmal verdauen. Was Chrissy erzählt hatte, klang ziemlich bedrohlich. Insbesondere dieser Onkel von Tom wirkte zwielichtig. Was für dubiose Jobs wollte er diese Teenager machen lassen? Am liebsten wäre Katha sofort zur Polizei gefahren, aber sie durfte auf keinen Fall Ronjas Leben gefährden. Und dafür musste sie tun, was auch immer dieser Entführer von ihr verlangte. Aber konnte Toms Onkel etwas damit zu tun haben? Sie musste ihn auf jeden Fall genauer unter die Lupe nehmen.

»Wo wohnt dieser Joe?«, fragte Katha und zückte ihr Handy, um sich die Adresse zu notieren.

»Ich weiß es nicht. Aber ich kann Ihnen die Nummer von Tom geben«, schlug Chrissy vor.

Katha speicherte sich die Nummer ab. »Du gehst da auf keinen Fall wieder hin, hörst du?«, sagte Katha eindringlich. »Zur Not musst du es deinen Eltern erzählen. Ihr habt echt ziemlichen Bockmist gebaut, doch das, was dieser Typ jetzt macht, ist das Allerletzte. Lass dich nicht unter Druck setzen. Wenn er sich meldet oder du Angst hast, ruf mich an.«

Chrissy nickte stumm und blickte zu Boden. »Was ist denn jetzt mit Ronja?«, wollte sie wissen.

»Ich sag ihr, dass sie sich bei dir melden soll. Kannst du mir noch einen Gefallen tun?« Katha schrieb schnell ein paar Zeilen auf ein leeres Blatt Papier, das sie Chrissy im Anschluss reichte. »Kannst du das bitte morgen in der Schule abgeben? Das ist eine Entschuldigung für Ronja.«

»Ja, kann ich machen. Ist sie krank?«

»Ja, so in etwa. Ich muss jetzt auch gleich wieder los. Vielen Dank, dass du vorbeigekommen bist.«

Katha brachte das Mädchen zur Tür und blickte ihr noch hinterher, bis sie mit ihrem Fahrrad den Heimweg antrat. Dann schloss sie die Fahrschultür von innen ab. Das Schild *Geschlossen* hatte Tanja bereits nach ihrem Bürodienst ins Schaufenster gehängt.

Als Katha Toms Nummer wählte, sprang lediglich die Mailbox an. Sie versuchte es mit einer WhatsApp-Nachricht. Und obwohl er nur Sekunden zuvor nicht ans Telefon gegangen war, waren die zwei Haken sofort blau, nachdem sie auf Senden gedrückt hatte.

Und er schrieb auch schon zurück.

Wieso wollen Sie die Adresse haben?

Katha erklärte, dass sie mit seinem Onkel sprechen wolle und dass es um Ronja gehe. Dann passierte nichts mehr. Die Haken waren blau, doch Tom antwortete nicht.

Einen Moment später jedoch vibrierte ihr Handy.

»Katha, du musst unbedingt herkommen«, hörte sie Delf sagen.

»Ist er es?«

»Ja, es ist dieser Elias, der deinen Vater damals bedroht hat. Aber das Ganze hat eine noch viel größere Dimension.« Delf klang aufgeregt.

»Schick mir deinen Standort. Ich mache mich sofort auf den Weg.«

Keine fünfzehn Minuten später stand Katha vor einem Wohnhaus in Metzingen. Sie war ziemlich überrascht, als Delf ihr die Tür öffnete.

»Hey, komm rein«, sagte Delf, und bevor Katha fragen konnte, was überhaupt los sei, fiel ihr Blick auf den jungen Mann im Rollstuhl. Sie zögerte überrascht und trat dann ein.

Das Haus roch muffig, so als wäre lange nicht mehr gelüftet worden. Eine graue Katze huschte an ihr vorbei. Sie ging auf den Mann im Rollstuhl zu und reichte ihm die Hand. »Katharina Holten. Ich bin die Tochter von Matthias Holten«, sagte sie, während sie nicht umhinkam, seine dünnen, regungslosen Beine zu betrachten.

»Wollen wir ins Wohnzimmer gehen?«, schlug Elias vor und fuhr mit seinem elektrischen Rollstuhl voraus. Delf und Katha folgten ihm und nahmen auf der Couch Platz.

»Elias hatte ein halbes Jahr nach seiner Führerscheinprüfung einen Unfall«, erklärte Delf.

»Das tut mir sehr leid«, sagte Katha. Tausend Fragen schossen ihr durch den Kopf, die sie sich jedoch nicht zu stellen traute.

»Ihr Vater hatte vermutlich recht«, sagte Elias nun.

»Wie meinen Sie das?«, fragte Katha.

»Ich bin immer wieder durch die Prüfung gefallen, und Matthias meinte schon zu Beginn meiner Ausbildung, dass ich nicht zum Autofahren geeignet sei. Ich nahm ihm das natürlich übel und war wirklich sauer, als ich immer wieder durch die praktische Prüfung fiel. Ich hatte das Gefühl, er hätte sich mit den Prüfern abgesprochen, dass ich durchfallen soll.«

»So was hätte mein Vater nie gemacht«, warf Katha ein, doch Delf legte ihr beschwichtigend eine Hand auf den Arm. »Lass ihn erst mal erzählen, Katha.«

»Das weiß ich heute. Oder kann es mir zumindest denken. Aber damals war ich einfach nur wütend. Ich habe mir das Geld für den Führerschein hart erarbeitet und als Schüler viel gejobbt, um mir das leisten zu können. Ich wollte unbedingt an meinem achtzehnten Geburtstag die Fahrerlaubnis in den Händen halten. Ehrlich gesagt, erwarteten das auch meine Eltern. Vor allem mein Vater. Aber nein. Sechsmal bin ich durch die praktische Prüfung gefallen. Das war so bitter, und ich war überzeugt davon, dass Matthias dafür gesorgt hatte.«

»Und jetzt sind Sie es nicht mehr?«, wollte Katha wissen.

»Nein, im Gegenteil. Ich hätte auf ihn hören sollen. Nach der endlich bestandenen Prüfung hatte ich jedes Mal Panik allein im Auto. Meistens ging es gut, und ich wurde nur angehupt. Häufig haben andere gebremst und für mich mit aufgepasst. Aber dann an diesem furchtbaren Tag im Februar, mit Schnee und Glätte auf der Straße, da ist es dann passiert. Seit diesem Tag bin ich querschnittsgelähmt.« Elias senkte den Kopf. Es fiel ihm sichtlich schwer weiterzusprechen.

»Noch schlimmer ist aber, dass ich für den Tod einer Frau und deren Tochter verantwortlich bin. Das werde ich mir nie verzeihen können.«

Katha holte tief Luft. »Das tut mir sehr leid, Elias«, sagte sie dann tonlos.

»Wissen Sie, ich habe Ihren Vater damals wirklich gehasst. Es macht mich wahnsinnig, dass ausgerechnet er recht behalten hat, dass mein Leben anders verlaufen wäre und die Frau und ihre Tochter nicht hätten sterben müssen.«

»Wollen Sie Katha nicht von der E-Mail erzählen?«, mischte sich nun Delf ein.

Elias nickte. Er zog sein Smartphone hervor und tippte darauf herum. Dann streckte er es Katha entgegen.

»Ich wurde vor Kurzem aufgefordert, Ihrer Familie zu schaden.«

»Was soll das genau heißen?«

»Sehen Sie selbst«, sagte Elias und forderte sie auf, das Handy zu nehmen.

Der Absender der Mail bestand aus einem wirren Zahlen-Buchstaben-Mix mit der Endung *onion*. Doch interessanter als das, war der Inhalt der Mail.

Ich weiß, was Dir Matthias Holten angetan hat. Nicht Du, sondern er ist für Dein Schicksal verantwortlich. Und Du bist nicht der Einzige, dem er Leid zugefügt hat. Mein Angebot: süße Rache. Gemeinsam sind wir stark und können für Gerechtigkeit sorgen. Wenn Du Interesse hast, dann antworte nicht auf diese Mail, sondern warte auf meinen Anruf. Wenn Du Dich mit »Matthias Holten« meldest, weiß ich Bescheid. Falls Du auf die Idee kommst, der Polizei von dieser Mail zu erzählen, sei gewiss, dass ich weiß, wer zu Deiner Familie gehört. Vielleicht gibt es dann bald noch mehr Rolli-Fahrer bei Euch.

Herzliche Grüße

Ein Freund

Jedes Wort schien sich in Kathas Netzhaut zu brennen. Die Dimension des Angriffs auf ihren Vater war noch viel größer, als sie es befürchtet hatte.

»Wann kam dieser Anruf? Und was haben Sie gemacht?«, wollte Katha wissen.

»Ich habe mich mit meinem Namen gemeldet. Elias Goller. Daraufhin hörte ich nur ein Klicken in der Leitung.«

»Waren Sie bei der Polizei? Ich meine, es lag ja wohl nahe, dass diese Person meinem Vater etwas antun wollte, oder?«

»Ich habe versucht, herauszufinden, woher die Mail stammt. Ich kenne mich da ein bisschen aus. Der Verfasser allerdings auch. Die Nachricht kam übers Darknet, und ich konnte die Herkunft nicht zurückverfolgen. Auch den Anruf konnte ich nicht lokalisieren.«

»Wann kam die Mail?«

»Vor knapp zwei Wochen.«

Er hätte es verhindern können.

Katha wurde plötzlich übel. Sie musste raus hier. Raus aus dieser miefigen Bude und weg von diesem Kerl, der nicht nur ihren Vater bedroht hatte, sondern auch seinen Tod hätte verhindern können.

»Lass uns gehen«, bat Katha und schaute Delf auffordernd an. Dann erhob sie sich und verließ das Zimmer, ohne Elias noch einmal anzusehen. Sie brauchte dringend frische Luft. Der Blick aufs Handy zeigte, dass Tom ihr mittlerweile die Adresse seines Onkels geschickt hatte.

Delf folgte ihr kurz darauf. »Alles okay, Katha? Ich weiß, es ist hart. Aber ich wollte, dass du ihn mit eigenen Augen siehst und die Mail selbst liest. Tut mir leid, wenn es zu viel für dich war.«

Als sie sich umdrehte und in Delfs Gesicht blickte, konnte sie nicht anders. Sie fiel ihm um den Hals und brach in Tränen aus. Den ganzen Tag hatte sie sich immer wieder zusammengerissen.

Hatte versucht, stark zu sein. Strategisch vorzugehen. Alles zu tun, was in ihrer Macht stand, um Ronja zu retten. Um diesem verfluchten, dubiosen Geheimnis auf die Schliche zu kommen. Jetzt wurde es langsam dunkel, und sie war keinen Schritt weitergekommen. Ihr Körper bebte, und sie war froh, dass Delf sie festhielt.

»Geht es wieder?«, fragte Delf einige Zeit später.

Katha nickte, während sie sich die Tränen aus dem Gesicht wischte. Sie spürte, dass sie ausgelaugt war. Sie hatte keine Kraft mehr und hätte sich am liebsten einfach nur ins Bett gelegt. Aber wenn sie daran dachte, was Ronja womöglich genau in diesem Moment durchmachte, wusste sie, dass sie auf keinen Fall aufgeben durfte.

»Kannst du mich begleiten?«

»Natürlich. Wo geht es hin?«

»Zu einem zwielichtigen Onkel namens Joe.«

52

Ihr Arm war eingeschlafen. Der Kabelbinder hatte ihr Handgelenk bereits wund gescheuert. Sie hoffte inständig, dass sie nicht so schlafen musste. Was hatte Vic gesagt? Zwei Tage müsse sie hierbleiben. Die Hälfte musste sie wohl fast schon geschafft haben.

Es war merkwürdig, aber irgendwie hatte sie das Gefühl, als wenn sie mit Vic gut reden konnte. Er hörte ihr tatsächlich zu. Sonst versuchten die Erwachsenen ihr immer gleich Ratschläge zu geben oder sagten Sachen wie »Mit der Zeit wird der Schmerz weniger« oder »Das Leben endet, die Liebe nicht«. Dabei war sie nach dem Tod ihrer Eltern nur eines: wütend. Wütend, dass sie sie allein zurückgelassen hatten. Wütend, dass sie sie ins Zeltlager geschickt hatten, statt sie mit auf die Reise zu nehmen. Wütend, dass sie überlebt hatte.

Vic hatte kein einziges Mal versucht, ihr einen klugen Rat zu geben. Wahrscheinlich, weil er Ähnliches wie sie erlebt hat.

Trotzdem – er hatte sie entführt und hielt sie hier gefangen. Ans Bett gefesselt. Und er hatte Katha etwas angetan. Etwas Schlimmes. Was war, wenn er ihr wieder etwas antun wollte?

Sie wusste nicht, ob es draußen bereits dunkel war. Das Gefühl für Zeit ging in diesem Raum immer mehr verloren. Wie sehr wünschte sie sich eine Kippe und ihr Handy. Sicher hatte sie an die fünfzig Nachrichten in ihrer »Final Squat«-Gruppe verpasst.

Als sie den Schlüssel in der Tür hörte, fühlte sie erneut keine Angst. Sie hoffte, dass Vic etwas zu essen und zu trinken dabeihatte.

Mit einem Taschenmesser löste er die Kabelbinder, und Ronja rieb sich ihre Handgelenke.

»Das tut weh. Die sind schon ganz rot«, sagte sie.

Vic inspizierte die geröteten Stellen. »So schlimm ist es nicht. Es blutet nicht mal«, sagte er lediglich und ging dann zum Tisch. Er stellte einen Teller mit einem belegten Brot und eine Flasche Wasser auf den Tisch.

»Wie spät ist es?«

Vic schaute auf seine Armbanduhr. »Zwanzig Uhr.«

Dann muss es sogar noch hell draußen sein, dachte Ronja.

»Iss jetzt«, sagte Vic und deutete auf den Stuhl neben sich.

Langsam erhob sich Ronja und streckte sich in alle Richtungen. Vom Liegen war ihr Körper steif geworden. Sie ging zum Tisch und setzte sich neben ihn.

»Kann ich bitte ohne diese Plastikfesseln schlafen? Das tut echt weh.« Ronja erkannte, dass er ihr ein Käsebrot gemacht hatte. Zum Glück keine Salami. Er hatte sogar zwei kleine Tomaten und eine Essiggurke dazugelegt. Sie begann zu essen.

»Ich kann hier doch sowieso nicht raus«, merkte sie mit vollem Mund an.

Vic schien zu überlegen. »In Ordnung. Nur um die Fußgelenke.«

Er schenkte ihr ein Glas Wasser ein, und da er den Verschluss vor ihren Augen geöffnet hatte, war sie sicher, dass er diesmal keine Tropfen hineingemischt hatte.

»Wohnst du hier eigentlich allein?«, fragte Ronja so beiläufig sie konnte.

»Wieso willst du das wissen?«

»Ich meine nur … Ich habe Schüsse gehört«, sagte Ronja und beobachtete Vic ganz genau. Seltsamerweise entspannten sich seine Gesichtszüge, und er wirkte … amüsiert.

»Du hast meine Waffe doch gesehen. Jetzt weißt du, dass ich nicht zögere, von ihr Gebrauch zu machen.«

53

Sie parkte hinter Delf an der Straße vor der Fahrschule. Es wurde langsam dunkel, und Katha wusste, dass die Bank bereits geschlossen hatte.

»Wo wohnt dieser Onkel?«, wollte Delf wissen, als sie vor der Fahrschule standen.

»Ich habe es mir anders überlegt, ich glaube nicht, dass er mich weiterbringt. Zwar sollte man den Typ echt mal genauer überprüfen, aber nicht mehr heute. Ich … Oh, entschuldige mich bitte«, sagte Katha, die in diesem Moment einen Anruf bekam. Es war Ursel.

»Hallo, Katharina«, murmelte sie. »Ich wollte mich … also wegen vorhin, es tut mir leid. Ich hätte nicht einfach in euer Haus gehen dürfen, aber Matthias hat das nie gestört, und ich wollte …«

Katha hörte an Ursels Stimme, dass sie sehr aufgeregt war. »Was wolltest du denn eigentlich?«

»Also, dein Vater … er hat mir gesagt, dass ich, wenn er vor mir sterben sollte, dass ich mich dann um etwas kümmern müsse. Er meinte, ich soll dann einen Schlüssel verstecken. Für dich. Für das Schließfach mit seinem Testament.«

Schlagartig war Katha wieder voll konzentriert. »Okay. Und wo ist dieser Schlüssel, oder wo hast du ihn versteckt?«

»Genau das ist es ja. Ich weiß es nicht mehr. Es ist bestimmt schon über ein Jahr her, dass er mir diesen Auftrag gegeben hat.

Und deswegen war ich auch in eurem Haus. Ich wollte nach dem Schlüssel suchen, damit ich ihn dir geben kann.«

Katha schüttelte verzweifelt den Kopf. Hing Ronjas Leben jetzt von ihrer vergesslichen Nachbarin ab?

»Es tut mir leid, Katharina. Ich mache das nicht mit Absicht …«

»Schon gut, Ursel. Weißt du was? Ich fahre jetzt nach Hause, und wir suchen gemeinsam danach, okay?«

»Ja, gerne. Ich weiß bloß nicht, ob er ihn mir damals gegeben hat und er hier bei mir ist oder ob er noch bei euch ist.«

»Das finden wir raus. Ich bin spätestens in zwanzig Minuten bei dir.« Katha steckte ihr Telefon wieder in die Hosentasche und legte ihr Gesicht in ihre Hände. Ihr Kopf schmerzte, und ihr Körper fühlte sich an, als stünde er seit Wochen unter Strom.

»Was ist los? Wo bist du in zwanzig Minuten?«, wollte Delf wissen.

»Bei meiner Nachbarin Ursel. Sie hat wohl den Schlüssel zum Bankschließfach, kann ihn aber nicht finden«, fasste Katha zusammen. »Deswegen war sie vorhin auch im Haus, um ihn zu suchen.«

»Das ist jetzt nicht dein Ernst, oder?«

»Doch. Sie ist leider ziemlich vergesslich geworden. Vielleicht hat sie auch eine Form von Demenz, keine Ahnung. Aber ich werde mit ihr gemeinsam nach dem Schlüssel suchen.«

»Bist du sicher, dass der Onkel warten kann?«

»Ehrlich gesagt, glaube ich, dass ich eher im Schließfach die Antworten bekomme, die ich suche. Den Onkel können wir uns später noch vornehmen.«

»Soll ich mitkommen und euch beim Suchen helfen?«

»Delf, ich fühle mich sowieso schon schlecht. Ich habe nicht einmal gefragt, wie es dir mit deinen Verletzungen geht. Am besten gehst du einfach nach Hause und ruhst dich aus.«

»Mir geht es blendend. Ich habe doch die Ibus«, meinte Delf und zog einen Tablettenstreifen aus der Tasche.

»Gibst du mir bitte eine?«

»Kopfschmerzen?«, fragte er.

»Mir tut einfach alles weh. Wie viele muss ich nehmen, bis ich nichts mehr spüre?«

»So viele habe ich nicht. Hast du überhaupt was getrunken oder gegessen?«

»Ja, eine Banane und ein Wasser. Aber lass uns schnell mal reingehen. Es gibt noch etwas anderes, was ich dringend mal erledigen sollte«, sagte Katha und kramte nach dem Schlüssel in ihrer Tasche.

»Und ein paar Kekse finden wir da drin auch«, sagte Delf. »Iss am besten noch einen, bevor du die Tabletten nimmst.«

Eine Viertelstunde später klingelten sie bei Ursel. Da es Katha komisch vorkam, einen ehemaligen Angestellten ihres Vaters in dessen Privaträumen herumstöbern zu lassen, bot sie Ursel an, dass Delf ihr beim Suchen helfen könne. Während die beiden bei Ursel nach dem Schlüssel suchten, sah Katha sich erneut bei sich zu Hause um. Sie wühlte in Schränken und Schubladen, blätterte alle Ordner durch, tastete jede Klarsichthülle nach einem kleinen metallenen Gegenstand ab. Sie kletterte auf Stühle und fuhr mit der Hand über die Schränke. Überall Fehlanzeige. Delf schrieb ihr dann eine WhatsApp-Nachricht und bat sie, herüberzukommen. Doch gefunden hatten die beiden ebenfalls nichts.

Ursel hatte trotz der späten Stunde noch Tee und belegte Brote gemacht. »Wo ist eigentlich Ronja?«, wollte die alte Frau plötzlich wissen.

Katha hatte gerade in eines der Brote gebissen. Sie kaute und überlegte, was sie antworten könnte.

»Sie schläft bei einer Freundin. Hast du doch gesagt, Katha, oder?« Delf reagierte so schnell, dass es glaubhaft klang.

»Bei Chrissy?«

»Ja, genau. Bei Chrissy. Danke noch mal für die Nummer«, sagte Katha schnell.

»Ich verstehe ja, dass du das Testament deines Vaters endlich sehen möchtest, Katha. Aber es ist wirklich schon spät. Wir sollten uns vielleicht alle langsam schlafen legen und morgen weitersuchen.«

Katha blickte zur Wanduhr in Ursels Küche. Es war bereits 23:20 Uhr. Ursel hatte recht. Sie und Delf konnten sie nicht noch länger in Beschlag nehmen. »Tut mir leid, Ursel. Wir haben wohl total die Zeit vergessen. Wir gehen jetzt.«

»Ich suche morgen gleich weiter, mein Kind«, sagte Ursel noch, bevor sie sich verabschiedeten.

»Willst du noch mit zu mir kommen?«, fragte Katha Delf, als sie auf der Straße standen. Es war eine warme Mainacht, die Luft war angenehm mild.

»Wenn du nicht allein sein willst, bleibe ich gern«, erwiderte er mit einem Lächeln.

»Ich würde noch ein bisschen weitersuchen. Vielleicht finde ich doch noch was.«

»Du musst dich auch mal ausruhen. Wenigstens ein paar Stunden. Sonst klappst du irgendwann einfach zusammen«, sagte Delf und berührte sie sanft am Arm.

Katha nickte. Er hatte wohl recht. Doch es blieben ihr nur noch knapp 28 Stunden Zeit, um Ronja zu retten.

54

Der Schreck fuhr ihr so ruckartig in die Glieder, dass sie sofort ein brennendes Stechen in Nacken und Schulter verspürte. Es wurde schon hell draußen. Delf war vor ihr eingeschlafen, und Katha hatte ihn zugedeckt, als er auf der Couch begonnen hatte, gleichmäßig zu atmen. Sie selbst hatte sich einige Kartons und Kisten aus dem Keller geholt und sie auf dem Wohnzimmerboden durchgesehen. Und genau hier war sie soeben wieder erwacht.

Ich wollte doch nur kurz die Augen zumachen. Verdammt!

Sie hatte nur noch diesen Tag. Jetzt musste sie strategisch vorgehen. Zuerst musste sie einen klaren Kopf bekommen. Leise schlich sie nach oben ins Bad. Schnell sprang sie unter die Dusche. Das Wasser hatte eine belebende Wirkung auf sie, und mit deutlich mehr Energie ging Katha nach unten in die Küche. Die Kaffeemaschine würde Delf sicher aufwecken, aber nichts brauchte sie nun mehr als einen Kaffee.

Sie würde noch einmal zu Ursel gehen und fragen, ob sie fündig geworden war. Falls nicht, würde sie erneut zu Frieder in die Bank gehen und ihn zwingen, das Schließfach auch ohne den zweiten Schlüssel zu öffnen.

Katha drückte den Power-Knopf der Kaffeemaschine, und schon ratterte sie los. Delf öffnete die Augen, und Katha winkte ihm zu. »Guten Morgen«, sagte sie und holte zwei Tassen aus dem Schrank. »Kaffee?«

»Morgen. Und ja, Kaffee bitte unbedingt. Warum hast du mich nicht geweckt?« Delf zog sich die Decke herunter und legte sie sogleich zusammen.

»Es ist erst zwanzig nach sechs«, antwortete Katha.

Delf strich sich durchs Haar. »Du klingst so optimistisch. Hast du den Schlüssel gefunden?«

»Das nicht. Aber das Schließfach wird heute geöffnet. Egal wie.«

»Okay, aber wie willst du das ohne Schlüssel anstellen?«, fragte Delf und kam zu ihr in die Küche. »Willst du es mit Waffengewalt erzwingen?«

»Wenn überhaupt, dann mit den Waffen einer Frau. Ich kriege meinen Ex-Verlobten schon dazu, zu tun, was ich will.«

Katha reichte ihm den Kaffee und trank selbst einen Schluck aus ihrem Becher. Ihre Kopfschmerzen waren zwar nicht verschwunden, aber es ging deutlich besser als noch am Abend zuvor.

»Wie genau lautet dein Plan? Und was kann ich tun, um zu helfen?«

»Wenn Ursel den Schlüssel nicht doch noch gefunden hat, fahre ich gleich zu Frieder. Die Bank macht um neun Uhr auf. Vielleicht lässt er mich früher rein.«

»Und wenn du überhaupt nichts Relevantes in diesem Schließfach findest? Was machen wir dann?«, fragte Delf und runzelte die Stirn.

»Ich werde dort etwas finden«, antwortete Katha. »Der Brief meines Vaters war eindeutig. Er sprach von einem ›Geheimnis‹ und schrieb, er hoffe, dass ich ihm irgendwann ›verzeihen‹ könne, und es gebe eine Person, die Antworten hätte. Irgendetwas muss da drin sein, was mir weiterhelfen wird.«

Delf schwenkte den Kaffee in der Tasse und sah nachdenklich aus. »Hast du eine Ahnung, was er meint?«

»Nein! Natürlich nicht.« Katha trank den letzten Schluck ihres Kaffees und stellte den Becher in die Spüle. Dann tippte sie eine Nachricht in ihr Handy. »Ich will dich nicht rauswerfen, aber ich denke, ich sollte keine Zeit verlieren.«

»Soll ich mitkommen?«, wollte Delf wissen.

»Nein, das mache ich lieber allein. Frieder ist sowieso schon eifersüchtig auf dich. Keine gute Idee, dich im Schlepptau zu haben. Aber du könntest dich in der Fahrschule umschauen. Nicht nur wegen des Schlüssels. Wann bekommen wir eigentlich den Ordner der Anwältin zurück? Wie lange bleibt der bei der Polizei? Vielleicht kannst du dort auch mal nachfragen.«

»Ja, klar. Das kann ich alles gerne machen.«

Katha wartete noch, bis Delf losgefahren war. Dann klingelte sie bei Ursel, doch sie öffnete nicht. Katha blickte auf die Uhr: Es war kurz vor sieben. Vielleicht schlief sie noch. Sie hatten die alte Dame ziemlich lange auf Trab gehalten. Katha ließ es gut sein und stieg in ihren Wagen. Wenn sie ehrlich war, rechnete sie sowieso nicht damit, dass Ursel den Schlüssel noch gefunden hatte. Und wenn, hätte sie doch bestimmt Bescheid gesagt.

Katha betrachtete einen Moment lang ihr Elternhaus. Wie sehr sie sich wünschte, noch einmal so viel Leben darin vorzufinden wie früher. Als auch ihre Mutter noch Teil der Familie war. Ein kurzer Abschnitt ihres Lebens war tatsächlich perfekt gewesen, ohne dass sie es gewusst hatte. Endlich vibrierte ihr Handy, und sie bekam die Adresse, die sie vorhin bei Frieder angefordert hatte.

Als ihr Frieder die Tür öffnete, strahlte er. Es war eine Mischung aus Freude, Überraschung und Neugier, die in seinem Gesicht lag. Offensichtlich war er schnell unter die Dusche gesprungen, nachdem sie ihm geschrieben hatte. Seine Haare waren noch feucht, und er trug eine dünne Jogginghose. So gefiel er ihr besser als im Anzug.

»Hey, komm rein«, sagte er und nahm ihr die Jacke und die Tasche ab. »Möchtest du einen Kaffee?«

»Nein, danke. Einen Schluck Wasser vielleicht«, sagte Katha und trat ein.

Frieder bewohnte eine moderne Maisonette-Wohnung, die er stilsicher eingerichtet hatte. Katha lief ins großzügige Wohnzimmer und blieb in der Mitte des Raumes stehen. Frieder kam dazu und reichte ihr das Glas Wasser.

»Ich habe mir oft gewünscht, dass du hier einmal stehen würdest, Katha.« Er strich ihr zärtlich über die Wange. Sie ließ es zu.

»Ich brauche deine Hilfe«, sagte sie leise und lehnte ihren Kopf an seine Schulter.

Frieder legte jetzt seinen Arm um sie und zog sie an seine Brust. Er atmete tief ein.

»Was kann ich für dich tun?«

»Du musst das Schließfach öffnen. Bitte.«

»Hast du den Schlüssel?«

Katha schüttelte den Kopf.

»Dann kann ich es leider nicht.«

Katha löste sich und blickte ihm in die Augen. »Bitte, Frieder. Ich muss wissen, was da drin ist. Es ist wirklich wichtig. Wichtiger, als du vielleicht denkst.«

Er zog die Augenbrauen zusammen und musterte sie. »Katha, ich würde es sofort tun, wenn es eine Möglichkeit gäbe. Ich kann es nicht öffnen. Es gibt keinen Ersatzschlüssel. Wenn der Kunde den Schlüssel verloren hat, gibt es nur eine Möglichkeit, das Schließfach zu öffnen.«

»Und die wäre?«

»Es muss aufgebrochen werden. Professionell versteht sich.« Frieder hatte jetzt seine Hände auf ihren Schultern abgelegt, jederzeit bereit, sie wieder in seine Umarmung zurückzuziehen.

»Dann lass es uns aufbrechen. Jetzt gleich.«

»Das machen nicht wir, sondern ein spezieller Handwerker. Den müssen wir in der Zentrale bestellen.«

»Dann tu es«, sagte Katha.

»Kann ich machen, aber das kann bis zu einer Woche dauern, bis da jemand vorbeikommt.«

55

Schon immer hatte er alles Unliebsame im Schweinestall entsorgt. Es war erstaunlich, wie gründlich Schweine waren. Äußerst praktische Nutztiere. Dass man sie aß, war ihm eigentlich unbegreiflich. Vor allem, wenn man einmal verstanden hatte, dass Schweine alles fraßen. Wenn man also wiederum das Schwein aß, hatte man dann indirekt nicht zwangsläufig das gegessen, was sie gefressen hatten? Da waren ihm Hühnchen und Rind doch viel lieber.

Er ging zurück in die Küche und bereitete Teil zwei des Abendbrots vor. Diesmal für die Damen im Keller. Während er die Brote mit Butter bestrich, pfiff er sein Lied.

Alles schien nach Plan zu laufen. Er fühlte, dass er der Erlösung so nah wie noch nie zuvor war. Zudem hatte Corinna echtes Potenzial. Eigentlich hätte er das ganze Prozedere abkürzen können. Aber das wäre nicht fair. Er hatte den beiden vier Prüfungen versprochen, und die sollten sie auch bekommen. Und ein bisschen gefiel ihm dieser Wettkampf auch, das konnte er nicht leugnen.

Irritiert war er allerdings von seinem jungen Gast. Sie entsprach absolut nicht seiner Vorstellung. Er hatte mit etwas anderem gerechnet.

Er mochte sie. Irgendwie.

Und tatsächlich hatte er diese Variante nie in Betracht gezogen. Vielleicht war es ein Wink des Schicksals.

Er warf noch einen letzten Blick aus dem Fenster und sah, dass die Schweine bereits bei der Arbeit waren. Gründlich wie immer. Dann ging er mit dem Tablett und der Milchpumpe in den Keller.

56

Vermutlich hatte er ihr Antibiotika oder Penicillin gegeben, denn die Entzündung in der Brust wurde einen Hauch besser. Ob das Medikament stillverträglich war oder nicht, spielte im Moment auch keine Rolle. Ebenfalls hatte das Fieber nachgelassen, und sie fühlte sich wieder deutlich besser. Ihr Zeitgefühl hatte sie dafür komplett verloren. Im Keller war es stockdunkel. Nicht einmal durch eine kleine Ritze, einen kleinen Spalt in der Steinmauer drang ein Lichtstrahl hindurch. Wie lange war sie mittlerweile schon hier? Eine Woche? Zwei?

Wie es Jonathan wohl ging?

Jedes Mal, wenn sie an ihn dachte, machte sich ein unfassbarer Schmerz in ihr breit. Trotzdem wollte sie das Versprechen einhalten, das sie Jelena im Bad gegeben hatte. Es musste sich einfach für sie beide eine Chance zur Flucht ergeben.

Ihr Magen knurrte. Sicher würde er bald mit dem Abendbrot kommen. Was das anging, hatte er ein gutes Timing. Hunger oder Durst hatte sie bisher nur in geringem Maße leiden müssen. Kaum hatte sie darüber nachgedacht, wurde es auch schon heller. Das Monster mit der Stirnlampe kam.

Warum zur Hölle hast du hier kein Licht?

Dieses Mal schob er ihr nicht nur das Tablett mit der Scheibe Brot, den Gürkchen und den kleinen Tomaten durchs Gitter, sondern er öffnete die Tür und kam herein. Er setzte sich zu ihr aufs Bett und stellte das Tablett auf den Boden.

»Ich brauche zuerst noch etwas von dir«, sagte er und reichte ihr die Milchpumpe.

Corinna nahm sie und legte sie neben sich.

»Ich brauche es jetzt«, sagte das Monster und ergänzte: »Und ich würde gerne zuschauen.«

57

»Eine Woche?« Kathas Herzschlag beschleunigte sich. »Frieder, bitte. Gibt es keine andere Möglichkeit?«

Katha löste sich von ihm und lief unruhig im Raum umher.

»Willst du mir nicht endlich sagen, was eigentlich los ist?«, sagte Frieder und stemmte die Hände in die Hüften. »Warum ist das alles so dringend, und wo ist das Problem, eine Woche zu warten? Das ist ein Standardvorgang. Nichts Ungewöhnliches, wenn ein Schlüssel verloren gegangen ist.«

Denk nach! Ich muss ihm ja nichts von Ronja erzählen. Aber er muss kapieren, dass ich nicht so lange warten kann.

»Es ist einfach dringend. Ich brauche etwas aus diesem Fach – sofort!«, sagte Katha.

»Du willst mir aber nicht sagen warum, oder?«

»Reicht es nicht, wenn ich dir sage, dass es wirklich dringend ist?«

Frieder blickte sie an und nickte dann. »Ich gebe mein Bestes. Ich rufe gleich an und erkläre die Dringlichkeit. Vielleicht haben wir ja Glück.«

Nachdem Frieder den Anruf in seiner Küche getätigt hatte, kam er wieder zu ihr. Katha hatte mittlerweile auf seinem Sofa Platz genommen und nippte an ihrem Wasser. Er setzte sich dicht neben sie. So dicht, dass sie sein Parfüm riechen konnte.

»Was hat die Zentrale gesagt?«

»Sobald ein Handwerker in der Nähe ist, schicken sie ihn vorbei«, antwortete Frieder knapp. »Brauchst du Geld? Bist du in Schwierigkeiten? Du hast doch die Vollmacht deines Vaters und Zugriff auf seine Konten«, meinte er plötzlich. »Hast du überhaupt schon mal nachgesehen?«

Verdammt, daran hatte sie tatsächlich nicht mehr gedacht. Sie hatte Zugang zu seinen Konten! Sie könnte immerhin überprüfen, ob er wirklich bankrott war. »Stimmt. Das sollte ich in der Tat mal machen. Ab wann können wir zur Bank?«, fragte Katha.

»Es ist jetzt kurz vor acht. Lass uns noch einen Kaffee trinken, und dann können wir los«, schlug Frieder vor.

Sie waren die Ersten in der Bank. Ein komisches Gefühl, mit ihm hier allein zu sein. Der Beauty-Expertin würde das mit Sicherheit nicht gefallen. Frieder ging in sein Büro, und Katha folgte ihm.

»Soweit ich weiß, hatte er drei Konten«, sagte Frieder und fuhr den Computer hoch. Dann öffnete er das Fenster und legte seinen Aktenkoffer auf ein kleines Sideboard neben dem Schreibtisch.

Katha hörte das Ticken des Sekundenzeigers der Wanduhr. *Tick, Tack, Tick, Tack.* Es war viel zu laut.

Ihr Handy vibrierte.

Bestimmt Delf. Oder Ursel, dachte sie und nahm das Gerät in die Hand. Ein Funken Hoffnung, Ursel könnte den Schlüssel doch noch gefunden haben, machte sich in ihr breit. Doch es war nicht Ursel. Und auch nicht Delf.

Der anonyme Kontakt fragte:

Wie weit bist Du schon in die tiefen Abgründe hinabgestiegen, Katharina? Beeil Dich lieber, sonst umgeben Dich am Ende nur noch Leichen.

Sofort bildeten sich Schweißperlen auf ihrer Stirn. Ihre Hände begannen zu zittern. Noch 18 Stunden.

Nur noch 18 Stunden.

»Hmm, also für ein Geschäftskonto sind das wirklich wenig Rücklagen«, murmelte Frieder.

»Was?« Katha löste den Blick von ihrem Handy.

»Auf dem Geschäftskonto der Fahrschule befinden sich aktuell nur 8642,56 Euro. Nicht wirklich viel, wenn man bedenkt, dass monatlich, wenn ich das hier so sehe, allein die Leasing-Raten der Fahrzeuge und der Lohn für die Angestellten über fünfzehntausend Euro betragen.«

Frieder tippte eifrig auf seinem Taschenrechner herum, während Kathas Handy erneut vibrierte. Als sie das Vorschaufenster zu einem Video zu sehen bekam, wurde ihr übel. »Sorry, Frieder, ich muss mal kurz wohin«, sagte sie und hielt sich die Hand vor den Mund.

Erschrocken sprang er auf, öffnete ihr die Tür und wies ihr den Weg. Mit schnellen Schritten verschwand Katha auf der Damentoilette. Eingeschlossen in einer Kabine, starrte sie auf das Display. Sie traute sich nicht, das Play-Symbol anzutippen. Als sie es schließlich doch tat, stockte ihr der Atem. Zu sehen war eine Filmaufnahme, die zeigte, wie sie und Frieder aus dessen Wohnung kamen und in ihre Autos stiegen und wegfuhren. Das war gerade erst zehn, höchstens fünfzehn Minuten her.

Er beobachtet mich?

Katha konnte nicht fassen, dass Ronjas Entführer sich so nah an sie heranwagte.

War er die ganze Zeit schon in ihrer Nähe gewesen?

War er es jetzt auch?

Er könnte ihr jederzeit über den Weg laufen, und sie würde es nicht einmal bemerken. Der Druck im Magen wurde so stark, dass sie sich vor die Toilette kniete und sich übergab.

Würde dieser Alptraum je enden?

58

Ronja gähnte. Sie hatte kaum ein Auge zugemacht und sich hin und her gewälzt. Vic hatte sie, wie versprochen, nur an den Füßen mit Kabelbinder gefesselt. Es wäre ein Leichtes gewesen, sie abzubekommen.

Ich bin schließlich nicht so dumm, wie du denkst.

Sie griff in ihre Hosentasche und holte die kleine silberne Klinge des Tesafilm-Anreißers hervor und betrachtete sie. Mit den scharfen winzigen Zähnen würde sie den Kabelbinder durchtrennen können. Die Nacht wäre sicher bequemer gewesen, ohne diese Fesseln, aber sie wollte vermeiden, dass Vic sie überraschte. Doch jetzt war sie wach und würde nicht mehr schlafen.

Mit der Abreißkante begann sie, den Kabelbinder aufzutrennen. Es dauerte eine Weile, aber schließlich gelang es ihr. Sie streckte sich und stand dann auf. Als sie die Vorhänge zurückzog, sah sie, dass es bereits dämmerte.

Während Ronja ihren Blick über die Wiesen und Felder streifen ließ, beschloss sie, nicht darauf zu warten, dass ihre Tante sie retten würde. Sie wollte es selbst in die Hand nehmen.

Ronja kippte beide Fenster und begann laut zu schreien. Hätte es irgendwo in der Nähe einen Nachbarn oder eine Nachbarin gegeben, dann wären sie spätestens jetzt hellhörig geworden. Sie ging zur Zimmertür und hämmerte mit beiden Fäusten wie wild dagegen. Zu ihren Füßen lag die Bettdecke. Ihr Herz schlug wie verrückt, aber jetzt gab es kein Zurück mehr. Dann hörte sie ihn die Treppe hinaufstürmen.

Als der Schlüssel ins Schloss gesteckt wurde, ging sie einen Schritt zurück und griff nach der Decke. Ihr Herz galoppierte. Als Vic die Tür öffnete, warf sie ihm sofort die Decke über den Kopf, rempelte ihn so heftig sie konnte an und stürmte schließlich an ihm vorbei. Polternd stürzte sie die Treppe hinunter und blickte sich panisch um. Doch sie konnte keinen Ausgang erkennen. Sie rannte weiter, hinein in den Flur. Endlich entdeckte sie die Haustür. Sie griff nach der Klinke, doch es war abgeschlossen.

Ihre Augen suchten in aller Eile die Umgebung ab, ob nicht irgendwo ein Haustürschlüssel zu sehen war. Als sie die Schlüssel, die an einem Brett an Haken aufgereiht hingen, endlich entdeckte, hörte sie schon Vic, der laut polternd die Treppe herunterkam.

Vor Angst schrie sie auf und rannte in den nächsten Raum. Es war die Küche. Panisch griff sie nach der Klinke zu einer Tür. Irritiert sah sie, dass die Tür zu einem Schweinestall nach draußen führte.

Hoffnung keimte in ihr auf, als sich der Knauf tatsächlich nach unten drücken ließ, doch nur einen Moment später, knallte ihr Kopf mit voller Wucht gegen den Türrahmen.

59

Der Druck in der Magengegend hatte nachgelassen, doch das beklemmende Gefühl in ihrer Brust blieb. Sie wusch sich mit eiskaltem Wasser das Gesicht und spülte ihren Mund gründlich aus. Einen Moment blieb sie mit gesenktem Kopf am Waschbecken stehen. Die Frage, die sie sich gestellt hatte – ob dieser Alptraum je enden würde –, konnte sie jetzt beantworten: Er würde dann enden, wenn sie selbst dafür sorgen würde.

Katha blickte in den Spiegel, sah die dunklen Ringe unter ihren Augen, ihre Haut, die jeglichen Schimmer verloren hatte.

Vor drei Jahren hatte man schon einmal versucht, sie zu zerstören. *Dieses Mal nicht,* dachte sie sich. Dieses Mal würde sie kämpfen. Bis zum Schluss.

Entschlossen griff sie nach den Papierhandtüchern und rieb ihr Gesicht trocken. Dann verließ sie die Damentoilette.

Die Beauty-Expertin war inzwischen auch eingetroffen und lief geschäftig in ihrem Servicebereich hin und her. Als sie Katha erblickte, blieb sie abrupt stehen.

»Guten Morgen«, sagte Katha, bekam aber nur ein leises »Morgen« zurück, dann verschwand sie wieder in Frieders Büro.

»Geht's wieder?«, fragte er und reichte ihr ein Glas Wasser.

»Ja, danke. Was kannst du mir noch über die Konten meines Vaters sagen?«, fragte sie und setzte sich wieder auf ihren Platz.

»Ehrlich gesagt, wollte ich jetzt nicht wahnsinnig tief in die

Geschäfte deines Vaters eintauchen, aber irgendwas stimmt da nicht, Katha.«

»Wie meinst du das? Ist er etwa bankrott?«, fragte sie, obwohl sie befürchtete, die Antwort bereits zu kennen.

»Interessant, dass du das fragst. Also wenn man weiter zurückschaut, sind die Einnahmen und Ausgaben der Fahrschule normal bis ordentlich. Seit ungefähr sieben Monaten aber hat er sich immer wieder mehrere tausend Euro auf sein privates Konto überwiesen, und dort hat er es bar abgehoben. Und das ziemlich regelmäßig. Insgesamt waren das locker fünfzigtausend Euro.«

Katha fragte sich unweigerlich, was der Grund für die hohen Bargeldabhebungen war. Hatte ihr Vater etwa aus irgendeinem Grund Schulden? Das konnte doch nicht sein. Er war nicht der Typ Mann, von dem man irgendwann herausfand, dass er insgeheim spiel- oder drogensüchtig war. Auf keinen Fall, das wusste Katha. Hatte er etwa eine Geliebte, die ihn abzockte? Oder wurde er erpresst?

»Interessant ist das dritte Konto«, fuhr Frieder fort. »Es existiert schon seit fast dreizehn Jahren. Und immer am Monatsende gehen zweieinhalbtausend Euro von seinem privaten Konto darauf ein. Jeweils am ersten eines Monats wird dieser Betrag dann auf ein anderes Konto überwiesen. Aktuell beträgt der Kontostand daher: null Euro.«

Katha überschlug die Zahlen im Kopf. Das waren in dreizehn Jahren knapp vierhunderttausend Euro! Wem würde ihr Vater so viel Geld geben?

Ihr Magen begann schon wieder zu rebellieren.

»Wie lautet der Empfänger?«, wollte sie wissen.

Frieder blickte wieder auf den Bildschirm, dann las er laut vor: »Das Konto gehört einer Frau namens Gigi Radovan. Hast du den Namen schon einmal gehört?«

Sie verneinte die Frage mit einem entschiedenen Kopfschütteln. Der Name sagte ihr absolut nichts.

Hattest du eine Geliebte, Papa? Von der du mir nie etwas erzählt hast?

Was würde sie alles in diesem Schließfach zutage fördern? Wie vieles, von dem sie ebenfalls nichts wusste? Hatte das dubiose Geheimnis, das sie lüften sollte, etwas mit dieser Frau zu tun?

In diesem Moment vibrierte Kathas Handy schon wieder. Sofort verkrampfte sich alles in ihr, doch als es weitervibrierte, verstand sie, dass es keine Video-Botschaft, SMS oder WhatsApp war, sondern ein Anruf. Delf.

»Hey«, antwortete Katha knapp. Sie wollte nicht, dass Frieder mitbekam, mit wem sie sprach.

»Tut mir leid, dass ich dich schon wieder störe, aber ich habe gerade bei der Polizei angerufen und nach dem aktuellen Ermittlungsstand gefragt«, sagte Delf. »Sie meinten, das müssten sie mit dir besprechen, und sie fragten, ob du heute noch aufs Revier kommen könntest.«

»Was hast du ihnen gesagt?«, fragte Katha.

Frieder blickte neugierig zu ihr herüber. Katha erhob sich, entschuldigte sich mit einer Geste und ging vor die Tür.

»Ich habe gesagt, dass ich es dir ausrichte, du aber heute sehr beschäftigt wärst und vielleicht erst morgen vorbeikommen könntest«, antwortete Delf.

»Danke, du bist echt ein Schatz«, sagte Katha und bemerkte,

dass sie hier im Foyer genauso beäugt wurde wie von Frieder im Büro. Sie zog sich so weit zurück, wie sie konnte.

»Ich wollte dir nur schnell Bescheid geben, falls die bei dir anrufen«, fuhr Delf fort. »Was ist mit dem Schließfach?«

»Es muss professionell geöffnet werden. Das kann ewig dauern.«

»Was? Echt? Was machst du jetzt?«

»Ehrlich gesagt, habe ich keine Ahnung. Ich hoffe einfach auf ein Wunder.«

»Bei Ursel gab es nichts Neues, oder?«

»Sie hat heute Morgen nicht aufgemacht, wahrscheinlich hat sie noch geschlafen. Vielleicht fahre ich einfach noch mal bei ihr vorbei.«

»Ich habe Tanja nach Hause geschickt und ihr gesagt, dass wir die Fahrschule diese Woche geschlossen lassen«, sagte Delf. »Und ich habe außerdem eine Rundmail an alle Fahrschüler geschrieben, dass wir aufgrund der besonderen Umstände frühestens nächste Woche wieder aufmachen. Das ist doch in deinem Interesse, oder?«

»Auf jeden Fall. Was würde ich nur ohne dich tun? Danke, dass du an alles denkst.«

»Okay, ich mach dann mal weiter und halte Ausschau nach einem Schlüssel oder anderen Dingen, die uns irgendwie weiterbringen könnten.«

Als Katha zurück in Frieders Büro kam, war auch er am Telefon. Der Drucker spuckte währenddessen ein Papier nach dem anderen aus.

»In Ordnung, dann bis später.« Frieder legte sein Handy zur Seite und ging zum Drucker. »Ich habe dir alles Wichtige zu den

Konten ausgedruckt. Wenn du willst, können wir sie auch auflösen oder überschreiben.« Er reichte ihr einen Stapel Papiere. »Das war übrigens die Zentrale. Sie meinten, dass tatsächlich ein Handwerker in der Nähe sei. Momentan ist er in der Filialdirektion in Calw. Wenn er dort fertig ist, könnte er kommen.«

»Das heißt, wir können es noch heute öffnen?«, fragte sie.

»Ja, aber es kann noch ein paar Stunden dauern. Und du musst bei der Öffnung dabei sein«, sagte Frieder. »Du kannst gerne solange hierbleiben.«

»Lieb von dir, aber ich werde solange noch etwas anderes erledigen und komme dann einfach wieder«, sagte Katha und verließ Frieders Büro.

60

Mittlerweile drückte Katha schon zum vierten Mal den Klingelknopf. Doch Ursel öffnete nicht. Auch ans Telefon ging sie nicht. Vielleicht war sie einkaufen gegangen. Kathas Bauchgefühl hingegen sagte etwas anderes. Sie wusste nicht warum, aber ein ungutes Gefühl beschlich sie.

Als sie erneut Ursels Nummer wählte, wusste sie mit einem Mal, was sie störte. Die Rollläden! Sie waren alle noch heruntergelassen. Dabei war es inzwischen halb zehn durch. So lange konnte die alte Frau doch nicht schlafen, oder?

Katha ging den kleinen gepflasterten Weg um das Haus herum in den hinteren Garten. Die große gläserne Schiebetür zur Terrasse besaß keinen Rollladen, nur eine Gardine davor. Katha hielt die Hand über die Augen und versuchte im Wohnzimmer etwas zu erkennen. Doch sie entdeckte nichts Ungewöhnliches. Während sie Ursels Nummer immer wieder wählte, ging sie zur Treppe, die vom Garten in den Keller des Hauses führte. Und dann hörte sie es: das Klingeln von Ursels Handy. Es musste ganz in der Nähe sein. Katha hielt den Anruf und drückte die Türklinke herunter. Es war offen. Ihr Herz verkrampfte sich, als sie den Kellerraum betrat und das Klingeln immer lauter wurde.

»Ursel«, rief Katha, doch sie bekam keine Antwort.

Langsam schlich sie durch Ursels Waschküche, vorbei an der

frisch gewaschenen aufgehängten Wäsche und bog vorsichtig um die Ecke. Vor Schreck ließ sie ihr Telefon fallen.

Nein! Das kann nicht sein!

Ursel lag am Ende der Kellertreppe. Ihr Kopf war unnatürlich verdreht, und sie starrte mit leerem Blick in den Raum, aus dem Katha soeben gekommen war. Das Gebiss war ihr herausgerutscht und lag vor ihrem geöffneten Mund. Bei dem Anblick lief Katha ein Schauer über den Rücken. Obwohl sie wusste, dass jede Hilfe zu spät kam, ging Katha vor ihrer Nachbarin in die Hocke und fasste ihr an den Hals, um zu prüfen, ob sie noch einen Puls hatte. Doch nichts – kein Puls war mehr zu spüren.

Katha liefen Tränen übers Gesicht. Liebevoll strich sie Ursel übers Haar, dabei blickte sie ans obere Ende der Treppe. Die Tür zur Küche war geschlossen. War sie die Kellertreppe hinuntergestürzt oder …

Was mache ich jetzt?

Sie schnappte sich ihr Telefon und verließ den Keller, wie sie gekommen war. Im Garten setzte sie sich auf die alte Hollywood-Schaukel, auf der sie schon als Kind so gerne gesessen hatte. Sie vergrub ihr Gesicht in den Händen und begann zu weinen. Sie wollte Ursel nicht so liegen lassen, aber welche Wahl hatte sie schon? Sie konnte niemanden informieren. Nicht jetzt, nicht heute. Demnächst würde sie endlich an den Inhalt des Schließfaches kommen, und wenn sie Glück hatte, könnte sie dem Entführer das Geheimnis nennen. Dann würde er Ronja freilassen. Sie schaute auf die Uhr: zehn vor zehn. Entschlossen verließ sie den Garten und fuhr zu Delf.

Als sie die Fahrschule betrat, war Delf gerade dabei, mehrere Aktenordner ins Regal einzuräumen. Er sah sie und wirkte überrascht.

»Hey, was machst du denn hier?«, fragte er. Während er sie genauer musterte, zog er fragend die Augenbrauen zusammen. »Hast du geweint? Ist was passiert?«

Katha nickte, und sie kämpfte gegen die Tränen. Delf kam zu ihr, und Katha flüsterte: »Ursel ist tot.«

»Was? Wie … was ist passiert?«

»Sie lag tot an der Kellertreppe. Ob sie gefallen ist oder … ob jemand nachgeholfen hat, kann ich nicht sagen.«

»Wieso sollte jemand Ursel umbringen?«, fragte Delf.

»Wieso sollte jemand meinen Vater töten wollen oder Ronja entführen?«, entgegnete Katha.

Delf schwieg und schien auch keine Antwort darauf zu haben.

»Was hast du da gerade ins Regal gelegt?«, wollte Katha wissen.

»Nichts Besonderes, Rechnungen und Leasingverträge. Ich habe bisher nichts von Bedeutung gefunden«, sagte Delf. »Wann wird das Schließfach geöffnet?«

Katha blickte auf die Uhr. »Es könnte eigentlich jeden Moment so weit sein, am besten ich mache mich gleich wieder auf den Weg.«

»Soll ich mitkommen?«

»Nein, ich melde mich, sobald ich weiß, was drinnen ist«, sagte Katha noch, als beide schlagartig ihren Blick zum Schulungsraum wandten.

Die Tür wurde geöffnet.

Als der Mann die Fahrschule betrat und sich umschaute, überkam sie ein eiskalter Schauer.

»Delf«, hauchte Katha angsterfüllt, doch auch er konnte nicht mehr verhindern, was dann geschah.

61

Als sie erwachte, war ihr kalt.

»Wo bin ich?«, murmelte sie und rieb sich den Kopf. Sie fühlte eine dicke Beule an der Stirn.

»Ich habe dir erklärt, was passiert, wenn du nicht brav bist«, sagte Vic, der vor ihr stand. »Und das war noch die nette Variante.«

Ronja blickte sich um und erkannte kaum etwas. Es war dunkel, nur Vics Taschenlampe erhellte den Raum.

»Ja, sieh dich nur um«, sagte er und schwenkte den Lichtstrahl von links nach rechts und von oben nach unten.

Ronjas Herz hämmerte wild in ihrer Brust. Sie befand sich in einer Art Kellerraum mit Gitterstäben davor. Es sah aus wie ein Gefängnis.

»Es tut mir leid«, begann Ronja zu schluchzen, doch Vic schlug nur einmal laut mit der Taschenlampe gegen einen der Gitterstäbe.

»Halt die Klappe!«, schrie er wütend. »Ich habe eigentlich gedacht, dass wir uns gut verstehen. Aber da lag ich wohl falsch. Jetzt musst du die Konsequenzen ertragen. Ist nicht mein Problem. Dann hoffen wir mal, dass deine Tante sich rechtzeitig meldet.«

Ronja begann zu weinen und drückte sich in die Ecke des Raumes.

Vic verließ die Zelle und ließ sie in völliger Dunkelheit zurück. Alles war kalt und feucht hier, nur eine Liege gab es, auf die sie sich setzen konnte. Doch plötzlich hörte Ronja etwas.

Eine Stimme.

»Hallo? Wer bist du?«

62

Sie konnte es nicht glauben. Das Monster hatte offensichtlich noch jemanden in sein Verlies verschleppt. Corinna stand an den Gitterstäben ihres Gefängnisses und lauschte in die Dunkelheit. »Wer bist du?«, fragte sie noch einmal, nachdem die andere Frau nicht geantwortet hatte.

»Ronja«, vernahm sie die zögerliche Antwort.

Corinna hatte die Zellen gezählt, als sie das letzte Mal zur Prüfung angetreten war: In diesem Raum waren es drei. Im nächsten nur eine. Vermutlich befand sich Jelena dort.

»Wo sind wir hier?«, fragte die Stimme, die recht jung klang.

»Ich weiß es nicht«, antwortete Corinna. »Wie alt bist du?«, fragte sie gleich darauf weiter.

»Dreizehn«, lautete die Antwort.

Corinna schlug sich die Hand vor den Mund. Er hatte einen Teenager hierhergebracht?

Ich dachte, du suchst nach einer Mutter?

»Bist du verletzt?«, fragte Corinna.

»Er hat mich gegen eine Tür geschlagen. Der Kopf tut mir weh. Warum ist es hier so dunkel?«

»Es gibt hier kein Licht. Nur, wenn er kommt. Wieso hat er dich geschlagen?«

»Ich wollte abhauen, aber er hat mich gekriegt.«

»Abhauen? Von wo denn?«, fragte Corinna. Ein kleiner Funke

Hoffnung machte sich in ihr breit. Vielleicht wusste dieses Mädchen mehr als sie. Und ganz sicher würde man nach ihr suchen. Sie hatte doch bestimmt Eltern, Lehrer, Freunde, die sie vermissten.

»Aus dem Zimmer im ersten Stock«, antwortete Ronja.

Aha, erster Stock! Also ein normales Haus wahrscheinlich, *dachte Corinna.*

»Konntest du irgendwas erkennen? Also, wo wir sind oder ob es noch andere Personen gibt?«, fragte Corinna weiter.

Doch Ronja antwortete mit einer Gegenfrage. »Wieso bist du hier?«, wollte sie wissen.

Corinna überlegte. Sie wollte diesem Mädchen nichts von diesen irren Prüfungen verraten.

»Das weiß ich leider auch nicht so genau. Weißt du denn, warum du hier bist?«, fragte Corinna noch, doch plötzlich erhellte ein sanfter Lichtschein langsam den Raum. Das Monster kam näher. Corinnas Puls beschleunigte sich. Sie wusste, dass es vermutlich wieder an der Zeit war.

Als er ihre Zelle öffnete, teilte er ihr mit, dass die nächste Prüfung anstand. Wieder hatte er die Waffe auf sie gerichtet.

Corinna schauderte, wenn sie daran dachte, wie viele Frauen und Mädchen er in diesem Haus womöglich gefangen hielt. Sie lief vor ihm den Flur entlang. Gleich würde sie das Mädchen zu Gesicht bekommen. Als sie an der Zelle am Ende des Raums vorbeikamen, sah sie den Teenager.

Das dürre Mädchen hatte sich auf ihrer Liege zusammengekauert. Sie hielt die Beine umklammert und wippte gleichmäßig vor und zurück. Ihre großen Augen blickten sie ängstlich an.

Corinna versuchte, ihr beruhigend zuzunicken. Die Vorstellung, wie grausam das alles für eine junge Seele sein musste, bereitete ihr eine Gänsehaut.

Als sie den Raum verließen, bestätigte sich Corinnas anderer Verdacht, nämlich dass Jelena in der Einzelzelle im Nebenraum gefangen gehalten wurde.

Aber warum war sie noch in ihrem Verlies?

Die anderen Male war sie doch immer vor ihr bei der Prüfung gewesen. Die Frauen blickten einander an, und Corinna nickte auch Jelena zu. Sie würde ihr Versprechen halten.

Er führte sie an den bereits bekannten Räumen vorbei. Doch es gab immer noch einen Raum, der ihr fremd war. Und genau in diesen brachte er sie jetzt.

Er streckte den Arm aus und wies sie zu einem Bett, während er mit der Waffe weiter auf sie zielte.

63

»Was ist los? Was hast du denn?«, fragte Delf, doch Katha brachte keinen Ton mehr heraus. Delf eilte an ihr vorbei, verließ das Büro und ging zu dem Mann im Schulungsraum.

»Entschuldigen Sie, aber wir haben geschlossen«, hörte sie ihn sagen, und Katha spürte, wie ihr Puls in den Schläfen hämmerte. Ihr Blick fixierte den Mann durch die Glasscheibe, die Büro und Schulungsraum voneinander trennte.

»Ich muss mit Katha sprechen. Ist sie da?«, hörte sie ihn sagen, und dann trafen sich ihre Blicke. »Ich muss mit dir reden! Bitte!«, rief ihr Leon zu.

Leon, der Fahrschüler, mit dem sie vor drei Jahren ihre letzte Nachtfahrt gemacht hatte. Der jetzt versuchte, sich an Delf vorbeizudrängeln, um zu ihr zu gelangen.

»Ganz ruhig«, sagte Delf und hielt Leon an der Schulter fest. Dann drehte er sich zu ihr um und blickte sie fragend an.

Ihre Antwort war ein einfaches Kopfschütteln. Delf verstand und schob Leon zurück zur Tür.

»Ich muss aber mit ihr reden. Es ist wichtig, verdammt!«, rief Leon und wehrte sich gegen Delfs Versuch, ihn nach draußen zu befördern.

»Ich will echt nicht handgreiflich werden«, sagte Delf und drückte den Mann Richtung Eingangstür. »Aber so läuft das nicht. Bitte gehen Sie.«

»Katha, du bist in Gefahr! Ich will dir doch nur helfen!«, schrie Leon jetzt.

Kathas Herz fühlte sich an, als würde es von einer starken Faust zerdrückt. Langsam schritt sie aus dem Büro. Mechanisch setzte sie einen Fuß vor den anderen.

Du bist in Gefahr. Warum hatte Leon das gesagt?

Als sie den Schulungsraum betrat, hielt Delf ihn immer noch in Schach. Katha machte schnelle, flache Atemzüge. Sie schloss die Augen und versuchte sich an das zu erinnern, was sie sich für heute vorgenommen hatte. Als sie ihre Augen wieder öffnete, blickte sie zu ihrem früheren Peiniger. »Was hast du mir zu sagen?«

Leon konnte ihrem Blick nicht standhalten. Nervös senkte er den Kopf und wippte von einem Fuß auf den anderen.

»Katha, er stinkt ziemlich nach Alkohol, vielleicht solltest du nicht mit ihm …«, begann Delf.

Leon unterbrach ihn. »Halt die Klappe! Das alles ist viel größer, du hast ja keine Ahnung, um was es hier eigentlich geht«, begann Leon, doch dann wurde die Eingangstür aufgeschoben und stieß ihm in den Rücken.

»O Entschuldigung …«, sagte Frieder und hielt abrupt inne. Sein Blick wanderte hektisch von Leon zu Delf und schließlich zu Katha. »Was ist hier los?«, fragte er, und Katha erkannte an seinem Gesicht, dass er verstand: Das hier war keine normale Situation, in die er versehentlich hineingeplatzt war. Frieder starrte auf Leon und blickte wieder zu Katha. Sein Gesichtsausdruck wechselte von Irritation zu blanker Wut.

»Ist er das?«, fragte er mit zitternder Stimme.

Katha war immer noch erstarrt und brachte keinen Ton heraus.

»Katha! Ist er das?«, brüllte Frieder dann.

Ihr Schweigen schien ihm zu genügen. Er packte Leon am Kragen und stieß ihn mit ganzer Kraft gegen die Tür. Leon schrie auf. Katha beobachtete das Geschehen wie in Zeitlupe. Es war, als würde sie abseitsstehen, als hätte sie nicht wirklich Anteil an dem, was da vor ihren Augen geschah.

Leon lag plötzlich am Boden, Frieder kniete über ihm und schlug auf ihn ein. Jedes Mal, wenn seine Faust zum Schwung ausholte, klebte mehr Blut daran. Delf versuchte, ihn aufzuhalten, doch Frieder schaffte es, ihn abzuwehren, vermutlich traf er dabei dessen verletzte Rippe. Delf fiel rücklings zu Boden und krümmte sich vor Schmerz.

Endlich schaffte Katha es, sich aus ihrer Erstarrung zu lösen. Sie packte Frieder am Arm und riss ihn zurück. Keuchend starrte er sie an und ließ schließlich von seinem Opfer ab. Sie zog ihn zu sich und hielt ihn fest. Sein ganzer Körper bebte. An dem Mann am Boden hatte er seinen Schmerz, seinen Kummer und die Wut ausgelassen, die er jahrelang mit sich herumgetragen hatte. Und das, obwohl sie ihm nie die ganze Geschichte von dieser Nachtfahrt erzählt hatte. Sicher machte er ihn für das Scheitern seiner Beziehung mit Katha verantwortlich.

Über Frieders Schulter hinweg blickte Katha auf Leon am Boden. Sein Gesicht war voller Blut und so dick angeschwollen, dass es kaum noch zu erkennen war. Um ihn herum waren die Fliesen mit Blut gesprenkelt.

Was wolltest du mir bloß sagen?

Frieder zitterte. Katha hielt ihn weiter fest.

Stöhnend rappelte Delf sich auf. Mit einer Hand hielt er sich die Rippen und kam zu ihnen herüber. Er blickte erst auf Leon, der reglos am Boden lag, und dann zu Katha. »Kannst du mir mal erklären, was hier los ist? Wer zur Hölle ist das?«

»Das ist nicht einfach so zu erklären«, sagte Katha.

»Ich rufe einen Krankenwagen. Der Mann braucht einen Arzt«, sagte Delf und eilte ins Büro. Durch die Scheibe sah Katha, wie er sich aus einem Blister mehrere Tabletten in die Hand drückte und sie mit einem Schluck Wasser herunterspülte. Dann telefonierte er.

»Du musst gehen, Frieder«, sagte Katha und versuchte, den verschwitzten Kopf ihres Ex-Verlobten von ihrer Schulter zu lösen. »Warum bist du überhaupt hierhergekommen?«

Frieder hob den Kopf und sah zunächst sie, dann Leon an. »Ich wollte dir den Inhalt des Schließfaches nach Hause bringen. Dann habe ich dein Auto hier stehen gesehen.«

Er ließ sie los und ging zur Eingangstür, wo er beim Eintreten seine Tasche abgestellt hatte. Er öffnete sie und legte anschließend einen Stapel mit Papieren auf einen der Unterrichtstische.

»Du hast es doch so dringend gebraucht«, sagte er in dem Tonfall eines kleinen Jungen.

»Danke«, sagte Katha und ging sofort zu den Unterlagen. »Ich dachte eigentlich, dass ich beim Öffnen des Faches dabei sein müsste.«

»Ja, musst du eigentlich auch«, sagte Frieder. »Eigentlich.«

»Du solltest jetzt verschwinden, wenn du nicht auf dem Revier landen willst.«

»Die Sanitäter holen so oder so die Polizei«, sagte Frieder. »Ich werde mich stellen.«

Katha nickte ihm zu, interessierte sich aber mehr für die Unterlagen, die sie vor sich auf dem Tisch ausbreitete.

Delf kehrte wieder zurück, warf einen Blick auf Leon. »Immerhin atmet er noch.« Dann blickte er zu Katha und Frieder. »Der Krankenwagen wird gleich hier sein.«

64

Das Monster hatte sich an sie herangekuschelt. Seine Waffe hielt er weiterhin fest in der Hand. Sie saß etwas aufrechter im Bett als er, mit dem Rücken an der Wand angelehnt. Er hatte sich seitlich an sie angeschmiegt und seinen Kopf auf ihre Brust gelegt. Sicher hörte er ihren Herzschlag, nahm ihre Aufregung wahr. Die Aufgabe der dritten Prüfung lautete: in den Schlaf wiegen.

Corinna überlegte krampfhaft, was sie tun konnte, um eindeutig als Verliererin hervorzugehen. Sie hatte diesmal keinen Vergleich, Jelena war nicht da. Welche Geschichte konnte sie erzählen, welches Lied singen, um zu verlieren? Immer wieder blickte sie auf die Waffe in seiner Hand. Was, wenn sie ihm eine einschläfernde Geschichte erzählen würde und er sich tatsächlich entspannte? Könnte sie dann nach der Waffe greifen? Aber vielleicht war es nur ein Test und die Waffe nicht einmal geladen.

»Also noch fühle ich mich nicht wirklich geborgen oder schläfrig«, sagte er, und sie konnte seinen Atem riechen. Der Kontakt mit seinem Körper widerte sie an.

Es darf nicht zu auffällig sein. Ein bisschen anstrengen musst du dich schon.

Sie begann, über seinen Rücken zu streichen.

Denk nach!

Sie dachte an ihre eigene Kindheit. Vorgesungen oder vorgelesen hatte ihr eigentlich nie jemand. Sie konnte sich zumindest nicht daran erinnern. Allerdings hatte sich eine Sache in ihr Gedächtnis gebrannt: ein Lied, das ihr Halbbruder ihr immer wieder vorgespielt hatte. Sie war damals erst sechs Jahre alt und fürchtete sich vor diesem Lied. Corinna begann zu singen, sanft und leise.

»Schlaf, mein Kindchen, schlafe ein, die Nacht, sie schaut zum Fenster rein. Der runde Mond, er hat dich gerne, und es leuchten dir die Sterne. Schlaf, mein Kleines, träume süß, bald bist du im Paradies. Denn gleich öffnet sich die Tür, und ein Monster kommt zu dir.«

Corinna dachte daran, dass das Monster bereits da war und in ihrem Arm lag. Er hob seinen Kopf und fixierte Corinna. »Willst du mich verarschen?«

Sie aber ließ sich nicht beirren und sang weiter: »Du liegst still da, bewegst dich nicht, das Monster zerkratzt dir dein Gesicht …«

Weiter kam sie nicht. Abrupt setzte er sich auf und drückte ihr die Waffe fest an die Schläfe. »Was soll das? Bist du irre?«, fragte er scharf.

»Ich dachte, du willst vielleicht ein Schlaflied hören, das zu dir passt«, antwortete Corinna, und ihr Puls beschleunigte sich. Sie schloss die Augen.

Drück schon ab!

Doch er tat es nicht. Langsam öffnete sie die Augen wieder und traf auf seinen stechenden Blick. Sie hielt stand und betrachtete seine Iris, die so hell war, dass sie beinahe mit dem weißen Teil des Auges verschmolz. Seine dunkle Pupille weitete sich.

»Mein Halbbruder hat mir das Lied als Kind vorgespielt. Immer wieder. Es ist von Die Ärzte. Ich hatte wahnsinnig Angst davor«, flüsterte Corinna. »Ich kenne leider keine anderen Schlaflieder.«

»Und was singst du deinem kleinen Baby vor? Erzähl mir nicht, dass du ihm nichts vorgesungen hast«, sagte er warnend.

Er glaubt mir nicht.

Sie hatte gehofft, dass er vielleicht Mitleid mit ihr empfand. Wenn er zu solch einer Regung überhaupt fähig wäre.

Sie musste sich schnell etwas einfallen lassen. »Lalelu?«

»Gut. Von mir aus. Dann sing das!«, befahl er und schmiegte sich wieder an sie.

Corinna begann zu singen, gab sich aber keine Mühe. Sie kannte lediglich die ersten zwei Strophen, doch es schien ihm zu genügen. Als sie fertig war, drehte er seinen Kopf zu ihr. »Wie geht das andere Schlaflied weiter?«

War klar, dass du das wissen willst, *dachte Corinna.* Monster interessieren sich ganz sicher auch für andere Monster. *Während sie die nächsten Zeilen aussprach, schnürte sich ihr Herz vor Angst zusammen.*

»Das Monster drückt dem Baby den Hals zu und sticht ihm die Augen aus.«

65

Die Sanitäter hatten Leon mitgenommen. Er war nicht mehr ansprechbar gewesen. Zuvor hatte der Rettungsdienst die Polizei alarmiert, obwohl Frieder ihnen versichert hatte, dass er sich selbst anzeigen würde. Delf und Katha mussten eine kurze Befragung über sich ergehen lassen, doch Delf konnte die Beamten überzeugen, dass sie jederzeit zu einer ausführlichen Befragung aufs Revier kommen würden. Glücklicherweise reichte ihnen das fürs Erste.

Katha saß wieder über den Unterlagen, die ihr Frieder mitgebracht hatte. Eigentlich wäre es ihr lieber gewesen, wenn sie bei der Öffnung des Bankschließfaches persönlich dabei gewesen wäre. Warum hatte er ihr nicht Bescheid gesagt? Wie konnte sie sicher sein, dass nun wirklich der gesamte Inhalt vor ihr lag?

Nein, Frieder betrügt mich nicht. Er hätte sich ja sogar selbst anzeigt.

Der Hauptteil der Unterlagen bestand aus Versicherungspolicen, Immobilienurkunden für das Haus und die Fahrschule sowie Kopien von Vollmachten. Doch der eigentliche Schatz war ein weiterer schwarzer Briefumschlag. *Testament* stand darauf in weißer Schrift geschrieben.

Die Tür zur Fahrschule öffnete sich, und Delf kam herein. Er hatte die Sanitäter noch nach draußen begleitet.

»Kannst du mir erklären, was hier eben los war?«

Katha öffnete vorsichtig die Lasche des Umschlags. »Nicht jetzt«, sagte sie und zog den gefalteten Brief heraus.

»Ich finde schon, dass ich ein Recht habe, zu erfahren, warum ich in eine solche Schlägerei geraten bin oder warum du starr vor Schreck warst, als du diesen Mann gesehen hast.«

Katha sah Delf nicht an, sondern blickte nur auf die handgeschriebenen Zeilen ihres Vaters. »Er ist ein Schrecken aus meiner Vergangenheit«, murmelte sie, während sie begann, das Testament zu überfliegen.

»Ich glaube dein Ex-Verlobter hätte ihn totgeschlagen, wenn du nicht dazwischengegangen wärst«, sagte Delf.

… ernenne ich meine Tochter Katharina Holten zur Haupterbin. Sie soll das Wohnhaus, die Fahrschule sowie alle Vermögenswerte auf den weiter unten genannten Konten, erben …

»Meinst du nicht, es wäre an der Zeit, endlich mit der Polizei zu sprechen?«, fragte Delf.

Katha blickte nun doch auf.

»Lass mich die Sachen durchschauen, das ist meine letzte Chance! Soll ich jetzt vielleicht aufgeben?«

All ihre Hoffnung stützte sich auf den Stapel, der vor ihr lag.

… des Weiteren soll meine Tochter Katharina Holten alles erben, was sich in Haus und Besitz der Fahrschule befindet, einschließlich aller Immobilien, Fahrzeuge und Inventar. Meiner Ehefrau Maren Holten überlasse ich den Brief, der sich in meinem Bankschließfach befindet.

Katha ließ den Brief sinken und starrte ins Leere. Das konnte nicht sein. Das musste ein Fehler sein. Sie blickte erneut auf das Testament und prüfte das Datum.

Unterschrift und Datum waren am 1. Juli letztes Jahr!

Sie blickte nochmals auf die Zeile: *meiner Ehefrau Maren Holten.*

Du kannst deiner Ehefrau nichts vererben, Papa. Sie ist seit vierzehn Jahren tot!

Alles um Katha herum begann sich zu drehen. Delf sagte irgendwas, doch sie hörte ihn nur noch dumpf und weit entfernt. Die Buchstaben auf dem Papier tanzten umher, und in ihrem Kopf hämmerte immer wieder der Name *Maren Holten.* Sollte ihre Mutter etwa noch am Leben sein? Die Vorstellung war schier nicht zu ertragen. Hatte ihr Vater sie ihr ganzes Leben lang belogen? Sie und ihre Schwester? Und wenn ja – warum?

Katha wurde schwindelig. Sie legte ihren Kopf auf den Tisch und begann kurz und flach zu atmen. Sie spürte noch Delfs Hand auf ihrem Kopf, dann sank sie in Ohnmacht.

Als Katha wieder zu sich kam, lag sie auf der Couch, die sich im Schulungsraum der Fahrschule befand. Delf saß bei ihr und tupfte mit einem feuchten Tuch über ihr Gesicht.

»Was ist passiert?«, fragte Katha und setzte sich auf.

»Du bist auf einmal ohnmächtig geworden«, sagte Delf.

Katha versuchte die letzten Minuten zu rekonstruieren, und sogleich verkrampfte sich erneut ihr Herz vor Angst. Angst vor der Wahrheit.

»Delf«, sagte sie, »ich glaube, meine Mutter ist noch am Leben.« Sie spürte, wie ihre Brust sich verengte.

»Wie bitte? Sie ist doch schon seit Jahren … Stand das in dem Testament?«

»So in etwa.« Katha legte ihr Gesicht in ihre Hände. Sie schüttelte immer wieder den Kopf. Sie wollte und konnte nicht glauben, dass ihre Mutter zu solch einer Lüge fähig war.

Warum hat sie uns verlassen? Warum hat sie sich nie gemeldet? Nicht mal zu Lisas Beerdigung?

»Ich habe den Stapel durchgesehen. Es gibt noch einen weiteren Brief. Auf dem steht dein Name, Katha. Er ist noch verschlossen. Vielleicht …« Delf reichte ihr den Umschlag.

Katha hielt ihn unschlüssig einen Moment in der Hand.

»Was, wenn ich die Wahrheit nicht ertrage, Delf?«

»Denk an Ronja«, erinnerte er sie. »Die Wahrheit ist manchmal nicht leicht oder auch gar nicht zu ertragen. Unwissenheit aber auch nicht.«

Er hatte recht. Es ging nicht um sie, nicht um ihren Schmerz; es ging um Ronjas Leben. Entschlossen öffnete sie den Umschlag und holte einen weiteren handgeschriebenen Brief ihres Vaters heraus.

Meine liebe Katharina,
es gibt vieles in meinem Leben, das ich falsch gemacht habe. Ich hätte vorsichtiger sein müssen, ich hätte nicht alles auf die leichte Schulter nehmen sollen. Manchmal verändert sich das Leben innerhalb einer einzigen Sekunde. Und egal wie sehr Du Dir wünschst, Du könntest es rückgängig machen, oder wie oft Du jede einzelne Situation durchgehst, in der Du anders hättest reagieren sollen, damit es erst gar nicht passiert – Du kannst diese eine einzige Sekunde nicht ungeschehen machen. Du musst damit leben, für immer.
Du wirst nicht verstehen, warum wir Euch gesagt haben, dass Deine Mutter nicht mehr am Leben ist. Warum sie unsere Familie verlassen

hat. Das musst Du auch nicht. Aber sie hatte ihre Gründe. Wenn Du diesen Brief liest, werde ich nicht mehr am Leben sein. Vermutlich wurden die Drohungen dann wahrgemacht. Ich habe noch versucht, die Vergangenheit mit Geld geradezurücken, daher wundere Dich nicht, dass nicht mehr so viel übrig ist, wie Du vielleicht erwartet hättest. Aber am Ende musste ich den Preis bezahlen, den keine Bank fähig wäre, als Kredit zu geben. Du hast sicher viele Fragen, und die kann Dir jetzt nur noch eine einzige Person beantworten: Deine Mutter.

Sie weiß, dass Du kommen wirst. Bitte gib ihr den Brief, der den Unterlagen beiliegt. Und bitte: Beschütze sie, wenn Du kannst. Und Dich und Ronja. Ich liebe Euch.

Dein Papa

Katha glitt der Brief aus den Fingern. Sie konnte es nicht fassen. Ihre Mutter war tatsächlich am Leben. Ihr Vater hatte am Ende des Briefes ihre Adresse notiert. Sie tippte den Namen des Ortes in ihr Handy ein und ließ sich die Route anzeigen. *Laupheim – Reutlingen: 1 h 5 min.*

Du hast all die Jahre nur eine Stunde entfernt gelebt?

Kathas Herz schlug noch schneller, als ihr klar wurde, dass sie wohl noch heute ihrer Mutter gegenüberstehen würde.

Vom Pferd gefallen … Genickbruch … alles Lüge!

Sie wusste nicht, was schlimmer war, die Wut, der Schmerz oder die Enttäuschung. Welchen Grund könnte es geben, der das Verhalten ihrer Eltern rechtfertigen würde? Ihr fiel beim besten Willen keiner ein. Sie blickte auf die Uhr. 13:25 Uhr.

»Delf, wir müssen nach Laupheim«, sagte Katha.

»Jetzt?«, fragte er überrascht.

»Ja, jetzt. Kommst du mit?«, fragte Katha.

»Wenn du das willst, natürlich«, sagte Delf. »Was ist in Laupheim? Was steht in dem Brief?«

»Ob du es glaubst oder nicht, aber wir werden meine Mutter aufsuchen.«

66

Zehn Minuten später saßen sie im Auto und fuhren Richtung Bad Urach. Der Albaufstieg nach Münsingen war der schnellste Weg nach Laupheim. Delf saß am Steuer, und Katha war froh, dass der Berufsverkehr um diese Zeit noch erträglich war. Allerdings kroch ein Lastwagen förmlich die Steige hoch. Sie fuhren langsam hinter ihm her und wussten, dass es keine Gelegenheit zum Überholen gab, bis sie oben angekommen waren.

»Hast du ein Ladekabel im Auto?«, fragte Katha und blickte sorgenvoll auf den Akkustand ihres Smartphones. Sie war nicht sicher, ob neunzehn Prozent noch ausreichen würden, bis ihre Frist verstrichen wäre.

»Schau mal im Handschuhfach nach«, sagte Delf.

Katha bemerkte, dass er nervös mit seinen Fingern auf dem Lenkrad trommelte.

»Alles okay?«, fragte sie.

»Ja, ich hätte nur vielleicht noch mal auf die Toilette gehen sollen. Aber es war alles so chaotisch und verrückt, da vergisst man selbst die niedrigsten Grundbedürfnisse.«

Katha kramte weiter im Handschuhfach. Sie schob die Ausbildungsdiagrammkarten zur Seite und fand ein Ladekabel, das für ihren Anschluss geeignet war. Erleichtert steckte sie das Handy ein. Endlich hatten sie auch die Albhochfläche erreicht.

Die satten grünen Wiesen und die Bäume standen jetzt im Mai in ihrer vollen Pracht. Katha konnte sich nicht erinnern, wann sie zuletzt hier gewesen war. Zu ihrer Linken befand sich ein dichter Wald, rechts waren Wiesen und dahinter ebenfalls Wälder. Dann passierten sie Münsingen, eine Kleinstadt, in der es fast alles gab, was man zum Leben brauchte. Schnell ließen sie auch diesen Ort hinter sich und fuhren weiter über die wenig befahrene Landstraße Richtung Ehingen.

Katha dachte an ihre Mutter und versuchte sich vorzustellen, wie sie jetzt wohl aussah. Wie hatte sie ihre eigenen Kinder im Stich lassen können?

Warum hast du uns das angetan, Mama?

Plötzlich rumpelte das Auto und riss Katha aus ihren Gedanken. Delf hatte die Landstraße verlassen und war auf einen Feldweg abgebogen. Schlagartig drängte sich eine finstere Erinnerung aus den Tiefen ihres Unterbewusstseins an die Oberfläche. Pure Angst durchströmte jede Pore ihres Körpers, als Delf über den holprigen Weg fuhr.

»Delf, was machst du?«, fragte sie und umklammerte den Haltegriff an der Autotür. »Bitte halt an!«

Delf aber fuhr weiter.

In purer Panik brach es aus Katha heraus: »Halt sofort an!«

Delf bremste. Aus weiten Augen starrte er sie an. Katha atmete in hastigen, unregelmäßigen Schüben, während sie den Haltegriff immer noch fest umschlossen hielt. »Um Himmels willen, Katha. Was habe ich denn gemacht? Ich wollte doch nur irgendwo schnell pinkeln.«

»Dieser Feldweg, das Rumpeln …«, sagte Katha und schnappte nach Luft.

Delf legte seine Hand auf ihre Schulter. »Schon gut. Bitte beruhige dich.«

Katha versuchte, langsamer zu atmen, um sich wieder in den Griff zu bekommen. Nach einer Weile blickte sie zu Delf, der sie besorgt ansah.

»Du wolltest doch wissen, warum ich aufgehört habe als Fahrlehrerin zu arbeiten, richtig?«

Delf nickte stumm.

»Ich erzähle es dir.«

67

Mai 2014

»Sag mal, spinnst du?«

Leon hatte abrupt das Lenkrad herumgerissen und bog auf einen Feldweg ein. Es war Kathas siebte Nachtfahrt, seit sie im April ihren Fahrlehrerschein bekommen hatte. Sie war auf vieles vorbereitet: dass sie ins Lenkrad greifen musste, weil ein Fahrschüler von der Fahrbahn abkam. Dass sie bremsen musste, weil Kurven zu spät erkannt wurden. Dass Wild die Fahrbahn überquerte und der Fahrschüler nicht oder falsch reagierte. Oder dass ein Fahrschüler wie hypnotisiert in entgegenkommendes Fernlicht starrte. Aber sie war nicht darauf vorbereitet, dass die von ihr vorgegebene Route verlassen und eigenständig in einen Feldweg abgebogen wurde.

Sie war so überrumpelt, dass sie für einen Augenblick vergaß, den Wagen selbst zum Stillstand zu bringen. »Halt sofort an!«, sagte sie, doch Leon reagierte nicht, sondern fuhr unbeirrt weiter.

»Was machst du denn?«

Die Scheinwerfer beleuchteten den steinigen Feldweg. Rechts und links des Fahrschulwagens staubte es, so schnell jagte Leon über den holprigen Weg. Entschlossen trat Katha das Bremspedal in ihrem Fußraum voll durch. Der Wagen begann zu schlingern, und einen Moment lang glaubte sie, dass sie vom Weg abkommen würden, ehe das ABS griff und den Bremsvorgang stabilisierte. Dann explodierte der Schmerz in ihrem Gesicht. Nicht, weil sie sich überschlagen hatten oder sie durch die Bremsung mit dem Kopf ans Armaturenbrett geknallt war. Es war Leons Faust. Wie aus dem Nichts hatte er ihr mit voller Wucht ins Gesicht geschlagen.

Das Fahrschulauto setzte sich wieder in Bewegung.

»Leon, was … soll das?«

Erneut drückte sie das Bremspedal voll durch. Der Wagen rumpelte noch einige Male und kam endlich zum Stillstand. Sie blinzelte, schmeckte das Blut aus ihrer aufgeplatzten Lippe und wagte es nicht, ihren Fahrschüler anzusehen. Sie hörte Leon heftig atmen. Dann zog er ruckartig den Zündschlüssel ab und stieg aus. Katha bereute, dass sie nicht den Tiguan genommen hatte, denn dann wäre der Schlüssel in ihrer Hosentasche statt in einem Zündschloss. Der 1er BMW besaß keinen Start-/Stopp-Knopf und musste noch altmodisch mit einem Schlüssel gestartet werden.

Ehe sie weiter ihren Fehler bereuen konnte, sah sie Leon um das Auto herumkommen. Bevor sie reagieren konnte, riss er die Beifahrertür auf, schnallte sie ab und zerrte sie aus dem Wagen. Noch bis vor wenigen Minuten war Leon ein normaler Heranwachsender für sie gewesen, der sich motiviert für den Führerschein angemeldet hatte. Er war etwas verschlossen, aber trotzdem einer, der ihr das Leben als frisch gebackene Fahrlehrerin leicht gemacht hatte.

Katha blickte sich hilfesuchend um, doch hier draußen gab es weit und breit kein Haus. Niemand würde sie sehen oder hören. Sie wollte gerade aufstehen, als sie sah, wie er mit dem Fuß ausholte.

»Leon, nicht!«

Diesmal traf er sie am Bauch. Sie krümmte sich und würgte, während Leon begann, sie an der Hüfte zu betasten.

»Hör auf … du willst das doch gar nicht«, begann Katha, aber dann wurde ihr klar, dass es Leon um nichts Sexuelles ging. Offenbar wollte er nur ihr Smartphone, was er ihr im nächsten Moment aus der Tasche zog. Dann schlug er die Beifahrertür zu und lief um das Auto herum.

Wenige Augenblicke später fuhr er davon.

Katha hustete und versuchte aufzustehen, doch vor Schmerzen bekam sie kaum Luft. Fassungslos blickte sie den roten Rücklichtern hinterher, die sich unbarmherzig immer weiter von ihr entfernten, bis sie in der Dunkelheit verschwanden.

Kühler Wind wehte ihr durchs Haar. Er brachte den würzigen Duft der Schwäbischen Alb mit sich. Mit dem Handrücken fuhr sie sich über die blutige Lippe. Ihr Herz schlug schnell.

Was zum Teufel ist nur in ihn gefahren?, *fragte sie sich und stand schließlich auf. Ratlos blickte sie sich um. Hatte ihr Fahrschüler sie tatsächlich irgendwo auf der Alb ausgesetzt und war jetzt mit dem Fahrschulauto allein unterwegs? Was würde ihr Vater sagen, wenn sie ihm diese Geschichte erzählte? Er war seit über dreißig Jahren Fahrlehrer. Von Anfang an war er dagegen gewesen, dass sie in seine Fußstapfen treten wollte. Sie solle etwas Vernünftiges lernen, hatte er gesagt, studieren am besten. Wie passend, dass ihr bereits nach zwei Monaten so etwas Ungeheuerliches passieren musste.*

Wütend kickte sie einen Stein weg, dann begann sie den Feldweg in Richtung Landstraße hinunterzulaufen.

Warum habe ich nicht gleich reagiert? Er hätte hier gar nicht erst reinfahren dürfen.

Der buttergelbe Mond schien hell, so dass sie den Weg gut erkennen konnte. Zu ihrer Rechten begann ein Waldstück, das ebenso ruhig wie finster wirkte. Die dichten Baumkronen raschelten. Tausend

Gedanken auf einmal wüteten in ihrem Kopf. Sollte sie zur Polizei gehen, oder sollte sie das erst mit ihrem Vater besprechen? Wie würde sie Leon gegenübertreten? Sie hatte große Lust, mit der Polizei im Schlepptau bei seinen Eltern aufzutauchen.

Warum hatte er das getan? Wollte er etwa mit dem Auto abhauen?

Ein Knacken, das aus dem Schatten der Bäume kam, riss sie aus ihren Gedanken. Ein kalter Schauder durchfuhr ihren Körper, als sie sich umdrehte.

Da war doch etwas?

Trotz des Mondlichts konnte Katha keine Quelle ausmachen. Sie beschleunigte ihre Schritte. Nur noch zur Hauptstraße kommen. Der Wald war gleich zu Ende, danach folgte nur noch ein Stück Feldweg und dann die Straße. Sie musste ein Telefon finden und so schnell wie möglich ihren Vater anrufen. Und die Polizei. Nach einer gefühlten Ewigkeit begann sich der Wald neben ihr zu lichten.

Nur noch ein paar Meter.

Katha erhöhte ihr Tempo. Ihre Lippe pochte, sie musste bereits dick angeschwollen sein, und ihr Bauch schmerzte immer noch. Wieder knackte es. Diesmal lauter. Näher.

Was war das?

Ein mulmiges Gefühl machte sich in ihrem Magen breit, das den Schmerz für einen Augenblick verdrängte.

Angst.

War sie nicht allein? Hatte sich Leon hier irgendwo versteckt? Ihr Herz raste.

»Komm raus, du Feigling«, rief Katha im Versuch, so viel Entschlossenheit wie möglich in ihre Stimme zu legen.

Einfach weiter geradeaus. Du hast es gleich geschafft.

Ängstlich blickte sie sich um, starrte in den Wald, doch erkennen konnte sie nichts. Da war nur dieses Gefühl. So als würde sie … beobachtet.

Endlich hatte sie den Waldsaum erreicht. Das freie Feld breitete sich vor ihr aus, und weiter vorn erahnte sie schon die Landstraße. Als sie die Straße erreichte, atmete sie auf. Nur noch ein paar Büsche auf beiden Seiten verhinderten die freie Sicht. Bestimmt würde bald ein Auto vorbeikommen. Hier an der Straße war sie sicher.

Dann traf sie etwas Hartes direkt am Kopf, das sie taumeln ließ, bevor sie bewusstlos zu Boden sank. Wenige Augenblicke später fand sich Katha auf dem Bauch liegend am Boden wieder. Sie spürte einen eisernen Griff um ihre Knöchel.

Er zieht mich von der Landstraße weg.

Sie spürte, wie sich die Steine in ihre Rippen bohrten, während ihr Kopf zu explodieren drohte. Ihr Gesicht schmerzte, und mit der Zunge ertastete sie die raue, abgebrochene Kante ihres unteren Schneidezahns. Sie musste bewusstlos aufs Gesicht gefallen sein. Ein leises Stöhnen entwich ihr.

»Leon, bitte«, wimmerte sie. Unter Schmerzen drehte sie ihren Kopf, um zu sehen, wer sie zog. Schemenhaft erkannte sie eine Gestalt. Der Mond schien so hell, dass er einen Schimmer um die Person zeichnete. Doch wer es war, konnte sie nicht erkennen. Noch nie hatte Katha solche Schmerzen verspürt. Und solche Angst.

Der Untergrund wurde weicher, und es roch nach Erde und Moos.

Er zieht mich zurück in den Wald.

Der Griff um ihre Knöchel lockerte sich. Einen Moment später wurde sie ruckartig herumgerissen. Jetzt lag sie auf dem Rücken. Die Baumkronen weit über ihr schienen im Wind sanft von rechts nach links zu tanzen. Wäre sie unter anderen Umständen hier gewesen, hätte das ein schönes Schauspiel sein können. Doch nichts war schön an dieser Situation. Und als sich die dunkle Gestalt über sie beugte, tanzten selbst die Baumkronen nicht mehr.

68

Delf hatte ihre Hand genommen und hielt sie fest. Ihre Hand war ganz feucht vor Schweiß, doch er ließ sie nicht los. Es war das erste Mal, dass sie die ganze Geschichte erzählt hatte, wenn auch nicht ganz bis zum Ende. Delf sagte nichts und blickte starr aus dem Fenster. Der Feldweg hatte sie getriggert. Sie war machtlos gegen dieses Gefühl.

»Es tut mir leid«, sagte Delf. »Ich hatte keine Ahnung. Ich wollte dich sicher nicht in so eine Situation bringen.«

»Das weiß ich«, sagte Katha. »Danke, dass du zugehört hast. Ich habe das so noch niemandem erzählt.«

»Frieder aber schon, oder? Ich meine, ich kann ihn jetzt echt verstehen. Ich glaube, ich hätte den Typ genauso zusammengeschlagen, wenn ich es gewusst hätte.«

Delf ließ die Seitenscheibe herunter. Frische Luft zog wohltuend herein.

»Ich habe ihm nicht alles erzählt. Eher, dass Leon den Wagen stehlen wollte. Aber alles, was danach kam, meine Veränderung, die Trennung, der Umzug … Ich denke, er projiziert das alles auf Leon.«

»Hast du Leon damals angezeigt?«, fragte Delf.

»Ja, natürlich. Aber erst eine Woche später. Für eine Untersuchung und einen DNA-Abgleich war es zu spät. Er beteuerte, mich nur ausgesetzt zu haben. Mit dem Rest hätte er nichts zu tun gehabt. Ich glaube das nicht. Er hat sich ständig in seiner Geschichte widersprochen. Er hatte absolut keine plausible Erklärung, warum er das gemacht hat. Es sei so eine spontane Laune gewesen, hatte er damals beteuert. Ja, klar. Hast du schon mal so eine Laune gehabt, Delf?«, fragte Katha und schnaubte. »Am Ende habe ich das Ganze abgekürzt und mich auf einen Vergleich eingelassen. Ständig von dem gegnerischen Anwalt in die Zange genommen zu werden, alles immer wieder erzählen zu müssen, irgendwann habe ich das einfach nicht mehr ertragen. Leons Eltern haben uns angefleht und uns eine hohe Summe Schmerzensgeld geboten. Ich habe es angenommen. Auch weil ich dem Ruf der Fahrschule nicht noch mehr schaden wollte. Je länger so etwas geht, umso mehr Menschen bekommen das mit. So hielt es sich einigermaßen in Grenzen.«

Katha nahm sich ein Taschentuch und putzte sich die Nase. In den Zusatzspiegeln der Windschutzscheibe sah sie, dass ihre Augen gerötet waren.

»Dass dieser Typ echt dort wohnen geblieben ist, ist mir ein Rätsel«, sagte Delf. »Glücklich schien er aber nicht zu sein. Und ganz bestimmt hat er ein Alkoholproblem. Ich habe es deutlich gerochen, als ich versucht habe, ihn zum Gehen zu bewegen.«

Katha kam ein Gedanke. »Du hast doch gesagt, der Typ, der dich zusammengeschlagen hat, hatte auch eine Alkoholfahne. Könnte es Leon gewesen sein?«

Delf überlegte einen Moment, dann nickte er. »Er könnte es gewesen sein. Größe und Statur passen jedenfalls.« Delf schnallte den Gurt ab und öffnete die Tür.

»Sorry, aber ich muss immer noch. Ich schlag mich mal dahinten in die Büsche, bin gleich wieder da.«

Katha verfolgte Delf mit ihrem Blick. Sie war von sich selbst überrascht.

Wieso konnte ich ihm das jetzt erzählen?

Sie kannte ihn doch kaum. Ab dem ersten Moment ihres Zusammentreffens hatte zumindest sie sich in einer Ausnahmesituation befunden. Er hatte sie bisher mehr weinend als normal oder gar lächelnd gesehen.

Wieso vertraue ich ihm so sehr?

Delf war hinter einigen Büschen verschwunden. Katha blickte sich um. Weit und breit war niemand zu sehen.

Wenn sie daran dachte, dass sie in nicht mal einer Stunde ihrer Mutter gegenüberstehen würde, wurde ihr flau im Magen. Was, wenn Katha sie nicht erkennen würde? Was, wenn sie womöglich eine neue Familie gegründet hatte? Gab es vielleicht Geschwister, von denen sie auch nichts wusste? War das vielleicht das Geheimnis?

Sie nahm das Handy in die Hand. Der Akkustand hatte sich auf einundzwanzig Prozent erhöht. Vielleicht war das Geheimnis, das sie herausfinden sollte, dass ihre Mutter noch am Leben war? Sie konnte es zumindest versuchen. Katha öffnete die letzte Nachricht des Entführers und klickte auf Antworten. Sie schrieb:

Ich habe ein Geheimnis herausgefunden. Meine Mutter, Maren Holten, ist am Leben. Ist es das, was du wissen wolltest?

Doch die SMS konnte an den anonymen Absender nicht überstellt werden.

»Fuck!«, fluchte Katha.

Wie soll ich dir denn das Geheimnis sagen, wenn ich es herausgefunden habe?

Delf kam zurück, und Katha beobachtete ihn, wie er durch das hohe Gras zum Auto stapfte. Immer wieder griff er sich an die Rippe, er schien Schmerzen zu haben.

»Sollen wir weiterfahren?«, fragte er, nachdem er wieder eingestiegen war. »Oder willst du die Chance nutzen und dich auch noch schnell erleichtern?«

Vielleicht keine schlechte Idee, dachte Katha. Wer weiß, wie das Treffen mit ihrer Mutter verlief. Sie wollte nicht als Erstes auf die Toilette müssen, also griff sie nach einem Taschentuch und stieg aus.

Als sie den Feldweg wieder zurückrumpelten, war das beklemmende Gefühl nicht mehr so heftig. Es war, als würde ihr Delf, allein nur, weil er davon wusste, einen Teil der Last abnehmen. Möglicherweise hätte sie schon früher mit jemanden darüber reden sollen. Aber wenn sie ehrlich war, hatte es bislang niemanden gegeben, dem sie das hätte anvertrauen wollen. Delf war der Erste. Sie beobachtete ihn über die Zusatzspiegel an der Frontscheibe. Es war, als wäre sie ihm nähergekommen. Und das fühlte sich zumindest nicht falsch an.

69

»Also des Ferkel hennd Se scho, verstand i des richtig?«

Die Verkäuferin zog eine Augenbraue nach oben. »Wie schwer isch's denn?«

»Ungefähr zehn Kilo«, sagte er.

»Wissed Se, Sie müssed sich halt überlege, ob Se des Spanferkele langsam ond bei niedriger Tempradur grilla wellet oder ob's schnell ganga muss.«

Dann griff sie ins Regal und zog ein Fleischthermometer heraus. »Die empfohlene Kerntempradur liegt so zwischa siebzig und fünfundsiebzig Grad.«

Er nickte und nahm das Thermometer entgegen.

»Brauchet Se noch a Marinade oder G'würze?«, fragte die kleine rundliche Verkäuferin.

»Sagen Sie mir einfach, wo ich die Gewürze finde. Dann komme ich allein klar«, sagte er und merkte, dass er das tiefe Bedürfnis hatte, dieser Frau die Hände um die Kehle zu legen und zuzudrücken.

»Den Gang dô vor und nach rechts«, sagte sie und ging endlich weiter. Er hatte sie nur nach einem verdammten Fleischthermometer gefragt und nicht nach einem Spanferkelrezept. Wieso war ausgerechnet immer diese redselige Verkäuferin da, wenn er schon einmal zum Einkaufen ins Dorf fuhr.

Bei den Gewürzen suchte er nach Rosmarin und Thymian und

fand sie glücklicherweise recht schnell. Noch einmal hätte er den schwäbischen Drachen nicht ertragen. Schnell bezahlte er den Einkauf und verließ den kleinen Supermarkt.

Auf dem Heimweg grübelte er. Er wusste nicht, wie alles ausgehen würde. Noch heute würde sich so vieles entscheiden. Und auch wenn er enttäuscht von Ronjas Fluchtversuch war, mochte er das Mädchen. Und das brachte seinen Plan völlig durcheinander.

Zum Glück hatte Jelena auch die dritte Prüfung verloren. So konnte er das Prozedere wenigstens abkürzen. Noch heute würde er eine Zusammenführung wagen. Und wer weiß, vielleicht würde er am Abend seinen weiteren Gast begrüßen können.

Adrenalin durchströmte seinen Körper. Wie viele Jahre hatte er auf genau diesen Tag gewartet? Fast überkam ihn so etwas wie Trauer, dass bald alles vorbei wäre. Sein ganzes Leben lang hatte sich bisher danach gerichtet. Wie würde es weitergehen?

Als er auf sein Grundstück einbog, sah er, dass die Schweine aufgeregt im Stall herumliefen. Sie hatten wahrscheinlich schon wieder Hunger. Er hielt das Futter knapp, damit sie funktionierten, wenn er sie brauchte.

Das Ferkel hatte er bereits gewaschen und die Borsten abgeflammt. Auch wenn er sonst kein Schweinefleisch aß, wollte er das tote Schweinchen nicht verkommen lassen. Jetzt musste er es nur noch marinieren und auf den Grillspieß bekommen. Mit seinem schärfsten Messer ritzte er ein rautenförmiges Muster in die Schwarte. Anschließend verteilte er die Marinade darauf und brachte das Tier schließlich zur Grillstelle. Dass sich die direkt neben dem Schweinestall befand, störte ihn nicht. Nachdem er den Grill vorgeheizt hatte, platzierte er das Ferkel auf einem

Spieß. Das Fleischthermometer hatte er bereitgelegt. Nervös blickte er auf seine Uhr. Es gab noch so viel zu tun, er musste sich unbedingt an den Zeitplan halten. Schließlich wusste er nicht, wann seine Gäste eintrudeln würden.

Das Ferkel konnte ab jetzt in Ruhe vor sich hin brutzeln. Eine Sorge war er schon mal los. Doch im Keller wartete schon sein nächstes Projekt: Jelena. Als er sein Lieblingslied zu pfeifen begann, spürte er sofort dessen beruhigende Wirkung auf ihn.

Im Keller schloss er die Zellentür auf und ging hinein. Dann wuchtete er den leblosen Körper auf eine Decke und zog Jelenas Leichnam in den Flur. Im Badezimmer hatte er bereits am Morgen sein Werkzeug platziert. Gut portioniert hätten die Schweine sicher eine Woche lang etwas davon.

Als er Jelenas Körper in die Badewanne gehievt hatte, betrachtete er sie noch ein letztes Mal.

»Du warst eine echte Enttäuschung«, sagte er und setzte dann die Japansäge am Schultergelenk an.

70

Tati hatte ihren Aufmacher noch in der Nacht geschrieben. Den Nachmittag und Abend konnte sie sich getrost freinehmen. Nicht ganz ohne Hintergedanken hatte sie sich mit Paul verabredet. Sie waren bei ihm, und es hatte keine zehn Minuten gedauert, bis sie übereinander hergefallen waren. Sie schienen beide ausgehungert und hatten es im Stehen in der Küche getrieben. Paul mochte es, sie von hinten zu nehmen, und auch Tati hatte Gefallen daran. Es hielt ihn auf Distanz und ließ nur wenig Gefühle zu. Sie wusste, dass ihm anschließend trotzdem leichter etwas zu entlocken war als ohne Sex. Jetzt stand er, nur mit einer Boxer-Short bekleidet, am Herd und kreierte eines seiner Nudelgerichte.

Eigentlich ist er schon einer von den guten Typen, dachte Tati und bewunderte seinen knackigen Hintern. Sie nippte an ihrem kühlen Blanc Sauvignon und versuchte, beiläufig ihre Fragen zu stellen. »Gibt es eigentlich was Neues über diese Fahrschule?«, fragte sie.

Paul drehte sich zu ihr um und zog eine Augenbraue nach oben. »Dein Ernst?«

»Ich frag doch nur«, sagte Tati. Mit ihrem Glas in der Hand schlenderte sie zu ihm hinüber und nahm ihn von hinten in den Arm. Entlang seiner Wirbelsäule hinterließ sie zärtliche Küsse.

»Hätte ja sein können, dass ihr inzwischen mehr über diese Unfälle herausbekommen habt. Ich habe dir doch erzählt, dass die Tochter vom Inhaber eine Schulfreundin von mir ist.«

Schulfreundin war zwar übertrieben, aber das musste er ja nicht wissen. Sie warf einen Blick in den Topf. »Hmm, das sieht aber köstlich aus. Ich sollte vielleicht doch öfter vorbeikommen.« Damit ging sie wieder zurück an die Küchentheke, setzte sich auf einen Barhocker und stellte ihr Weinglas ab.

»Dann tu es doch«, sagte er.

»Was?«

»Öfter vorbeikommen. Von meiner Seite aus spricht nichts dagegen.«

Tati schluckte. Sie mochte Paul sehr, zu sehr, wenn sie ehrlich war, aber der Gedanke an eine Beziehung versetzte sie in Panik. Sie wollte sowieso nicht hierbleiben. Feste Bindungen schränken ein, so lautete ihr Mantra.

»Woran arbeitest du überhaupt? Habt ihr die Unfälle nicht sowieso schon gemeldet?«, fragte Paul jetzt.

»Ja, als Einzeiler. Ich habe aber das Gefühl, dass da mehr dahintersteckt. Ich habe dir doch erzählt, dass ich auf die *eine* Story warte, die ich als Einzige erkenne, die mir Ruhm, Bewunderung und Anerkennung bringt … Möglicherweise ist sie das.«

Paul kam jetzt zu ihr, und Tati konnte ihren Blick nicht von seinem durchtrainierten Oberkörper abwenden. Dass er so verdammt sexy war, machte ihr Verhältnis nicht einfacher.

Er nahm einen Schluck Wein und sah sie mit einem leichten Grinsen auf den Lippen an. »Katharina Holten heißt deine Schulfreundin, oder?«

Tati nickte.

»Wenn ich dir verraten würde, dass wir heute ihren Ex Frieder Haug bei uns auf dem Revier hatten, weil er gegen Mittag einen Mann in der Fahrschule zusammengeschlagen hat, würde dir das weiterhelfen?«

Einen Moment lang stockte ihr der Atem. Es hatte dort schon wieder eine Schlägerei gegeben?

»Vielleicht«, sagte sie. »Aber ich müsste natürlich noch wissen, wen er verprügelt hat.«

»Er hat ihn nicht verprügelt, er hat ihn krankenhausreif geschlagen. Und genau dort liegt er auch – im Krankenhaus.«

»Den Namen kannst du mir aber nicht zufällig sagen, oder?« Tati versuchte sich an einem unwiderstehlichen Augenaufschlag.

Paul grinste. »Wenn ich dir sagen würde, dass es sich bei dem Mann um Leon Winterfeld handelt, müsste ich dich leider töten. Oder für immer hier als Haussklavin halten.« Zärtlich küsste er ihre Hand.

»Na, dann ist ja gut, dass du mir nichts darüber erzählt hast«, sagte Tati, und ihr war klar, dass sie den Abend nicht bei Paul verbringen würde.

71

»Bist du sicher, dass ich nicht mit reinkommen soll?«, fragte Delf.

Wenn die Adresse korrekt war, befand sich das Wohnhaus ihrer Mutter in dieser Straße. Katha konnte es bereits sehen. Trotzdem hatten sie etwas weiter weg geparkt.

Katha atmete tief durch. »Ich gehe lieber allein zu ihr. Aber es ist gut zu wissen, dass du hier bist.« Sie legte ihre Hand auf seine und spürte, dass sich etwas zwischen ihnen verändert hatte.

»In Ordnung«, sagte Delf. »Dann warte ich hier im Auto. Wenn du mich brauchst, schick mir eine Nachricht, und ich bin sofort bei dir.«

Katha umarmte ihn, bevor sie ausstieg.

Delf legte seine Hand auf ihren Rücken. »Es wird alles gut«, flüsterte er.

Zögernd bewegte sie sich auf das Haus Nummer dreizehn zu. Es war jetzt genau sechzehn Uhr. Sie hatte noch zwölf Stunden Zeit, um Ronjas Leben zu retten. Seit heute Morgen hatte sie nichts mehr von ihrem Entführer gehört.

Ist das ein gutes oder schlechtes Zeichen?

Dunkle Wolken türmten sich in der Ferne auf. Vermutlich würde es am Abend wieder gewittern. Doch noch war die Luft angenehm, nicht zu warm, nicht zu feucht. Katha atmete tief ein, doch ihren Puls konnte sie damit nicht senken.

Hier also hast du dich all die Jahre versteckt? Hast dir ein kleines

Häuschen besorgt mit Blumen auf dem Fensterbrett. Du hast es dir nett gemacht, während wir um dich geweint haben.

Katha spürte Wut. Außerdem fragte sie sich, ob ihr Vater wohl schon hier gewesen war. Wenn er doch wusste, dass seine Frau hier lebte – hatte er versucht, sie zurückzuholen?

Dann stand Katha an dem kleinen gepflasterten Weg, der zur Haustür führte. Sie blickte sich noch einmal um, sah zu Delf, der im Wagen saß und bereit war, auf sie zu warten. Ihr Herz schlug wild in ihrer Brust, und einen Moment lang war sie nicht sicher, ob sie es schaffen würde, auf diesen Klingelknopf zu drücken. Doch die Entscheidung wurde ihr in dem Moment abgenommen, als die Haustür geöffnet wurde.

Da stand sie. Ihre Mutter. Maren.

Älter, aber unverkennbar. Katha hielt sich am Zaunpfosten fest, denn der Anblick drohte ihr die Füße unter dem Boden wegzuziehen.

»Ich wusste, dass dieser Tag kommen würde«, sagte die Frau in der Tür. Sie schlug sich die Hand vor den Mund und begann zu schluchzen. Auch Katha merkte, wie ihr mit einem Mal Tränen über das Gesicht liefen. Einen Moment später kam ihre Mutter zu ihr gelaufen. Katha wusste nicht, was sie tun sollte. Sie hatte Angst. Vor der Frau, die ihre Mutter war. Vor der Wahrheit.

Ihre Mutter stand jetzt direkt vor ihr. »Katharina«, hauchte sie und zog Katha in ihre Arme.

Katha leistete keinen Widerstand, erwiderte die Umarmung aber auch nicht. Sie ließ es einfach geschehen. Sie dachte an Ronja und daran, wie sie ihre Nichte ebenfalls in eine solche Umarmung gezwungen hatte, um den Bann zu brechen.

Schließlich legte Katha den Arm um ihre Mutter und den Kopf an ihre Schulter. Beide weinten und fühlten vermutlich dieselbe Furcht vor dem, was ihnen jetzt bevorstand.

Irgendwann löste sich ihre Mutter von ihr. Sie nahm Kathas Gesicht in ihre Hände und lächelte. »Was für eine schöne Frau du geworden bist«, sagte sie. »Lass uns reingehen. Du hast sicher viele Fragen.«

Das Haus roch nach Kathas Kindheit, es verströmte den Duft eines unbeschwerten Lebens ohne Traurigkeit. Ihre Mutter hatte sich hübsch eingerichtet, ganz wie in ihrem Elternhaus. Katha war erleichtert, dass nirgends Fotos einer anderen Familie zu sehen waren.

»Setz dich bitte«, sagte ihre Mutter, die selbst Platz auf dem Sofa nahm. Sie hatte Wasser und Apfelsaft geholt und auf den Tisch gestellt. Katha wählte einen Sessel.

»Ist dein Vater schon beerdigt?«, wollte ihre Mutter wissen.

Katha schüttelte den Kopf. »Noch nicht«, sagte sie und blickte sich im Raum weiter um. Dann richtete sie den Blick auf ihre Mutter. Maren musste jetzt einundfünfzig Jahre alt sein. Sie hatte nur wenige Falten, einige Strähnen ihres braunen Haars waren inzwischen grau geworden.

»Warum?«, fragte Katha und verschränkte die Arme vor der Brust. Mehr als dieses eine Wort brachte sie nicht heraus.

Ihre Mutter nickte und presste die Lippen aufeinander. »Ja, eine gute Frage. Und gar nicht so leicht zu beantworten.«

»Ich muss es wissen. Alles«, sagte Katha. »Ich bin hier, weil ich keine andere Wahl habe. Ich habe erst vor ein paar Stunden erfahren, dass du am Leben bist. Papa hat mir in einem Abschiedsbrief geschrieben, dass ich von dir Antworten bekommen würde.

Die *Wahrheit* erfahren würde. Und genau das will ich jetzt. Ohne Umschweife. Ich habe nämlich keine Zeit.«

Ihre Mutter lehnte sich zurück. Sie kratzte sich nervös am Kopf. »Wirst du bedroht?«

»Wie kommst du darauf?«, fragte Katha.

»Na ja, der Tod von Matthias. Ich glaube nicht an einen Unfall.«

Du glaubst es also auch nicht!

»Deine Enkelin Ronja ist in Gefahr. Keine Ahnung, ob du überhaupt weißt, dass du eine Enkelin hast.« Katha war nicht fähig, den Vorwurf in ihrer Stimme zu unterdrücken.

»Natürlich weiß ich das. Ich weiß alles. Dein Vater und ich haben jeden Tag miteinander gesprochen. Auch wenn ich kein Teil deines Lebens mehr war, warst du weiterhin Teil meines Lebens.«

Katha schnappte nach Luft. Sie konnte nicht glauben, was ihre Mutter ihr da gerade gesagt hatte.

Wolltest du deshalb beim Telefonieren immer allein sein, Papa?

In Sekundenschnelle setzten sich diverse Puzzleteile zu einem großen Ganzen zusammen. Immer mehr verstand sie, warum sich ihr Vater häufig so seltsam verhalten hatte. Sie hatte es nur für einen Tick gehalten, dabei hatte so viel mehr dahintergesteckt.

»Warum habt ihr uns belogen? Warum habt ihr uns das Schlimmste angetan, was man Kindern antun kann? Warum wolltest du uns nicht mehr?« Katha spürte, dass ihre Stimme zu zittern begann.

Ihre Mutter atmete tief ein. »Ich konnte euch nicht mehr in die Augen sehen. Ich konnte nicht mit dieser Schuld leben. Und ich wollte das alles von euch fernhalten«, sagte sie und kämpfte mit den Tränen.

»Von welcher Schuld sprichst du?«, fragte Katha.

»Ich erkläre es dir«, sagte ihre Mutter. »Aber zuerst sag mir, warum Ronja in Gefahr ist.«

72

Corinna lief in ihrer Zelle auf und ab. Warum hatte er das Ergebnis der Prüfung noch nicht verkündet? Immer wieder rüttelte sie an der Tür ihres Gefängnisses, obwohl sie wusste, dass es nichts brachte. Sie sehnte sich so sehr nach Jonathan, dass sie das Gefühl hatte, bald den Verstand zu verlieren.

Sie wurde das Gefühl nicht los, dass sich die Routine des Monsters verändert hatte. Das beunruhigte sie. Warum, wusste sie nicht. Denn vielleicht bot es ihr auch genau die Chance, auf die sie gewartet hatte.

Sie setzte sich auf ihre Liege, kam aber auch dort nicht zur Ruhe. Plötzlich hörte sie Ronja.

»Wie lange bist du schon hier?«, fragte das Mädchen.

Corinna überlegte. »Ich weiß es nicht. Vielleicht eine Woche? Ich habe jegliches Zeitgefühl verloren. Und du?«

»Er hat mich Dienstagabend entführt. Also vor fast zwei Tagen«, sagte Ronja.

Heute ist also Donnerstag. An welchem Tag hat er mich geholt?

Corinna versuchte gerade, die Tage zurückzurechnen, als es heller wurde. Er kam zurück. Sie trat an die Gitterstäbe. Er blieb davor stehen.

»Wann darf ich endlich Jonathan wiedersehen?«, fragte sie.

»Shhh, ganz ruhig jetzt. Heute ist ein besonderer Tag, vielleicht sogar der wichtigste Tag seit vielen, vielen Jahren. Ich warte schon so

lange darauf. Das kannst du dir nicht einmal in deinen kühnsten Träumen vorstellen.«

Das Monster richtete die Waffe auf sie. Dann reichte er ihr Handschellen durchs Gitter.

»Anlegen!«, befahl er.

Corinna tat, was er verlangte. Daraufhin schloss er die Tür auf und ließ ihr den Vortritt. Zügig ging sie voran, doch er hielt sie fest.

»Nicht so schnell!«, befahl er.

Also ging sie etwas langsamer. Er war dicht hinter ihr, sie spürte seinen Atem im Nacken.

»Du hast übrigens gewonnen«, hauchte er. »Prüfung Vier fällt daher aus.«

Corinnas Herz schlug schneller.

»Wo gehen wir dann jetzt hin?«, fragte sie.

»Wir feiern heute ein großes Fest«, sagte er. »Eigentlich solltest du gar nicht dabei sein, aber als meine neue Mutter darfst du solch einen bedeutenden Abend auf keinen Fall verpassen.«

73

Katha hatte ihrer Mutter das Wichtigste erzählt und ihr die Botschaft des Entführers gezeigt. Ihre Mutter war schockiert, aber sie nickte. Als wisse sie mehr.

»Warum hast du uns verlassen?«, fragte Katha, nachdem sie ihr Telefon, mit dem sie die Botschaft des Entführers abfotografiert hatte, wieder eingesteckt hatte.

Ihre Mutter lehnte sich zurück und legte die Hände ineinander. »Das ist nicht einfach zu erklären, aber ich werde es versuchen.«

Dann begann sie zu erzählen. Dabei schien sie mit ihren Gedanken auf einen Schlag nicht mehr im Raum, sondern weit weg zu sein, versunken in ihren eigenen Erinnerungen.

74

7. August 2003

Es ist unerträglich heiß. Ich kann mich nicht daran erinnern, dass wir schon jemals einen solch heißen Sommer hatten. Die Medien sprechen seit Wochen von einem Jahrhundertsommer. Selbst in dem sonst recht kühlen Haus ist es heiß und stickig. Unter die Dusche will ich aber erst vor dem Schlafengehen. Alle Fenster sind geöffnet, und jeder Luftzug ist eine Wohltat.

Ich lese »Harry Potter und der Feuerkelch«, auf Empfehlung meiner zwölfjährigen Tochter Katha. Sie meinte, ich müsse es unbedingt lesen, bevor im November der nächste Teil erscheint. Tatsächlich bin ich mittlerweile selbst zum Fan geworden, das Phänomen Harry Potter ist kaum noch aufzuhalten und macht auch nicht vor mir halt.

Katha und Lisa verbringen die Sommerferien zum größten Teil bei ihren Großeltern an der Nordsee und werden erst Anfang September zurückkommen. Auch wenn ich sie vermisse und Lisa sauer ist, dass sie ihren Freund Alex so lange nicht sehen kann, genieße ich die Ruhe und Zweisamkeit mit Matthias.

Harry Potter vertreibt mir die Zeit, während ich eigentlich nur darauf warte, dass Matthias von der Nachtfahrt heimkommt. Manchmal wünsche ich mir, mehr gemeinsame Sommerabende mit ihm verbringen zu können. Mehrmals die Woche muss er bis elf Uhr abends oder länger arbeiten. Doch ich werfe es ihm nicht vor, es ist schließlich sein Job. Trotzdem bin ich an diesem Abend angespannt. Matthias hat heute Nachtfahrt mit Valentina. Eine der Fahrschülerinnen, die ihm bereits mehrmals deutliche Avancen gemacht hat. Das kommt leider immer wieder mal vor, und mitunter bin ich mir nicht sicher, ob Matthias nicht auch Schuld daran hat. Er geht einfach viel zu locker mit diesen jungen Mädchen um, und manche verstehen das wohl als Aufforderung. So wie Valentina. Zum Glück erzählt Matthias mir so etwas immer gleich, dennoch ist es kein schönes Gefühl, wenn ich mir vorstelle, dass ein junges, hübsches Mädchen gerade versucht, sich an meinen neununddreißigjährigen Ehemann heranzumachen.

Ich nehme das Buch und fächere mir zu. Meine Haut klebt schon wieder. Kein Wunder, es hat immer noch über dreißig Grad, und das, obwohl es schon spätabends ist.

Valentina geht mir nicht aus dem Kopf. Matthias hat mir die SMS gezeigt, die er von ihr bekommen hat, und irgendwie beschleicht mich das Gefühl, dass dieses Mädchen anders ist. Intensiver. Und ehrlich verliebt. Die meisten Fahrschülerinnen, die sonst versuchten, mit Matthias zu flirten, akzeptierten, wenn er nicht darauf einging. Spätestens, wenn er ihnen deutlich zu verstehen gegeben hatte, dass er sich zwar geschmeichelt fühle, aber glücklich verheiratet sei, ließen sie es gut sein. Doch bei Valentina hatte ich von Anfang an ein ungutes Gefühl.

Ich bin zu unkonzentriert, um zu lesen, und gehe zum Kühlschrank, um mir ein kaltes Radler zu holen. Ich weiß, dass kalte Getränke bei Hitze nicht gut sind, aber ich liebe diese kurze Erfrischung. Bevor ich sie öffne, lege ich mir die Flasche in den Nacken. Das Kondenswasser läuft mir den Rücken hinunter. Gänsehaut überzieht meinen Körper für wenige Sekunden. Ich gehe im Wohn-

zimmer umher und schließlich raus in den Garten. Es ist immer noch warm, aber es wird langsam angenehmer.

Mein Radler habe ich schon fast ausgetrunken, als ich das Auto in der Einfahrt höre. Endlich. 23:25 Uhr. Etwas später, als er gesagt hat. Als Matthias zu mir in den Garten kommt, nimmt er mich in den Arm und küsst mich. An der Art, wie er mich hält, spüre ich, dass etwas passiert ist. Wortlos setzt er sich, und ich hole ihm ebenfalls ein kühles Radler.

»Wie lief es?«, will ich wissen, obwohl ich Angst vor der Antwort habe. »Hat sie es wieder versucht?«

Matthias nickt und seufzt. Er nimmt einen großen Schluck aus der Flasche und sieht mich an. »Sie hat sich einen Minirock angezogen, kannst du das glauben?«

Und wie ich das glauben kann.

»Und? Hast du etwas dazu gesagt?«

»Was soll ich dazu sagen? Ich habe sie gefragt, ob sie heute noch was vorhat, ob sie in die Disco will«, erklärt mir Matthias.

»Und? Was hat sie darauf geantwortet?«

Mein Mann seufzt erneut. Dann lehnt er sich nach vorne und greift nach meinen Händen. »Sie sagte, dass sie keinen Grund hätte auszugehen. Ich fragte, warum, und sie sagte«, Matthias atmet aus, »weil sie schon den perfekten Mann gefunden hätte.«

Ich schlucke. Dieses Mädchen scheint wirklich nicht nur auf einen Flirt aus zu sein. Viele Mädchen in dem Alter probieren vielleicht mal aus, wie sie bei älteren Männern ankommen, gerade bei so kumpelhaften Typen wie Matthias, aber bei Valentina ist es mehr als das. Ich ärgere mich über Matthias, weil er einfach nicht verstehen will, dass er diese jungen Frauen durch sein Verhalten animiert.

»Und wie hast du darauf reagiert?«, frage ich. Mein Herz schlägt schneller.

»Ich habe ihr gesagt, dass sie damit aufhören und akzeptieren muss, dass ich kein Interesse an ihr habe.« Matthias nimmt einen weiteren großen Schluck aus der Flasche. »Doch dann wurde sie irgendwie … böse.«

»Wie meinst du das – böse?«

»Sie fragte mich, ob ich sie denn nicht schön fände? Und dass ich doch gesagt hätte, wenn sie Probleme hätte, könne sie zu mir kommen.«

Ich habe es gleich gewusst.

»Ich habe dir gesagt …«, beginne ich, doch Matthias unterbricht mich sofort.

»Ja, ich weiß, Maren. Du hattest recht, wie immer. Sie tat mir eben leid. Du hättest hören sollen, was sie mir von zu Hause erzählt hat. Es ist ein Wunder, dass dieses Mädchen überhaupt normal ist.«

Na ja, normal ist das nicht, *denke ich, behalte es aber für mich.*

»Du bist aber nur ihr Fahrlehrer und nicht ihr Psychologe. Du siehst doch, wie verwirrend das für so junge Frauen sein kann. Vor allem wenn sie wie Valentina anscheinend eine gestörte Beziehung zu ihren Eltern haben.«

»Ich sag ja, du hast recht gehabt. Ich dachte, sie sieht mich vielleicht eher als Vaterersatz, und ich kann ihr etwas Stabilität geben.«

»Das ist nicht dein Job, Matthias!« Ich merke, dass ich wütend werde, weil ich Angst habe.

»Ich dachte immer, mein Job ist mehr, als nur die Verkehrsregeln zu lehren. Ich habe mir diese Arbeit ausgesucht, weil ich gerne mit jungen Menschen zu tun habe, und da gehört es für mich dazu, auch

mal den ein oder anderen Ratschlag fürs Leben zu geben. Am Ende der Ausbildung möchte ich eine gute Erinnerung für diese Heranwachsenden sein.«

Ich weiß, dass er das wirklich so meint. Matthias ist ein guter Mensch, ein toller Vater, ein liebevoller Ehemann. Da gibt es nichts auszusetzen. Aber er ist leider viel zu gutgläubig. Fast schon naiv manchmal. Er denkt, wenn er Gutes tut, tun es andere auch. Er glaubt ans Karma.

»Wie ging es dann weiter?«, frage ich schließlich.

»Nun, sie fand die Abfuhr natürlich nicht sonderlich prickelnd. Sie ist …«, Matthias macht eine Pause, und ein leichtes, ungläubiges Lachen dringt über seine Lippen, bevor er weiterspricht, »… sie ist mit Absicht schlecht gefahren. Also fast schon gefährlich, und zwar so, dass ich mehrmals bremsen und ins Lenkrad greifen musste.«

Ich spüre einen dumpfen Druck im Magen. »Du musst sie abgeben. Ich bitte dich. Lass Tamara mit ihr weiterfahren.«

Matthias schweigt und starrt auf die Flasche in seiner Hand. Dann trinkt er den Rest in einem Zug aus. Er wischt sich den Schweiß vom Gesicht und sieht mich an. Seine Stirn ist in Falten gelegt, und ich befürchte, dass er mir gleich erklären wird, warum er trotzdem mit Valentina weiterfahren wird.

»Tamara hat eigentlich schon zu viele Fahrschüler, aber ich frage sie. Ich denke, du hast recht. Valentina ist einfach zu heftig.«

Mir fällt ein Stein vom Herzen und ich greife nach Matthias' Händen. Sie sind warm und verschwitzt, doch ich spüre sofort die Geborgenheit, die von ihnen ausgeht. Wie sehr ich diesen Mann liebe, ist kaum in Worte zu fassen. Und das nach all den Jahren!

»Du machst das Richtige«, sage ich, und wir beschließen, ins Bett zu gehen.

Als ich unter der Dusche stehe, kommt Matthias zu mir. Das Wasser kühlt unsere Körper. Seit unsere beiden Töchter bei ihren Großeltern sind, schlafen wir wieder öfter miteinander. Ich genieße seine Berührungen und die Leidenschaft, mit der er mich will. Es ist das letzte Mal, dass wir uns lieben, ohne das Gewicht der Schuld auf uns zu spüren.

75

»Tut mir leid, ich brauche eine Pause«, sagte Kathas Mutter und ging in die Küche. Sie war völlig in ihren Erinnerungen versunken, als sie begann von damals zu erzählen, und Katha sog wie ein ausgetrockneter Schwamm jedes einzelne Wort in sich auf. Sie konnte sich kaum an diesen heißen Sommer erinnern, sehr gut allerdings an »Harry Potter und der Feuerkelch«. Während sie den letzten sorgenfreien Sommer erlebt hatte, steuerten ihre Eltern offenbar auf einen Abgrund zu, der alles verändern sollte. Katha wagte nicht, ihren Gedanken freien Lauf zu lassen. Wie ging es weiter mit dieser Fahrschülerin? Warum holte ihre Mutter so aus und erzählte nicht gleich, worum es eigentlich ging?

»Möchtest du auch einen Kaffee?«, rief ihre Mutter aus der Küche.

»Gerne«, antwortete Katha und erhob sich vom Sessel, um ihrer Mutter in die Küche zu folgen. Die lächelte sie mit Tränen in den Augen an.

»Mein Gott, es ist so schön, dich zu sehen«, sagte sie und streichelte sanft über Kathas Arm.

»Was ist dann passiert?«, fragte Katha.

»Ich wollte, dass du das nie erfährst«, sagte ihre Mutter.

76

10. August 2003

Matthias hat das Wochenende in der Fahrschule verbracht, um den Garagenanbau voranzubringen. Auf dem Gelände neben der Fahrschule hat bisher nur eine einfache Holzhütte gestanden, in der die Motorräder untergestellt werden. Er will endlich eine richtige Garage errichten, mit Zugang zur Fahrschule. Da er handwerklich begabt ist und Geld sparen will, macht er es allein. Dafür opfert er sogar seine freien Tage am Wochenende. Sehr zu meinem Missfallen, denn ich wäre lieber mit ihm an den Baggersee gefahren. Die alte Hütte hat er bereits abgerissen und den Boden verdichtet. Auch die Schalung ist schon angebracht, als Nächstes wird er den Betonboden gießen. Ich bewundere ihn für seine Energie, keine Ahnung, wo er die hernimmt. Vor allem bei dieser Hitze.

Zum Mittagessen ist er fast pünktlich da. Ich stelle Nudelsalat, Frikadellen und Apfelschorle für uns auf den Esstisch. Matthias wirkt gedankenverloren.

»Alles in Ordnung?«, frage ich.

Er schaut mich nur an und reicht mir dann sein Handy. »Ihr gefällt es gar nicht, dass sie nicht mehr bei mir fahren darf«, sagt Matthias und schiebt sich eine Gabel Nudeln in den Mund.

Ein ungutes Gefühl beschleicht mich, als ich die SMS von Valentina öffne.

Das kannst Du nicht mit mir machen!!! Glaub bloß nicht, dass Du mich nach allem einfach so wieder loswirst. Wenn ich nicht wieder bei Dir fahren darf, sage ich es Deiner Frau!

Ich schlucke, meine Kehle fühlt sich mit einem Mal trocken an. »Gibt es denn etwas, das sie mir erzählen kann?«, frage ich und merke, wie mein Herz plötzlich schneller schlägt. Ich habe Angst, obwohl ich weiß, dass mich Matthias nie mit einer anderen Frau, schon gar nicht mit einer Fahrschülerin betrügen würde.

»Nein, natürlich gibt es nichts, was sie dir erzählen kann. Ich habe nichts gemacht, Schatz. Das musst du mir glauben. Sie ist verrückt. So wie du es befürchtet hast«, sagt Matthias und schaufelt mit einem Löffel viel zu viel Senf auf seinen Teller. »Sie droht mir, weil sie wahrscheinlich verzweifelt ist.«

Ich setze mich. Starre noch einmal auf die Worte in der SMS.

»Hast du schon darüber nachgedacht, was sie sonst noch machen könnte, wenn du sie weiterhin abweist?«, frage ich.

Matthias legt die Gabel auf seinen Teller und schließt seine Augen. Er versteht, was ich meine, und stützt seinen Kopf auf seiner Hand ab.

»Sie könnte dir etwas anhängen. Behaupten, du hättest sie sexuell genötigt«, erkläre ich. »Ich habe dir immer gesagt, dass so etwas passieren kann!«

Wieso hast du nicht auf mich gehört? Warum hast du dir nicht den ein oder anderen Spruch verkniffen?

»Verdammt!«, sagt Matthias und schiebt seinen Teller zur Seite.

»Du musst mit ihr reden, Matthias. Mach ihr klar, dass du sie magst, aber nicht mit ihr zusammen sein kannst.« Ich überlege, was ein siebzehnjähriges Mädchen wie Valentina noch hören müsste, um mit einer Zurückweisung klarzukommen. Dabei denke ich an un-

sere Tochter Lisa, die in drei Monaten ebenfalls siebzehn Jahre alt wird.

»Sag ihr, dass sie eine tolle Frau ist, dass du aber zu alt für sie bist, dass sie einen Mann braucht, mit dem sie eine Familie gründen kann.«

Ich laufe um den Tisch herum und umarme meinen Mann von hinten. Ich küsse seinen Hals und drücke mein Gesicht in die Kuhle an seinem Schlüsselbein. Ich hole tief Luft, inhaliere seinen Duft.

»Ich könnte meinen Ruf verlieren«, sagt Matthias.

Ich weiß, dass er recht hat. Ich massiere seine Schultern. Es ist zu heiß, um klar denken zu können. Wir beschließen, erst einmal nichts zu tun. Am Abend wollen wir gemeinsam eine SMS verfassen und Valentina antworten.

77

Ihre Mutter reichte ihr den frisch gebrühten Kaffee. Sie bereitete immer noch klassischen Filterkaffee zu, wie früher. Katha griff nach der Tasse und legte die Handflächen darum. Jegliches Blut war daraus entwichen, ihre Hände waren eiskalt.

»Was habt ihr dann gemacht?«, fragte Katha und ließ ihre Mutter keine Sekunde aus den Augen.

Die setzte sich jetzt an den kleinen Küchentisch und gab einen Löffel Zucker in ihren Kaffee. »Wir haben die SMS geschrieben«, sagte sie und blickte wieder zu Katha, »doch für Valentina fing das Spiel da erst richtig an.«

78

Wie spät es wohl war? Würde Katha tun, was Vic von ihr verlangte? Und könnte sie heute doch noch nach Hause? Ronja trat gegen die Steinwand. Sie fragte sich, wo Vic diese Corinna hingebracht hatte.

Von was für einem Fest hatte er geredet?

Sie verstand gar nichts. Seit einiger Zeit hatte sie zudem einen widerlichen Geruch von gebratenem Fleisch in der Nase. So als ob in der Nähe jemand grillen würde.

Vielleicht gibt es doch Nachbarn.

Irgendwann – sie wusste nicht wie viel Zeit vergangen war – kam Vic zurück.

»Leg die an«, sagte er und reichte ihr Handschellen durchs Gitter.

»Wieso?«, fragte Ronja.

»Weil ich es sage«, lautete Vics knappe Antwort.

Ronja legte sich die Handschellen an, dann öffnete Vic die Tür. Er kontrollierte die Handschellen und ließ sie noch weiter einrasten, so eng, dass es wehtat. Er richtete die Waffe auf sie.

»Los jetzt! Und keine Dummheiten mehr. Du würdest es bereuen.«

Ronja verließ die Zelle. Mit seiner Stirnlampe leuchtete Vic den Weg. Zu ihrer Überraschung führte er sie über eine Treppe nach oben. Sie hoffte, dass er sie wieder in das schöne Zimmer bringen würde. Oben angekommen, betrat sie die Küche, in der sie durch Vics Schlag bewusstlos geworden war.

»Weiter!«, befahl er, und Ronja ging in den nächsten Raum. Es war das Esszimmer. Ein schmaler, aber großer Raum mit einer langen Tafel. Der Tisch war festlich gedeckt, Vic hatte Schüsseln und Teller mit allerlei Speisen darauf angerichtet. Außerdem brannten einige Kerzen. In der Mitte hatte er ein Spanferkel platziert. Dem armen kleinen Schwein hatte er einen Apfel in den Mund gesteckt. Ronja schüttelte es, als sie die aufgeplatzte Haut des Ferkels betrachtete, aus der flüssiges Fett lief.

»Setz dich da hin«, sagte er und deutete auf einen Stuhl.

Insgesamt gab es sechs Sitzplätze an diesem Tisch, zwei auf beiden Seiten und je einer am Kopfende. Vor einem verbarrikadierten Fenster, am Tischende, saß Corinna. Vic hatte ihr offenbar eine Glitzerjacke übergezogen. Ihre Lippen waren rot geschminkt.

Ronja nahm Platz. Zwischen ihr und Corinna befand sich ein leerer Stuhl.

»Was soll das alles hier? Und wo ist mein Baby?«, fragte Corinna mit weinerlicher Stimme. »Was hast du mit Jonathan gemacht?«

Sie schien am Ende ihrer Kräfte zu sein und tat Ronja unendlich leid.

»Wir wollen jetzt nicht über die Vergangenheit reden, sondern über die Zukunft«, sagte Vic. Er stand am Tischende, direkt vor der Tür, die aus dem Zimmer führte. »Oder noch besser: über unsere *gemeinsame* Zukunft.«

Ronja blickte zu Corinna, doch die hatte zu weinen begonnen und schien überhaupt nicht mehr mitzubekommen, was Vic sagte.

Vic hob ein Glas in die Höhe und klopfte mit einer Gabel dagegen. »Darf ich um eure Aufmerksamkeit bitten?«, fragte er, doch Corinna ließ noch immer den Kopf hängen.

Vics Miene verfinsterte sich. Lautlos äffte er sie nach, zog die Mundwinkel nach unten und imitierte ihr Weinen. Plötzlich nahm er ein Messer vom Tisch und schleuderte es in ihre Richtung.

Ronja zuckte zusammen, als es dicht an Corinnas Kopf vorbeiflog und in der Holzlatte des verbarrikadierten Fensters stecken blieb. Jetzt hatte er ihre volle Aufmerksamkeit.

»Es ist ziemlich unhöflich, dem Gastgeber nicht zuzuhören, wenn er die Begrüßungsrede halten möchte«, sagte Vic. Seine Augen funkelten wütend.

Corinna hatte den Kopf gehoben und weinte nicht mehr. Stocksteif saß sie auf ihrem Platz und starrte Vic an.

»Geht doch«, sagte er und fuhr mit seiner Begrüßungsrede fort: »Herzlich willkommen. Da mein Plan in der Tat besser funktioniert hat, als ich es mir all die Jahre hätte erträumen können, dürft ihr an diesem bedeutungsvollen Tag meine Gäste sein. Das Timing ist nahezu … unheimlich.« Vic verstummte, um einen Schluck Wein zu trinken.

»Damit ihr besser versteht, was ich meine und warum ihr wichtig für mich seid, werde ich euch eine Geschichte erzählen. Eine traurige Geschichte, erfüllt von so viel Dunkelheit, dass es schwer ist, wieder einen Weg aus ihr herauszufinden. Ich habe das, ehrlich gesagt, nie ganz geschafft.«

Er senkte seinen Blick für einen Moment. Als er wieder aufsah, prostete er ihnen zu. »Aber ich hoffe auf einen gelungenen Neuanfang. Und da kommt ihr beide ins Spiel.«

79

Katha hatte sich zu ihrer Mutter an den Küchentisch gesetzt. Der Raum wirkte wie eine kleine Version der Küche ihres Elternhauses. Kathas Hände waren noch immer eiskalt.

»Was hat Valentina getan?«, fragte sie.

Ihre Mutter seufzte schwer und wurde wieder in den Bann ihrer Erinnerung gezogen.

80

11. August 2003

Bisher hat Valentina auf unsere SMS nicht geantwortet. Natürlich weiß sie nicht, dass ich die Botschaft mitverfasst habe. Matthias hatte ihr geschrieben, dass es ihm leidtue, wenn er ihr falsche Signale gesendet habe. Er hatte nicht beabsichtigt, ihr in irgendeiner Form Hoffnungen auf mehr als Freundschaft zu machen. Außerdem, dass sie eine tolle junge Frau sei, die sicherlich einen wunderbaren Mann finden werde, der ihr all das geben könne, was sie sich wünscht und verdient.

Dass sie sich noch nicht gemeldet hat, kann ein gutes oder ein schlechtes Zeichen sein. Ich weiß es nicht. Mein Bauchgefühl ist nicht eindeutig.

Ich gehe in den Garten, denn nach einem weiteren unerträglich heißen Tag genieße ich die Dämmerung und den Schatten unter dem Kirschbaum. Lisa hat mir eine SMS geschrieben und sich beschwert, dass sie nicht mit Alex in den neuen Horrorfilm »Fear Dot Com« gehen konnte und dass es total langweilig in Büsum sei. Ich esse eine Aprikose, und Lisas Nachricht bringt mich zum Lächeln. Dass in diesem Alter alles immer solch ein Drama sein muss. Ich würde mir etwas kühlere Nordseeluft im Moment sehr wünschen.

Es klingelt an der Haustür, und ich frage mich, wer abends um halb zehn bei uns noch vorbeikommt. Ich gehe durch die Küche und den Flur zur Haustür. Als ich öffne, steht ein junges blondes

Mädchen davor. Ich kenne sie nicht. Aber mein Bauchgefühl meldet sich.

»Ja, bitte«, sage ich. Ich hoffe, dass sie mir meine Nervosität nicht anmerkt.

»Sind Sie die Frau von Matthias?«, fragt sie, und ich höre, dass ihre Stimme zittert. Sie scheint ebenfalls nervös zu sein.

»Ja«, sage ich, und Adrenalin schießt durch meinen Körper. »Bist du Valentina?«, frage ich.

Das Mädchen wirkt überrascht.

»Ja, bin ich. Ich bin hier, weil ich Ihnen etwas sagen will. Ich habe eine Affäre mit Ihrem Mann. Matthias liebt mich und will mit mir zusammen sein.« Sie spricht hastig.

Ich atme einmal tief durch, bevor ich antworte.

»Du weißt, dass das nicht stimmt. Und ich weiß es auch«, sage ich, und obwohl ich wütend bin, tut mir die junge Frau leid.

»Valentina«, sage ich so sanft wie möglich, »Matthias hat mir alles gesagt. Das macht er immer. Ich weiß, dass du mit ihm geflirtet hast, und ich verstehe, dass es wehtut, wenn so etwas nicht erwidert wird.«

Ich gehe einen Schritt auf Valentina zu.

»Hör mal, du willst doch nicht eine Familie kaputt machen, oder? Bitte tu das nicht«, sage ich, doch Valentina sieht mich mit einem hasserfüllten Blick an, der mir unter die Haut geht.

»Er liebt Sie nicht mehr. Das hat er mir immer wieder gesagt. Er begehrt mich, meinen jungen Körper, dagegen können Sie nichts machen. Natürlich erzählt er Ihnen etwas anderes, weil er Angst hat. Er will ja seine Töchter nicht verlieren.«

»Ich habe deine SMS gelesen. Und seine Antworten darauf. Du brauchst mir keine Lügen zu erzählen. Matthias und ich sind seit fast zwanzig Jahren zusammen, und wir lieben uns. Noch wichtiger,

wir vertrauen uns«, sage ich. »Du weißt vielleicht, dass unsere Tochter Lisa fast so alt wie du ist. Die Vorstellung, dass Matthias etwas mit einer Schulfreundin unserer Tochter anfängt, ist absurd.«

»Matthias liebt mich! Und ich ihn!«, schmettert mir dieses Mädchen entgegen. »Genau deswegen bin ich hier. Ich will mich und unsere Beziehung nicht länger verstecken. Akzeptieren Sie es einfach.«

Voller Überzeugung wirft sie mir noch einen vernichtenden Blick zu, dreht sich dann um und geht.

Ich bleibe stehen und schaue ihr hinterher, bis sie verschwunden ist. Obwohl die Hitze unerträglich ist, überläuft es mich kalt, und ich ahne, dass Valentina Matthias nicht aufgeben wird.

81

Da stand er, ihr direkt gegenüber und hielt sein Weinglas in die Höhe. Seit er gesagt hatte, dass sie seine neue Mutter sei, war sie sich mit einem Mal sicher, dass Jonathan nicht mehr am Leben war. Die ganze Zeit über hatte sie diesen Funken Hoffnung tief in sich am Lodern gehalten, doch plötzlich war er erloschen. Das Monster hatte ihren Sohn auf dem Gewissen.

Natürlich. Mein Baby wäre eine Konkurrenz für dich.

Corinna spürte eine solche Leere in sich, solche Wut und Verzweiflung, dass sie, hätte sie gekonnt, das Messer hinter sich aus dem Holz gezogen und ihm die Augen damit ausgestochen hätte. Aber nein, er hielt unbeirrt seinen Festakt ab oder was auch immer er hier vorbereitet hatte.

»… aber ich hoffe auf einen Neuanfang. Und da kommt ihr beide ins Spiel«, sagte er und trank einen Schluck Wein.

Corinna blickte zu Ronja, die ebenfalls Handschellen trug. Das Mädchen hörte ihm aufmerksam zu.

»Ich habe meine Mutter geliebt. So viel sei schon mal gesagt«, erzählte er und stellte sein Glas wieder ab. »Sie war keine gute Mutter, aber das lag nicht an ihr, sondern an meinem Vater. Er hat sie in eine Welt geführt, in der Schmerz und Angst regierten. Und was tut man in so einer Situation?«, fragte er und blickte uns auffordernd an.

Ronja zuckte mit den Schultern.

»Alkohol, Drogen«, sagte Corinna schließlich und wünschte, sie hätte auch Wein trinken können, um sich zu betäuben.

»Richtig!«, antwortete er euphorisch. »Meine Mutter gab sich dem Alkohol und ihren Schmerztabletten hin. Sie nahm so viel, bis sie nichts mehr von ihrem Leben spürte. Nur beim Stillen konnte ich meiner Mutter nahe sein. Glücklicherweise ließ sie das lange zu, deshalb kann ich mich an die wenigen Momente der Geborgenheit noch gut erinnern. Ja, das kann ich wirklich.«

Das erklärt so einiges, *dachte Corinna und versuchte, die Vorstellung, wie dieser Mann an der Brust einer Frau trank, zu verdrängen.*

»Bis heute suche ich nach diesem Gefühl der vollkommenen Geborgenheit«, sagte er und warf Corinna einen intensiven Blick zu.

»Es war wohl das Schönste in meiner Kindheit. Durch den Alkohol und die Tabletten war meine Mutter ständig in dieser anderen Welt, und in der bekam sie nicht mit, was mein Vater mit mir machte. Ihm kam das nur gelegen. Er konnte in seinen vier Wänden tun und lassen, was er wollte. Mit mir, meiner Mutter, meiner Schwester … einfach mit jedem in diesem gottverdammten Haus. Aber vor allem mit mir. Wisst ihr, was ich getan habe, als ich endlich achtzehn Jahre alt war?«

Er grinste auf eine Art und Weise, dass Corinna eine Gänsehaut bekam. Er nahm eine Kerze in die Hand und steckte damit eine Serviette in Brand. Die brennende Serviette hielt er an einem Eck und ließ sie abbrennen, den letzten Rest davon legte er auf einen Teller.

»Ich habe den ganzen verfluchten Kasten abgefackelt, samt meinem Vater darin.«

Warum haben sie dich nie gekriegt?

Corinnas Magen rebellierte. Sie blickte zu Ronja, die wie versteinert auf ihrem Stuhl saß. Als sie genauer hinsah, bemerkte sie, dass das Mädchen zitterte.

»Halt! Es tut mir leid, ich erzähle die Geschichte einfach nicht in der richtigen Reihenfolge. Alles nur, weil ich so aufgeregt bin. Das müsst ihr entschuldigen.«

Er legte eine Pause ein und setzte sich auf den Stuhl am Tischende. Gleich darauf nahm er die Erzählung wieder auf.

»Meine Mutter hielt sich also mein Leben lang in anderen Sphären auf, mein Vater schlug, quälte und missbrauchte mich gerade so, wie es ihm passte, aber – und jetzt kommen wir zu einem entscheidenden Punkt in meinem Leben – es gab ja noch meine ältere Schwester: Valentina.«

82

Katha blickte zur Uhr. 17:50. Noch knapp zehn Stunden, und das auch nur, wenn ihre Rechnung stimmte.

»Was ist dann passiert? Ich will dich nicht drängen, aber mir bleibt kaum noch Zeit«, sagte Katha.

Ihre Mutter nickte.

»In Ordnung. Ich überspringe die Details und komme zu dem Punkt, der unser aller Leben veränderte.«

83

13. August 2003

Der Jahrhundertsommer hat uns alle fest im Griff. Die Hitze macht nicht nur müde, sondern langsam auch reizbar. Alles, jeder noch so kleine Handgriff, ist mühsam. Ich sitze ihm Wohnzimmer, die Füße in einem Eimer mit kaltem Wasser. Immer wieder spreize ich die Zehen und träume von einem Pool im Garten. Die Seen und Freibäder sind zu überfüllt. Ich bin froh, dass Katha und Lisa bei meinen Eltern sind. Gerade jetzt, wo wir dieses Problem mit Valentina haben.

Mein Handy klingelt, Matthias ist dran.

»Sie war gerade hier«, sagt er aufgeregt, »auf dem Übungsplatz.«

Mein Herz beginnt schon wieder zu rasen.

»Sie ist extra von der Alb runtergekommen, um dir auf dem Übungsplatz aufzulauern?«, frage ich.

»Sieht so aus«, sagt Matthias.

»Was hat sie gesagt?«, frage ich, und Matthias lacht verzweifelt auf.

»Wenn sie nur etwas gesagt hätte, wäre es ja nicht so schlimm. Ich war gerade dabei, die Mini-Pylonen für den Slalom-Parkour aufzustellen, als sie mir plötzlich um den Hals gefallen ist und mich mit ›Hi, Schatz‹ angesprochen hat«, sagt Matthias. Er redet schnell, seine Stimme klingt höher als sonst.

»Beruhige dich«, sage ich, obwohl ich selbst innerlich vor Wut koche. »Was hast du dann getan?«

»Ich habe sie weggestoßen und sie gefragt, ob sie jetzt völlig durchgeknallt ist. Ich weiß nicht, ob mein Fahrschüler das gesehen hat. Er war gerade zum Wenden die Straße heruntergefahren. Sie hat es sogar noch einmal versucht, daraufhin habe ich sie angeschrien. Dann ist sie gegangen.«

»Okay«, sage ich und überlege. In meinem Kopf herrscht Chaos, doch dann sage ich plötzlich: »Entschuldige dich bei ihr und sag ihr, sie soll heute Abend in die Fahrschule kommen. Zum Reden.«

Matthias schweigt. Ich höre ihn nur atmen. Nach einer Weile fragt er: »Warum? Bist du sicher, dass das eine gute Idee ist?«

»Wir müssen mit ihr reden. Gemeinsam. Und ihr klarmachen, dass, sollte sie damit nicht aufhören, wir ihren Eltern Bescheid sagen oder sogar zur Polizei gehen werden.«

»Meinst du nicht, dass es dann noch schlimmer wird? Ihre Eltern sind der Horror, Maren«, sagt Matthias. Er wirkt unsicher.

»Wir müssen es versuchen. Wer weiß, was sie dir sonst noch anhängen will. Denk an die Fahrschule und an uns. Stell dir vor, sie unterstellt dir sexuelle Belästigung oder Vergewaltigung? Diesen Stempel wirst du nie wieder los, Matthias!«

Er willigt ein.

Am Abend nach dem Theorieunterricht verlassen alle die Fahrschule. Nur Matthias und ich bleiben. Matthias schließt ab und dreht den Lamellenvorhang so, dass er blickdicht ist. Ich gehe durch den provisorischen Durchgang und schaue mir an, wie weit er mit dem Garagenanbau gekommen ist.

»Du hast ja alles schon hier, sogar den Betonmischer«, sage ich. »Willst du das jetzt etwa am Wochenende machen?«, frage ich und wische mir über die schweißnasse Stirn.

»Ja, habe ich zumindest vor«, sagt Matthias.

Ich gehe zu ihm und lege meine Arme um seinen Hals. Er ist ebenfalls verschwitzt. Seine Haut klebt.

»Du brauchst mal eine Pause. Es ist viel zu heiß für solche Arbeiten.«

Wir küssen uns, als es an der Tür klopft.

»Das wird sie sein«, sagt Matthias und atmet hörbar aus. Er geht durch den Durchgang in den Schulungsraum.

Ich beschließe, noch einen Moment außer Sichtweite zu bleiben. Als Matthias sie reinlässt, höre ich wie sie sagt: »Ich wusste, dass du das heute nicht so gemeint hast.« Valentina klingt erleichtert.

Matthias sagt nichts, und ich sehe, wie er in Richtung Büro geht. Ich trete in den Raum, und Valentina starrt mich an.

»Was macht die hier?«, sagt sie und sieht Matthias vorwurfsvoll an. Wir stehen in einem großen Dreieck. Matthias rechts von mir vor dem Büro, Valentina mir gegenüber in der Mitte des Raumes.

»Matthias, Schatz, was soll das?«, sagt das junge Mädchen zu meinem Mann.

Matthias schüttelt nur stumm den Kopf. Ich gehe einen Schritt auf Valentina zu.

»Hör mal, Valentina, wir haben es wirklich im Guten versucht. Aber wenn du nicht aufhörst, meinem Mann nachzustellen oder so zu tun, als ob ihr eine Beziehung hättet, dann werden wir wohl oder übel mit deinen Eltern reden müssen.«

Valentina starrt mich mit einem Blick an, der mir das Blut in den Adern gefrieren lässt. Ihre hellen Augen sind so voller Hass, dass ich Angst bekomme. Als sie einen Schritt auf mich zukommt, sehe ich die roten hektischen Flecken auf ihrem Dekolleté. Mein Puls hämmert in meinem Kopf. Wenn es doch nicht so furchtbar heiß wäre. Mir wird schwindelig.

»Wenn du Fotze es wagst, zu meinen Eltern zu gehen, dann mach dich auf was gefasst«, droht sie, und ich höre noch, wie Matthias schreit: »Wie redest du mit meiner Frau, du Göre!«

Dann spüre ich ihre Hände an meiner Kehle. Sie drückt fest zu. So fest, dass ich schnell begreife, dass sie es ernst meint. Ich versuche, sie mit meinen Händen wegzuschieben. Als ich sie nicht abschütteln kann, stoße ich sie mit einer heftigen Bewegung von mir weg und schnappe gierig nach Luft. Aus dem Augenwinkel sehe ich Matthias, der mir zu Hilfe kommen will.

Valentina stolpert zurück und verliert den Halt. Matthias kann sie nicht mehr auffangen. Mit ihrem Kopf knallt sie gegen die Kante des Unterrichttisches, der links von mir steht.

Matthias ist jetzt bei mir, er hält mich an der Schulter, fragt, ob alles in Ordnung ist. Ich nicke, doch ich sehe ihn nicht an. Ich schaue nur auf Valentina. Wie sie reglos am Boden liegt. Matthias bückt sich zu ihr herunter und rüttelt an ihr, immer und immer wieder. Doch sie bewegt sich nicht.

Matthias schreit, und ich sehe seine aufgerissenen Augen. Langsam rutsche ich an der Wand hinunter und sitze schließlich auf dem Boden. Tränen und Schweiß laufen mir über das Gesicht, ich atme zu schnell.

»Scheiße! Verfluchte Scheiße!«, höre ich Matthias sagen, der wild umherläuft.

Ich weiß nicht, wie lange ich hier mittlerweile schon sitze, aber irgendwann höre ich Matthias, der den Betonmischer anwirft.

84

»Ihr habt sie doch nicht etwa … einbetoniert?«, fragte Katha, nachdem ihre Mutter aufgehört hatte zu erzählen.

»Dein Vater hat gehandelt. Er hat nicht darüber nachgedacht, sondern sofort reagiert. Anders als ich war er immerhin in der Lage, etwas zu tun.«

»Ihr hättet zur Polizei gehen können. Es war ein Unfall«, sagte Katha und rieb sich mit den Fingern immer wieder über die Stirn.

»Nach dem ganzen Nachrichtenverlauf auf dem Handy? Die hätten uns niemals geglaubt. Und welches Licht hätte so etwas auf uns als Familie und auf die Fahrschule geworfen?« Ihre Mutter versuchte tatsächlich, das Verbrechen zu entschuldigen.

»Ist das dein Ernst?«, fragte Katha.

All die Jahre hatte ihr Vater mit diesem Geheimnis, dieser Untat gelebt. Sie hatten ein totes Mädchen einbetoniert und ihrer Familie nicht nur die Wahrheit verwehrt, sondern ihr auch der Möglichkeit des Abschieds geraubt. Und seine Töchter hatte er zudem glauben lassen, ihre Mutter wäre tot. Katha konnte all das einfach nicht fassen. Ihr Herz verkrampfte, als sie daran dachte, dass der Körper dieses Mädchens vermutlich immer noch im Boden der Fahrschulgarage lag.

»Es tut mir leid, Katharina. Und genau das war das Problem. Dein Vater hat immer wieder versucht, mir einzureden, dass es ein Unfall war, dass ich nichts dafürkonnte. Aber ich habe mich so schuldig gefühlt. Jedes Mal, wenn ich dich oder Lisa gesehen habe, habe ich daran gedacht, dass ich schuld daran war, dass eine andere Mutter, ein anderer Vater ihr Mädchen verloren hatte. Ich habe es einfach nicht ertragen. Am Anfang waren es nur Panikattacken, aber irgendwann war ich nicht mehr in der Lage, mich um euch zu kümmern. Lisa war sowieso kaum da, ich glaube nicht, dass sie die Veränderung sonderlich bemerkt hat, aber du hast nicht verstanden, warum ich so distanziert war. Du hast deinen Vater sogar gefragt, ob ich dich nicht mehr liebhätte. Das hat mir das Herz gebrochen. Also haben wir euch in den nächsten Ferien wieder zu Oma und Opa geschickt, und ich bin gegangen. Ich war sicher, es wäre besser für euch ohne mich.«

Ihre Mutter strich sich über die Augen, dann begann sie zu schluchzen.

»Du hättest es uns doch irgendwann erklären können. So zu tun, als seiest du tot – ich meine –, hast du dir mal überlegt, wie hart das für uns war?«, fragte Katha.

»Ich weiß heute, dass es ein Fehler war. Damals war ich nicht sicher, ob ich diese ganze Sache überlebe. Ich hatte häufig Selbstmordgedanken. Am Ende habe ich mir selbst nicht mehr vertraut.«

Und dann begann ihre Mutter zu weinen. Verzweifelt und ohne Hemmungen ließ sie endlich ihren Gefühlen freien Lauf.

Katha betrachtete ihre Mutter, die ihr fremd und vertraut zugleich war. Sie hatte den Impuls, aufzustehen und ihre Mutter in den Arm zu nehmen. Doch sie schaffte es nicht.

85

»Meine Schwester war der wichtigste Mensch für mich. Und außerdem meine Hoffnung auf ein besseres Leben. Sie war drei Jahre älter und beschützte mich. Oft auch vor meinem Vater. Sie hat immer gesagt, dass sie, wenn sie erst den Führerschein hätte, Vaters Auto stehlen wollte und dass wir dann für immer fortgehen würden.«

Die Erinnerung brachte ihn zum Lächeln.

»Dann würden wir gemeinsam ein neues Leben anfangen. Geld hatte sie schon seit Jahren zur Seite geschafft, aus Mutters Geheimversteck. Ihre Fluchtpläne erzählte sie mir abends heimlich im Bett, wenn ich zu ihr rüberkommen durfte. Das durfte ich nicht immer, nur wenn Vater mich vorher zu sich geholt hatte. Danach hatte sie immer Mitleid mit mir und streichelte mir sogar den Rücken.«

Ronja spürte den Schmerz in Vics Worten und hing förmlich an seinen Lippen, auch wenn sie Angst vor dem hatte, was er noch sagen würde. Sie hatte geglaubt, sie hätten ein ähnliches Schicksal, weil er ebenfalls früh seine Mutter verloren hatte. Doch das, wovon er nun erzählte, war ein düsterer Alptraum.

»Ich war so glücklich, als sie endlich ihren Führerschein machen konnte. Doch während ihrer Ausbildung veränderte sie sich.«

Plötzlich wurde es Ronja heiß und kalt zugleich. Die ganze Zeit über hatte sie sich gefragt, warum sie hier war, was Katha mit Vic zu tun hatte, und plötzlich schien sich eine Verbindung aufzutun: die Fahrschule.

»Valentina war auf einmal so wankelmütig. Mal total beschwingt, dann wieder zu Tode betrübt. Ich habe das nicht verstanden. Aber ich war zu diesem Zeitpunkt auch gerade erst vierzehn Jahre alt. Ich habe eben nur daran gedacht, wie wir zusammen in ein neues Leben fahren würden, weit weg von meinem Vater. Ich habe mit ihr die ganzen Fragen für die Theorieprüfung gelernt, habe immer wieder die Folien, die sie auf die Papierbögen legen musste, für sie abgewaschen. Aber dann«, er machte eine Pause und starrte vor sich hin, »kam sie eines Tages einfach nicht mehr nach Hause.«

Ronja blickte zu Corinna und bemerkte, dass sie mit ihren Handschellen beschäftigt war. Doch Vic schien es nicht zu bemerken, er war völlig in seine Erzählung vertieft.

»Mein Vater war sicher, dass sie weggelaufen war. Vielleicht mit einem Typen, den sie in der Fahrschule kennengelernt hat. Aber ich habe das nie geglaubt. Sie hätte mich mitgenommen, ganz sicher.«

Er nahm einen Schluck Wein und schöpfte sich Kartoffelsalat auf seinen Teller. »Wollt ihr eigentlich nichts essen?«, fragte er plötzlich. »Ich habe mir wirklich viel Mühe mit dem Spanferkel gegeben und habe extra noch ein Fleischthermometer besorgt. Damit es perfekt wird.«

Er nahm ein scharfes Tranchiermesser und begann ein Stück Fleisch aus dem Spanferkel herauszuschneiden. Die Kruste krachte laut, und Vic schien sich darüber zu freuen. Als er fertig war, legte er das Stück auf seinen Teller.

»Meine Mutter hat das übrigens auch nicht geglaubt. Deswegen hat sie sich einige Wochen später das Leben genommen.«

Ja, in der Badewanne, dachte Ronja und erinnerte sich an das, was Vic ihr bereits erzählt hatte.

Er begann von seinem Teller zu essen und schien tief in seinen Gedanken versunken zu sein. Ronja beobachtete ihn eine Zeit lang, wie er sich das Ferkel und den Salat einverleibte. Dann stellte sie eine Frage, vor deren Antwort sie sich fürchtete.

»Glaubst du denn, die Fahrschule hatte irgendwas mit ihrem Verschwinden zu tun? Bin ich deshalb hier?«

Vic blickte von seinem Teller auf. Er starrte sie an und prustete dann übertrieben los. Es war wieder so ein Lachen, das Ronja Angst machte. Als er sich beruhigte, sah er sie an und sagte: »Ich glaube es nicht nur, ich weiß es! Da war nämlich noch mehr, viel mehr.«

Er legte das Besteck zur Seite und ging zu einem Sideboard, das neben dem Tisch stand. Er öffnete eine Schublade und zog etwas daraus hervor.

»Hier steht alles drin. Fast alles zumindest«, sagte er und hob ein rosafarbenes Buch in die Höhe.

86

Katha hatte ihrer Mutter beim Weinen zugesehen. Sie selbst vergoss diesmal keine Träne. Entweder hatte sie in den vergangenen Tagen alle Tränen bereits aufgebraucht, oder sie war einfach nicht in der Lage, Mitleid für ihre Mutter aufzubringen. Als die ihre Tränen getrocknet hatte, blickte sie Katha aus verquollenen Augen an.

»Ich weiß, dass wir viele Fehler gemacht haben. Dein Vater und ich haben oft darüber gesprochen, dass wir alles zu schnell und zu unbedacht entschieden haben. Ich wollte dieses grauenhafte Schicksal einfach von euch fernhalten. Es tut mir so leid, Katha.«

»Also gut, lassen wir das jetzt beiseite«, sagte Katha. »Darüber werden wir sicher noch sprechen müssen, aber nicht jetzt und nicht heute. Ich habe keine Zeit mehr. Wir müssen Ronja retten.« Katha spürte, dass sie – vermutlich aus Selbstschutz – eine Distanz zu ihrer Mutter aufbaute. Sie fuhr fort: »Für diesen Entführer soll ich ein Geheimnis lüften, die Wahrheit sagen.«

Fieberhaft fragte sie sich, wie sie überhaupt mit dem Entführer Kontakt aufnehmen könnte.

»Kannst du dir vorstellen, dass sich nach all dieser Zeit jemand für euer Verbrechen rächen will? Wer sollte das sein? Wie ging es weiter, nachdem ihr Valentina … beseitigt hattet? Wurde sie nicht gesucht?«

»Zu unserer Überraschung kamen nur einmal Beamte in die

Fahrschule, um Informationen über Valentina einzuholen«, erwiderte ihre Mutter. »Valentinas Eltern gingen wohl davon aus, dass sie abgehauen war. Die Suche nach ihr wurde rasch eingestellt. Ich hingegen konnte nicht mal mehr die Fahrschule betreten. Für mich war Valentina überpräsent in meinem Leben. Es verging keine Minute, ohne dass sie bei mir war. In meinen Gedanken, vor meinem inneren Auge, einfach überall.«

»Hatte Valentina Geschwister?«, fragte Katha und zog ihr Handy aus der Tasche. *Ich muss unbedingt Delf Bescheid geben.* Sie tippte eine Nachricht und teilte ihm mit, dass es nicht mehr lange dauern würde, bis sie zurückkäme.

»Ich glaube, sie hatte einen Bruder. Das hatte sie Matthias während einer Fahrstunde einmal erzählt.«

Vielleicht ist das der Entführer, der erst jetzt irgendwie herausbekommen hat, was meine Eltern getan haben.

»Wer ist eigentlich Gigi Radovan?«, fragte Katha und erinnerte sich an das viele Geld, das ihr Vater dieser Person all die Jahre geschickt hatte.

»Das bin ich«, sagte ihre Mutter. »Also nicht wirklich ich, es ist eine Freundin. Aber sie hat ein Konto für mich eröffnet, weil es mich ja offiziell nicht mehr gibt. Ich habe ihr erzählt, dass ich vor meinem gewalttätigen Ehemann davongelaufen bin. Sie hat mir geholfen.«

Okay, wir werden wirklich noch viel zu besprechen haben.

»Wenn dir noch etwas einfällt, sag mir Bescheid. Ich muss los. Wir müssen noch zurückfahren, und mir rennt die Zeit davon«, sagte Katha und notierte ihre Nummer auf einen Zettel.

»Wir?«, fragte ihre Mutter und sah sie überrascht an. »Bist du denn nicht allein hier?«

»Delf hat mich gefahren. Er ist der Einzige, der mir im Moment zur Seite steht.«

»Delf? Der Fahrlehrer?«, fragte Kathas Mutter.

Katha nickte. »Er wartet draußen im Auto. Ich dachte, es ist besser, wir reden allein. Ich muss jetzt wirklich los«, sagte Katha und ging zur Haustür.

»Warte«, rief ihre Mutter plötzlich, »ich muss dir noch etwas geben.« Damit verschwand sie, und Katha wippte von einem Fuß auf den anderen. Sie versuchte, noch einmal eine Nachricht an die anonyme Nummer zu senden, doch vergeblich.

Ihre Mutter kehrte zurück und reichte ihr ein Handy plus Ladekabel.

»Was ist das?«, wollte Katha wissen und betrachtete das alte Nokia 3310.

»Das war Valentinas Handy. Ich habe es all die Jahre aufgehoben. Keine Ahnung warum. Aber vielleicht kannst du es jetzt brauchen.«

Katha hatte sich hastig von ihrer Mutter verabschiedet. Als sie mit Delf an ihrem Haus vorbeifuhr, winkte ihre Mutter noch. Sie hatte einen seltsamen Ausdruck in den Augen, den Katha nicht deuten konnte.

Hast du Angst, mich nicht wiederzusehen, oder Angst, dass ich mit eurer Geschichte zur Polizei gehe?

Valentinas Handy war nicht geladen, und Katha hatte keinen Adapter für den Zigarettenanzünder.

»Wie war es?«, fragte Delf vorsichtig, als sie ein paar Straßen zurückgelegt hatten.

»Seltsam«, antwortete Katha, die immer noch überlegte, was

sie Delf erzählen sollte. Das Verbrechen ihrer Eltern konnte und wollte sie ihm nicht verraten.

»Okay. Du musst nicht drüber reden, wenn du nicht willst«, sagte Delf. »Aber hast du etwas herausgefunden, was dir weiterhilft?«

»Ja, vielleicht schon. Ich kann dir das jetzt nicht erklären, aber wir müssen etwas über eine Valentina Keller herausfinden.«

»Wer ist das?«

»Eine ehemalige Fahrschülerin, die verschwunden ist. Womöglich denkt der Entführer, meine Familie hätte etwas damit zu tun gehabt. Wenn wir mehr über sie herausfinden, dann vielleicht auch über ihn und den Ort, an dem Ronja sein könnte.«

»Hat deine Familie denn etwas damit zu tun?«, fragte Delf.

»Keine Ahnung, wohl eher nicht, würde ich sagen.«

Katha merkte, dass sie nicht sonderlich überzeugend klang. Doch Delf schien es hinzunehmen. Sie überlegte, wo sie Informationen über Valentina herbekommen könnte, und dann fiel es ihr mit einem Mal ein: Tati!

87

»Warte einen Moment. Ich kann gerade nicht so gut reden.«

Tatis Herz schlug schneller. Wieso rief ausgerechnet jetzt Katharina Holten bei ihr an?

Sie verließ das Krankenhauszimmer und ging in den Flur. Dort lehnte sie sich an eine Wand und atmete einmal tief durch, bevor sie das Telefon wieder ans Ohr führte.

»So jetzt geht es besser. Was kann ich denn für dich tun? Gibt es was Neues, was du mir erzählen willst?«

Tati war angespannt. Nicht zuletzt, weil sie gerade etwas erfahren hatte, was für ihre einstige Freundin am anderen Ende der Leitung vermutlich lebensverändernd war.

»Tati, du musst mir gut zuhören. Ich kann dir das alles nicht so genau erklären, aber du musst mir unbedingt helfen. So bald wie möglich werde ich dir alles erzählen, versprochen. Aber erst mal musst du etwas für mich tun.«

Die Journalistin hörte die Aufregung in Kathas Stimme. »Wie kann ich dir denn helfen? Ist etwa schon wieder was bei euch passiert?«

»Bitte! Ich brauche dringend Informationen, und du hast doch viel mehr Möglichkeiten, um an Fakten, Daten und so weiter zu kommen als ich, oder? Alte Zeitungsartikel, Kontakte, Kollegen, keine Ahnung …«, sagte Katha.

»Ja, ich denke schon. Um was geht es denn?«, hakte Tati nach.

»Irgendwas musst du mir ja schon erzählen, wenn ich für dich recherchieren soll.«

»Um ein siebzehnjähriges Mädchen, das 2003 verschwunden ist. Ihr Name lautet Valentina Keller. Sie war bei meinem Vater zur Fahrausbildung, war dann aber im August plötzlich nicht mehr auffindbar. Ich weiß nur, dass sie wohl auf der Alb gewohnt hat, denn sie kam über die Fahrschule, die mein Vater früher in St. Johann hatte, nicht über die in Reutlingen. Die Polizei hat damals wohl ermittelt, aber man vermutete, dass sie abgehauen war, und deshalb wurde die Suche bald eingestellt«, erklärte Katha. Ihre Worte kamen so hastig über ihre Lippen, dass Tati Mühe hatte, alles zu verstehen.

»Okay. Und wonach soll ich jetzt genau suchen? Und warum eigentlich?«, fragte Tati.

»Ich muss wissen, ob ihre Familie noch dort wohnt und wenn ja, wo genau? Sie hatte auch einen Bruder. Vielleicht kannst du herausfinden, wie der heißt und wo er lebt. Alles, was du dazu in Erfahrung bringen kannst, hilft mir weiter.«

»In Ordnung, ich kann es versuchen. Allerdings bin ich im Moment nicht in der Redaktion und …«

»Es ist wirklich wichtig, dass du das so schnell wie möglich machst und mich sofort wieder anrufst«, sagte Katha.

Tati spürte, dass es um mehr ging als nur um eine einfache Information. »Okay. Aber Katha …«, begann sie, doch mit einem Mal wusste sie nicht, wie sie ihren Satz beenden sollte. »… also gut, ich melde mich, sobald ich etwas weiß«, versprach sie und legte auf.

Sie ging zurück in das Krankenzimmer, aus dem sie gekommen war.

»Das war Katharina Holten«, sagte Tati und setzte sich wieder an Leons Bett.

88

Das Monster hatte sich Wein nachgeschenkt und sich wieder gesetzt. Er hielt das rosafarbene Buch in seinen Händen und begann, daraus vorzulesen.

»3. Juli 2003
Heute hatte ich meine zweite Fahrstunde bei Matthias. Er hat mich wieder so angesehen. Immer wenn er das macht, kribbelt es in meinem Bauch, und mein Unterleib zieht sich seltsam zusammen. Ich habe mir vorgestellt, wie er mich zu sich herzieht und küsst. Ich muss immer auf seine Hände schauen. Die sind so schön und groß. Ich will, dass er mich damit berührt. Überall.«

Er blätterte ein paar Seiten weiter.

»14. Juli 2003
Matthias war heute so süß. Wir sind mit dem Auto auf einen Parkplatz am Wald gefahren. Ich bin dann auf den Beifahrersitz geklettert und habe mich auf seinen Schoß gesetzt. Wir haben uns so leidenschaftlich geküsst, dass ich gemerkt habe, wir er unter mir hart wurde. Ich habe gesagt, dass ich mit ihm schlafen will, aber er meinte, es sei noch zu früh. Wie rücksichtvoll er ist. Ich weiß aber, dass er mich auch will. Er hat mir gesagt, dass er seine Frau schon lange nicht mehr liebt und nur wegen der Kinder mit ihr zusam-

menbleibt. Jetzt muss ich zwei lange Tage warten, bis wir uns endlich wiedersehen. Ich vermisse ihn jetzt schon so sehr.«

Er blickte auf und wandte sich an Ronja. »Ein ganz schön schlimmer Finger, dein Opa, oder? Mit wie vielen Mädchen er das wohl gemacht hat?«

Corinna bemühte sich, so interessiert wie möglich zu schauen, auch um davon abzulenken, dass sie versuchte, ihr Handgelenk durch die Handschelle zu quetschen. Sie hatte schon immer sehr schmale Handgelenke gehabt. Für ihre Armbanduhr hatte sie sich extra ein Loch ins Band machen lassen, damit es eng genug anlag. Zum Glück hatte sie die Handschellen vor ihrem Körper anlegen dürfen. Aber wie sie es auch versuchte, es fehlte ein kleines Stück. Sie würde sich nur die Haut aufreißen, wenn sie es weiterprobierte.

Er las weiter.

»16. Juli 2003
Liebes Tagebuch, heute ist ein ganz besonderer Tag. Ich bin keine Jungfrau mehr! Matthias ist so ein toller Mann, ich bin wirklich verrückt nach ihm. Er war so sanft und gleichzeitig so stark und männlich. Ich hätte mir zwar gewünscht, dass unser erstes gemeinsames Mal nicht im Auto stattgefunden hätte, aber das ist nicht so schlimm. Und jetzt weiß ich es auch ganz sicher: Er liebt mich. Er hat es mir gesagt. Ich bin ja so verliebt. Er ist der perfekte Mann für mich.«

»… der perfekte Mann für mich«, wiederholte er die letzten Worte des Eintrags.

»Schon verrückt, wenn man bedenkt, dass sich dieser perfekte

Mann offensichtlich ziemlich pervers verhalten hat, indem er meine Schwester im Auto gefickt hat!«, schrie er jetzt, und Corinna erstarrte. Er erhob sich und lief an seinem Platz auf und ab. »Und nicht nur das«, sprach er weiter. »Dieser Mann trägt die alleinige Verantwortung für alles, was danach kam. Alles, was er meiner Familie angetan hat!«

Corinna sah, wie seine Adern am Hals und auf der Stirn hervortraten. Und trotz ihrer Angst, die bei diesem Anblick immer größer wurde, fiel ihr plötzlich etwas ein. Die Shampoo-Probe in ihrem Slip!

89

»Danke, dass du mit mir gesprochen hast«, sagte Tati. »Du hättest deine Geschichte schon viel früher erzählen müssen.«

Leon nickte nur. Das Sprechen schien ihm schwerzufallen. Kein Wunder, sein Gesicht war angeschwollen, die Lippe aufgeplatzt. Außerdem hatte er Quetschungen am Brustkorb, die ihm das Atmen erschwerten.

»Und denk daran, mir das Video zu schicken, wenn du wieder zu Hause bist«, erinnerte ihn Tati. Dann verabschiedete sie sich und verließ das Krankenhaus.

Ihre Gedanken waren bei Katha. Wieso musste sie so schnell an diese Informationen kommen? Tati wollte ihr unbedingt helfen – auch weil sie immer noch auf ihre Story hoffte.

Als Paul die Tür öffnete, wirkte er überrascht, lächelte aber sofort. »Hast du noch nicht genug, Babe?« Mit festem Griff zog er sie an sich und küsste sie leidenschaftlich auf den Hals.

»Du musst mir helfen.«

Paul hörte sofort auf, sie zu küssen, und trat einen Schritt zurück. »Tati, so geht das echt nicht. Du kannst mich nicht immer für deine Recherche benutzen.«

Sie drängte sich an ihm vorbei und hinein in die Wohnung.

»Du bist Polizist, weil du einer von den Guten bist. Und eine Freundin von mir braucht dringend Hilfe. Ich weiß nicht warum, aber es klang ziemlich ernst.«

»Geht es immer noch um diese Katharina Holten?«, fragte Paul und schloss die Wohnungstür.

»Ja. Und wenn du mir hilfst, kann ich dir auch helfen.«

»Wie meinst du das?« Paul wurde nun zunehmend neugieriger.

»Ich habe Informationen zu einem Fall von vor drei Jahren, den ihr vielleicht noch einmal aufrollen solltet.«

90

»Wen hast du angerufen?«, wollte Delf wissen. Sie hatten die Steige bereits verlassen und befanden sich wieder in Bad Urach.

»Eine Freundin. Ich kann dir das alles im Moment nicht erklären, aber es ist so, wie ich es gesagt habe: Wenn wir mehr über diese Valentina Keller erfahren, dann vielleicht auch über den Entführer.«

»Wie kommst du denn darauf?«

»Es ist so ein Gefühl.«

Delf schwieg, und Katha wusste, dass sie ihm gegenüber nicht fair war. Ihr Handy vibrierte. Eine anonyme Nachricht.

Wie lautet das Geheimnis? In vier Stunden ist Deine Frist abgelaufen!

Vier Stunden?

Ihre Rechnung war nicht aufgegangen. Das Achtundvierzig-Stunden-Ultimatum ging nur bis Mitternacht und nicht bis vier Uhr morgens. Kathas Herzschlag beschleunigte sich.

»Was ist los?«, fragte Delf.

»Ich habe gerade vier Stunden verloren«, sagte Katha, und sie versuchte, gleichmäßig und tief ein- und auszuatmen, um nicht durchzudrehen.

»Hast du denn etwas, was du ihm sagen kannst, oder erst wenn du mehr über dieses Mädchen herausgefunden hast?«, wollte Delf wissen. Er klang ebenfalls aufgeregt.

»Ich weiß es nicht.«

»Wo willst du jetzt eigentlich hin?«, fragte Delf.

»In die Fahrschule.«

Als sie die Fahrschule betraten, wurde es bereits dunkel. Katha spähte zum Durchgang zur Garage. Ihr Magen verkrampfte sich. Die Vorstellung, dass unter dem Betonboden die Leiche eines jungen Mädchens lag, war schier unerträglich.

Denk einfach nicht dran.

Sie ging ins Büro und fuhr den Rechner hoch. Parallel dazu suchte sie nach der richtigen Jahreszahl auf den Rücken der Aktenordner im Regal. Delf kam gerade zu ihr, als jemand laut mit der Faust an die Eingangstür schlug. Katha schreckte hoch und sah ihn an.

»Nicht schon wieder, oder?«, sagte Delf und ging zur Tür.

Die Person davor hörte nicht auf, dagegenzuschlagen.

»Es ist dein Ex-Typ«, rief Delf.

»Schick ihn weg«, sagte Katha.

Delf öffnete die Tür.

»Da seid ihr ja endlich«, sagte Frieder und torkelte herein.

»Bist du betrunken?«, fragte ihn Delf.

»Geht dich gar nichts an, du Penner!«

Katha legte den Ordner zur Seite, den sie gerade aus dem Regal geholt hatte und ging nach vorne. »Frieder, was soll das?«, fragte sie.

»Da ist sie ja! Da ist sie … meine Traumfrau!«, stammelte er und wankte auf sie zu.

»Geh nach Hause«, sagte Katha.

»Komisch. Das hat die Polizei auch gesagt. Aber ich bin gar nicht nach Hause gegangen, sondern ins Da Alfredo. Da gibt's nämlich Wodka und Tonic und Gin und Bier ... Und dann habe ich hier gewartet.«

So betrunken kannte Katha Frieder nicht. Er ließ sich total gehen. Wahrscheinlich war sein Wutausbruch für ihn selbst ein ziemlicher Schock gewesen.

»Ja, und jetzt gehst du besser endlich heim«, sagte Katha, doch Frieder bewegte sich weiter auf sie zu.

Plötzlich hielt Delf ihn an der Schulter zurück. Frieder schlug seine Hand weg. »Lass das, du Pussy.«

»So, es reicht. Wir zwei gehen jetzt mal nach draußen«, sagte Delf, und auch er wirkte mit einem Mal gereizt.

»Hey, lass mich ...«, stammelte Frieder noch, dann verschwanden die beiden vor der Tür, und Katha ging zurück ins Büro. Obwohl ihr die Zeit davonzurennen schien, konnte sie nicht fassen, was sie an diesem Tag alles schon durchgemacht hatte. Ihre Gedanken waren gerade bei Ursel, die immer noch tot an der Treppe lag, als plötzlich das Licht ausging. Katha erschrak und tastete sich dann Richtung Tür, um den Lichtschalter zu betätigen.

Irgendetwas stimmt nicht.

Sie konnte absolut nichts sehen. Als ihre Hand erst ins Leere griff, kurz danach aber etwas Warmes, Weiches fühlte, schrie sie laut auf. Ein kalter Schauer jagte ihr über den Rücken. Sofort wurde ihr gellender Schrei mit voller Wucht erstickt. Jemand presste ihr einen süßlich riechenden Lappen auf das Gesicht und hielt sie gleichzeitig so fest, dass sie sich nicht mehr wehren konnte. In den Armen der Person, die sie festhielt, spürte sie, wie ihre Muskeln schlaff wurden und es ihr den Boden unter den Füßen wegzog.

91

»1. August 2003
Liebes Tagebuch, Matthias und ich schlafen jetzt schon seit zwei Wochen miteinander, und es wird immer intensiver zwischen uns. Er hat gesagt, dass er seine Frau für mich verlassen wird. Er hat gesagt, dass wir viel besser zusammenpassen würden. Ich bin so glücklich und kann es kaum erwarten, dass er es ihr sagt. Das Autofahren klappt auch immer besser mittlerweile. Bald machen wir unsere Nachtfahrt, da freue ich mich schon drauf.«

Vic klappte das Tagebuch zu und setzte sich.

»Wollt ihr wirklich gar nichts essen?«, fragte er erneut, obwohl er wusste, dass sie mit den Handschellen gar nicht in der Lage waren, etwas auf ihre Teller zu tun.

Ronja fragte sich, ob das, was in dem Tagebuch stand, wirklich stimmte. Sie konnte sich nicht vorstellen, dass ihr Opa so etwas gemacht hatte.

Vic blickte auf seine Armbanduhr. »Ich glaube, wir haben noch Zeit für etwas Lektüre.« Dann blätterte er zu einer Stelle im Tagebuch und begann wieder zu lesen.

»11. August 2003
Ich war heute bei seiner Frau. Er hat es ihr nämlich immer noch nicht gesagt, und deshalb wollte ich es ihm abnehmen. Ich kann so

auch nicht weitermachen. Ich vermisse ihn immer so, und ich halte es hier zu Hause nicht mehr aus. Ich will jetzt mit ihm zusammen sein und ein neues Leben beginnen. Als ich ihr gesagt habe, dass Matthias und ich uns lieben, hat sie es mir erst nicht geglaubt. Doch dann ist Matthias dazugekommen. Er hat mich in den Arm genommen und mich geküsst. Vor ihr. Dann hat er ihr gesagt, dass er ausziehen wird. Liebes Tagebuch, ich bin so glücklich. Wir wollen noch dieses Wochenende gemeinsam wegfahren. Uns erst einmal eine Auszeit nehmen. Ich habe schon die wichtigsten Sachen zusammengepackt. Ich freue mich so sehr darauf. Jetzt wird alles gut.«

Vic schlug das Buch zu, erhob sich und ging zum Sideboard. Dann legte er das Buch zurück in die Schublade.

»Wisst ihr, was ich merkwürdig finde? Sie spricht nicht einmal von mir. Es scheint, als hätte sie ihr Versprechen vergessen. Jetzt wollte sie mit diesem Matthias ein neues Leben anfangen.«

Er klang wütend.

»Tja, das werde ich nie erfahren, ob sie mich noch mitgenommen hätte. Denn nach diesem elften August gab es keinen weiteren Tagebucheintrag mehr. Und auch keine Valentina. Nachdem sie zwei Tage später das Haus verlassen hat, ist sie nie wieder zurückgekommen. Und jetzt die alles entscheidende Frage: Wer könnte daran schuld sein?«

Vic blickte im Wechsel erst zu Ronja, dann zu Corinna und wieder zurück.

»Was meint ihr? Bin ich etwa schuld? Nein, ganz sicher nicht. Ist meine Mutter schuld, dass Valentina nicht wieder nach Hause gekommen ist? Nein, ganz sicher nicht. Und auch nicht die Lehrer, ihre Klassenkameraden oder der Typ vom Supermarkt, der scharf auf sie war! Ich glaube, Schuld hat dieser Matthias, der sie loswerden wollte, weil er zwar ficken, aber keine Verantwortung übernehmen wollte!«

Vic sah wieder auf die Uhr.

»Ihr müsst mich einen Moment entschuldigen, wir bekommen gleich Besuch. Also rührt euch nicht von der Stelle.« Mit diesen Worten verließ er den Raum und schloss hinter sich die Tür ab.

»Was machst du denn da?«, fragte Ronja, die sah, dass Corinna in ihre Hose griff und eine kleine Verpackung hervorzog.

»Shampoo!«, sagte sie und grinste.

»Und was willst du damit?«, fragte Ronja.

»Damit komme ich vielleicht aus den Handschellen.«

Ronja beobachtete, wie Corinna umständlich das kleine Tütchen zu ihrem Mund beförderte und mit den Zähnen versuchte, es zu öffnen. Irgendwann gelang es ihr, doch genau in dem Moment, hörte sie den Schlüssel in der Tür.

Vic kam zurück und bei ihm war: Tante Katha!

92

Ihr Körper fühlte sich merkwürdig schwer an. Sie konnte ihre Arme kaum bewegen. Katha öffnete langsam die Augen, in ihrem Kopf dröhnte es. Verschwommen erkannte sie, dass sie nicht mehr in der Fahrschule war.

Wo bin ich?

Adrenalin schoss mit einem Mal durch ihren Körper. Dann endlich konnte sie klarer sehen. Zuerst den Kronleuchter an der Decke. Dann drehte sie den Kopf und sah, dass sie an einem festlich gedeckten Tisch saß. Da war eine fremde Frau, die sie anschaute.

Und da war noch jemand.

»Ronja!«, sagte Katha, doch ihre Zunge fühlte sich wie Blei an. Ihre Nichte schien unversehrt, sie saß an einem Tisch, ihr gegenüber.

Katha sah sich weiter um. Ihre Handgelenke waren mit einem stabilen Panzerband umwickelt. Sie blickte nach links und entdeckte einen Mann, den sie ebenfalls nicht kannte. Auch er schaute sie an und grinste.

»Wir haben einen neuen Gast!«, sagte der Mann und klatschte in die Hände. »Schön, dass du den Weg zu uns gefunden hast. Zu unserer kleinen exklusiven Feier. Herzlich willkommen.«

Weg gefunden? Ich habe keinen blassen Schimmer, wo ich bin …

Langsam wurde Kathas Blick schärfer; der Nebel in ihrem Kopf schien zu verschwinden. Gleichzeitig kehrte die Angst zurück. Sie begriff, dass sie bei Ronjas Entführer war. Wenigstens war ihre Nichte hier. Bei ihr. Doch wer war diese andere Frau? Und wer war dieser Mann?

Ein ungutes Gefühl machte sich in ihr breit, je länger sie auf seine Narbe im Gesicht schaute. Es war nicht bloß eine Narbe. Sein Gesicht war an dieser Stelle eingedrückt. Als hätte … Kathas Mund wurde staubtrocken.

Die Erinnerung an die schrecklichste Nachtfahrt ihres Lebens kam zurück. Sie hatte Delf nicht alles erzählt. Nicht, wie es in dieser Nacht ausgegangen war.

»Aber wie ihr seht, sind noch zwei Plätze frei. Unsere Runde ist noch nicht ganz vollständig«, sagte der Mann und schenkte Rotwein in alle Gläser auf dem Tisch. »Der soll noch ein bisschen atmen, dann ist er gleich doppelt so gut.«

»Ich bin erst dreizehn«, sagte Ronja, als er auch ihr eingoss.

Der Mann lachte laut auf. »Ich denke, deine Tante erlaubt dir zur Feier des Tages einen Schluck.« Erneut blickte er zu ihr. »Oder Tante Katha? Darf deine Nichte an diesem besonderen Tag etwas Rotwein trinken? Das entspannt uns alle doch ein wenig.«

Ronja und Katha sahen sich in die Augen. Ronja lächelte, und Katha war überrascht, wie stark das Mädchen in dieser Situation war. Die Frau zu ihrer Rechten hingegen verhielt sich auffällig ruhig. Sie schien keinen Blickkontakt zu suchen.

»Warum bin ich hier?«, fragte Katha, nachdem der Mann sich auf seinen Platz gesetzt hatte. Er schwenkte den Wein im Glas hin und her. Seine furchtbar hellen Augen wirkten unheimlich.

»Tja, warum bist du hier? Das ist eine gute Frage. Ehrlich gesagt, bist du etwas zu spät. Die Damen hier wissen schon etwas mehr als du. Obwohl … du hattest ja eine Aufgabe zu erledigen. Vielleicht weißt du dann doch viel mehr als wir alle.«

»Wenn Sie das Geheimnis oder die Wahrheit, wie Sie es nannten, wissen wollen, dann müssen Sie erst meine Nichte gehen lassen«, forderte Katha.

Der Mann grinste. »Ich glaube nicht, dass du in der Position bist, irgendwelche Forderungen zu stellen. Du wirst das Geheimnis schon lüften. Aber erst, wenn wir vollständig sind. Ein bisschen müssen wir uns also noch gedulden.«

93

Paul hatte Tati in sein Büro mitgenommen. Auf dem Polizeipräsidium wollten sie mehr über Valentina Keller und ihre Familie herausbekommen.

»Irgendwann verliere ich noch meinen Job wegen dir«, sagte er, während Tati seinen Nacken massierte. »Ich hoffe nur, du wirst dann meine Sugar Mommy, weil du für die Story, für die ich dir Informationen besorge, einen Haufen Kohle bekommst.«

»Dass du mir hilfst, kriegt doch keiner mit«, versuchte sie, ihn zu beruhigen, aber ihr war klar, was er für sie riskierte.

Er klickte auf ein Ordnersymbol, und es öffnete sich ein alter Polizeibericht. Dann scrollte er ein paar Seiten runter und fuhr mit der Maus über eine Adresse.

»Hier haben wir schon mal den Wohnort der Eltern, St. Johann-Würtingen.«

Tati notierte sich die Adresse.

»Halt. Warte …«, sagte Paul und scrollte weiter nach unten. »Die Mutter hat sich wohl zweitausenddrei nach dem Verschwinden der Tochter das Leben genommen.«

»Oh! Wow … tragisch«, bemerkte Tati und notierte sich auch das.

Paul scrollte weiter.

»Sieh mal hier. Das Haus der Familie ist zweitausendneun

komplett abgebrannt. Und der Vater ist dabei ums Leben gekommen.«

Tatis Herzschlag beschleunigte sich. »Und gab es noch ein Kind? Valentina soll einen Bruder gehabt haben. Was ist mit dem?«

Paul scrollte weiter. Dann drehte er sich zu Tati um und zog die Augenbrauen nach oben.

»Valentina hatte sogar zwei Brüder.«

94

Unter der Tischplatte, so dass der Mann es nicht sehen konnte, zerrte Katha am Klebeband. Doch sie schaffte es nicht, es zu lockern oder sich gar daraus zu befreien. Es war zu fest. Frustriert blickte sie zu dem Mann, der Ronja entführt hatte.

»Wer bist du?«, fragte Katha. »Bist du Valentinas Bruder?«

Der Mann fixierte sie. Sein Blick war stechend und ging ihr durch Mark und Bein.

»Interessant. Deine Suche war anscheinend erfolgreich. Bravo«, sagte er. »Und ja: Ich bin Valentinas Bruder. Darf ich mich vorstellen: Vincent. Für Freunde auch Vic.« Er zwinkerte Ronja zu.

»So macht man das doch. Freunde und nahestehende Personen dürfen einen mit Spitznamen ansprechen, nicht wahr, Katha? Und ich hoffe sehr, dass du noch mehr herausgefunden hast. Aber das sparen wir uns fürs Finale auf.«

Finale? Auf wen zur Hölle warten wir?

Katha bemerkte plötzlich, dass nicht nur sie unter der Tischplatte versuchte, sich zu befreien. Die andere Frau am Ende des Tisches werkelte ebenfalls an ihren Handschellen herum.

»Sind wir uns schon einmal begegnet?«, fragte Katha.

Vincent fixierte sie erneut, spitzte die Lippen und zog die Augenbrauen hoch.

»Was denkst du?«, fragte er.

Katha überlegte, ob sie die Wahrheit wirklich hören wollte. Ob sie die Wahrheit ertragen könnte. Auf seine Frage antworten konnte sie allerdings nicht mehr, denn auf einmal erhob sich die Frau am Tischende. Ihre Handschellen fielen mit einem lauten Geräusch zu Boden. Blitzschnell drehte sie sich um, zog ein Messer hinter sich aus der Wand und schleuderte es nach Vincent.

Vincent riss erschrocken die Augen auf. Als das Messer in seiner Schulter stecken blieb, jaulte er auf und krümmte sich vor Schmerz.

Für wenige Sekunden verharrten alle im Raum in Schockstarre. Dann griff Vincent an seinen Hosenbund und zog eine Waffe. An der Stelle, an der das Messer steckte, bildete sich auf dem Stoff seines Hemds ein dunkler, feuchter Kreis. Vincent richtete die Waffe auf die Frau.

»Nein«, schrie Katha noch, doch dann drückte er ab.

Der Knall war ohrenbetäubend. Katha spürte, wie sich ihr Körper verkrampfte, während sie langsam ihren Blick auf das andere Tischende richtete. Die Frau in der Glitzerjacke stand immer noch an ihrem Platz, scheinbar unverletzt. Wie erstarrt und mit weit aufgerissenen Augen blickte sie zu Vincent, der immer noch die Waffe auf sie richtete.

»Fuck!«, schrie er. »Du beschissene Hure.«

Er stöhnte vor Schmerz, als er sich mit der linken Hand das Messer aus der Schulter zog, während er weiterhin die Waffe in seiner rechten Hand hielt und auf die Frau zielte. Eine dünne Blutspur bahnte sich ihren Weg über sein Hemd. Er keuchte, und Speichel lief ihm seitlich aus dem Mund.

Dann ging er zum Sideboard und öffnete eine Schublade. Mit einem Panzerband in der Hand steuerte er auf die Frau am Tischende zu. Als er bei ihr war, holte er mit der Waffe in der Hand aus und schlug ihr mit voller Kraft ins Gesicht.

Die Frau taumelte und fiel zurück auf ihren Stuhl. Die Haut an ihrem Jochbein war aufgeplatzt, Blut lief über ihr Gesicht.

Dann steckte der Mann sich die Waffe hinten in den Hosenbund und begann, die Frau mit Panzerband an den Stuhl zu fesseln. In seinem Wahn verbrauchte er fast die gesamte Rolle. Eine Schicht nach der anderen wickelte er um ihren gesamten Körper.

»Du Miststück«, sagte er, »wenn du nicht die Beste von allen wärst, hättest du jetzt ein Loch im Kopf.«

Zuletzt klebte er ihr noch ein Stück Panzerband auf den Mund. Als Vincent zurück an seinen Platz gegangen war, nahm er wieder die Waffe in die Hand und richtete sie zuerst auf Ronja, dann auf Katha.

»Besser ihr kommt nicht auch auf dumme Gedanken. Im Gegensatz zu euch brauche ich Corinna noch.«

Mit diesen Worten setzte er sich auf seinen Platz, legte die Waffe neben seinen Teller und griff zu seinem Wein. Gierig und geräuschvoll trank er das Glas aus. Anschließend presste er die Stoffserviette auf seine Schulter.

»Wofür brauchst du diese Frau?«, fragte Katha, obwohl sie sich gar nicht sicher war, ob sie seine Antwort wirklich hören wollte.

»Eigentlich geht es dich überhaupt nichts an. Aber da heute ein besonderer Tag ist, verrate ich es dir«, sagte er, während er weiter auf seine Wunde drückte. »Ich habe deiner Nichte und Corinna vorhin erzählt, dass ich nicht viel von meiner Mutter hatte. Und schon immer brennt in mir dieses Verlangen, nach

Nähe, nach Geborgenheit. Und der Wunsch nach einer Mutter. Einer richtigen Mutter, voller Liebe und Fürsorge.«

Katha wurde flau im Magen.

Er ist wahnsinnig. Absolut wahnsinnig.

»Immer wieder habe ich es mit einer Ersatzmutter versucht. Leider ging es nie lange gut. Corinna ist die Erste mit Potenzial. Die Erste, die ich ernsthaft behalten möchte.«

Die Anspannung in diesem Raum war zum Greifen. Corinna liefen Tränen übers Gesicht.

Katha schloss für einen Moment die Augen. Das, was sie hier erlebte, konnte doch alles gar nicht wahr sein. Im nächsten Moment nahm sie etwas anderes war: Schritte.

Läuft vor der Tür etwa jemand herum?

Sofort öffnete sie die Augen und blickte zur Tür. Ein Hauch von Hoffnung durchströmte sie. Hatte Delf vielleicht die Verfolgung aufnehmen können?

Als die Tür wenige Sekunden später geöffnet wurde und Delf tatsächlich in der Tür stand, war sie voller Zuversicht.

95

»Pass auf, er hat eine Waffe«, schrie Katha noch, doch Vincent hatte sie bereits in der Hand. Er zielte damit auf Delf.

Nein. Nicht auf Delf. Auf die Person hinter ihm.

Katha traute ihren Augen nicht, als plötzlich auch ihre Mutter den Raum betrat.

»Was ist hier los? Delf?«, fragte Katha, deren Herz zu rasen begann.

»Shhhhh«, machte Vincent in ihre Richtung, während er Delf und ihre Mutter mit einer Bewegung seiner Waffe zum Tisch dirigierte.

»Ronja und Katha, rutscht bitte eins auf, damit unsere Gäste Platz nehmen können«, sagte Vincent. Die Freude in seinem Gesicht war klar zu erkennen. Seinen Schmerz und die Wut über Corinnas Messerattacke schien er vergessen zu haben.

»Was macht ihr hier, und wie seid ihr hierhergekommen?«, fragte Katha.

Wieso seid ihr zusammen hier? Wer hat euch hergebracht?

»Katha, er hat mich …«, begann ihre Mutter, doch das Klicken der Waffe ließ sie schlagartig verstummen.

Vincent zielte mit der geladenen Pistole auf den Kopf ihrer Mutter. »Noch ein Wort, und dein Hirn klatscht an die Wand«, sagte er.

Katha blickte zu Delf, der ihr gegenüber und neben Ronja

Platz genommen hatte, doch er erwiderte ihren Blick nicht. Angsterfüllt starrte Delf auf Vincent.

Ihre Mutter setzte sich neben sie. Katha versuchte, auch mit ihr Blickkontakt aufzunehmen, doch nach Vincents Ansage schien sie es nicht mehr zu wagen.

»Was ist hier los?«, rief Katha jetzt.

Vincent drehte sich zu ihr und lächelte. »Was hier los ist?«, wiederholte er ihre Frage und ging zurück an die Stirnseite des Tisches. »Ich erlebe endlich, was ich mir seit Jahren – ach was, seit über einem Jahrzehnt – immer gewünscht habe. Das große Finale meines Racheplans.«

Katha schüttelte den Kopf und spürte, wie die Angst in jeden Winkel ihres Körpers vordrang. Dieser Mann war ein absoluter Psychopath. Und wenn sie richtig kombinierte, dann wollte er sich für das Verbrechen ihrer Eltern rächen.

Aber warum erst jetzt? Warum hat er so viele Jahre damit gewartet, wenn er es doch offensichtlich wusste?

»Ihr könnt euch nicht vorstellen, wie oft ich mir diesen Abend ausgemalt habe«, sagte Vincent. »Immer wieder in einer anderen Besetzung, aber ich will nicht sagen, dass ich unzufrieden bin, dass ihr heute meine Gäste seid.«

Katha fühlte sich gelähmt vor Angst, aber der Drang, die ganze Wahrheit zu erfahren, war stärker.

»Jetzt sag einfach, was du willst, und beende es«, sagte Katha. »Du hast versprochen, dass du Ronja in Ruhe lässt, wenn ich das Geheimnis herausfinde. Also? Hältst du dein Versprechen? Oder war das alles nur heiße Luft?«

Nun endlich sah Delf zu ihr. Ihre Augen fanden sich, aber Katha konnte den Ausdruck in seinem Blick nicht deuten.

»Du bist mutig«, sagte Vincent. »Ist sie, oder?«, fragte er jetzt und blickte zu Delf.

Delf nickte.

»Wisst ihr, was ich schön finde?«, fragte Vincent. »Und ehrlich, das war überhaupt nicht so geplant, aber … es sitzen hier drei Generationen am Tisch: Oma, Tochter, Enkeltochter.«

Katha bemerkte, wie Ronja ihre Mutter Maren anstarrte.

»Meine Oma ist tot«, sagte Ronja.

Vincent grinste. »Und doch sitzt sie hier am Tisch bei uns. Verrückte Welt, oder?« Er schenkte sich Wein nach. »Aber ganz ehrlich, mich interessiert es auch, warum sie ihren Tod vorgetäuscht hat«.

Dann blickte Vincent zu Kathas Mutter. »Hast du die ganzen Affären deines Hurenbock-Ehemanns nicht mehr ertragen?«, fragte er sie, ehe er sich wieder an die Übrigen wandte. »Habe ich euch eigentlich schon von meinem Bruder erzählt?«

96

»Und nach der Adoption, wie ging es dann weiter?«, fragte Tati und drückte dabei immer wieder den Knopf eines Kugelschreibers, der mit einem leisen Klicken ein- und ausfuhr.

»Geld genug hatten die beiden, und als Vincent ein Haus gefunden hatte, das ihm gefiel, sind sie dort eingezogen. Ab diesem Zeitpunkt haben sie sich nicht mehr bei mir gemeldet.«

Tati war froh, dass sich die Frau so bereitwillig äußerte. Sie hatte herausgefunden, dass die beiden Brüder dieser Valentina Keller nach dem Brand des Elternhauses, bei ihrer Tante untergekommen waren. Die hatte sie sogar adoptiert.

»Und haben Sie die beiden mal besucht?«, fragte Tati.

»Ein Mal.«

»Warum nur ein Mal?«, hakte Tati nach.

»Sagen wir so: Sie haben mir deutlich zu verstehen gegeben, dass sie keinen Kontakt zu mir wollen.«

»Ziemlich undankbar, oder?«

»Sie waren schon immer … etwas sonderbar. Ich glaube, sie haben als Kinder viel durchmachen müssen. Meine Schwester hat sich leider nicht den besten Ehemann geangelt. Und sie selbst war zu schwach, um sich zu trennen, nachdem sie es erkannt hatte. Wenn ich ehrlich bin, war ich ganz froh, als der Kontakt zu den beiden abbrach. Irgendwie …« Die Frau stockte, und Tati erkannte an ihrer Atmung, dass es ihr schwerfiel, weiterzusprechen.

»Unser Gespräch ist absolut vertraulich«, versicherte Tati.

Die ältere Dame fuhr fort: »Ich hatte Angst vor den beiden. Vor allem vor Vincent. Aus seinen Augen starrte mich manchmal etwas Böses an.«

»Wie meinen Sie das genau?«, hakte Tati nach.

»Ich kann es schlecht beschreiben, aber ich fühlte mich in meinem eigenen Haus nicht mehr wohl. Es war so eine kalte Atmosphäre, die erst wieder verschwand, als die beiden wegzogen.«

»Und der andere Bruder? War der auch so?«

»Detlef? Der war eigentlich eher der Ruhigere von beiden. Aber ich sage immer: Stille Wasser sind tief. Und oft hatte ich das Gefühl, dass er die treibende Kraft war. Bei allem, was die beiden taten.«

»Und wissen Sie, was die beiden heute beruflich machen oder gemacht haben, nachdem sie bei Ihnen ausgezogen sind?«

»Wie gesagt, Geld hatten sie eigentlich genug. Das Erbe und das Geld aus der Versicherung reichten für ein bequemes Leben. Vincent hat mir außerdem erklärt, dass ihre Mutter auch viel Geld versteckt hatte und sie es gefunden hätten. Ob Vincent irgendwelche beruflichen Ambitionen hatte, weiß ich gar nicht. Aber Delf wollte, soweit ich weiß, Fahrlehrer werden.«

Vor Schreck ließ Tati den Kugelschreiber fallen, den sie die ganze Zeit in der Hand gehalten hatte.

»Delf?«, fragte sie.

»Ja, also Detlef. Aber so hat ihn nie jemand genannt, alle haben immer nur Delf gesagt.«

»Vielen Dank, Frau Wagner. Auch für die Adresse. Sie haben mir wirklich weitergeholfen.«

Tati beendete das Gespräch und wählte sofort Kathas Nummer. Sie wusste zwar nicht genau, worum es ging. Aber sie spürte, dass es von Bedeutung war, sonst hätte Katha doch erwähnt, dass es sich bei Valentina um die Schwester von Delf handelte. Immerhin war Delf schon eine ganze Weile in der Fahrschule ihres Vaters angestellt.

Als nur Kathas Mailbox ansprang, legte sie das Handy auf den Tisch und starrte ins Leere.

97

Ronja kannte ihre Oma nur von Fotos. Die Frau, die jetzt neben ihrer Tante Katha saß, hatte Ähnlichkeit mit diesen Bildern. Das konnte sie nicht leugnen. Und tatsächlich hatte es nie ein Grab gegeben, an dem sie ihre Oma hätte besuchen können. Ihr Opa hatte erklärt, dass ihre Oma sich eine Seebestattung gewünscht und er ihre Urne ans Mittelmeer gebracht hatte.

Praktisch, wenn man seinen Tod vortäuschen will, dachte Ronja.

Trotzdem verstand sie nicht, wieso ihre Oma so etwas gemacht haben sollte.

Corinna schien unter dem Klebeband nur wenig Luft zu bekommen, sie atmete flach und schnell. Vic hatte sie wirklich fest verschnürt. *Zu fest,* dachte Ronja.

Sie blickte wieder zu ihrer Tante, die wiederum nicht auf Vic, sondern auf Delf zu achten schien.

Was macht jetzt auch noch Delf hier?, fragte sich Ronja.

»Ich habe euch bewusst noch nicht viel über meinen Bruder verraten«, sagte Vic jetzt. »Ich wollte, dass ihr ihn völlig unvoreingenommen kennenlernen könnt.«

Ronja sah zur Tür und wartete darauf, dass noch so ein Freak wie Vic hereinkam. Doch die Tür blieb halb angelehnt und bewegte sich nicht.

»Delf«, sagte ihre Tante Katha mit zittriger Stimme. Sie sah mit einem Mal furchtbar verängstigt aus.

Corinna röchelte plötzlich stärker und begann unter dem Klebeband zu husten.

»Sie bekommt keine Luft«, sagte Ronja und blickte zu Vic. »Mach sie los, sie kann kaum atmen.«

Vic verdrehte die Augen, legte die Waffe auf den Tisch und bewegte sich auf Corinna zu. In diesem Moment griff Delf nach der Pistole und erhob sich.

Jetzt haben wir dich! Jetzt kommen wir frei, jubilierte es in Ronja.

Doch anders als erwartet zielte Delf nicht auf Vic, sondern auf Corinna.

Ronja zuckte zusammen, als erneut ein ohrenbetäubender Knall aus der Waffe kam. Der Schuss hallte in ihren Ohren wider. Ihre Tante Katha schrie auf, während ihre Oma wie versteinert auf ihrem Platz saß.

Corinna hingegen kippte vornüber auf den Tisch. Sofort bildete sich eine Blutlache auf der festlichen Tafel.

»Nein!«, schrie Vic. In seiner Stimme war pure Verzweiflung zu hören. »Warum hast du das getan?«

Vic eilte zu Corinna, zog sie hoch und drückte sie zurück auf ihren Stuhl. Delf hatte sie unterhalb der Schulter getroffen, und sie blutete stark.

»Hör auf zu flennen, Vic«, sagte Delf und ging an die Stirnseite des Tisches zu dessen Platz.

Ronja beobachtete, wie Katha, die völlig erstarrt war, Delf keinen Moment aus den Augen ließ.

Vic presste eine Stoffserviette auf die Einschusswunde. Wie zuvor noch bei seiner eigenen Verletzung. Immer wieder schüttelte er den Kopf.

Corinna hatte offenbar das Bewusstsein verloren.

»Deinen Hang, dir eine neue Mutter zu suchen, habe ich noch nie verstanden, wie du weißt«, sagte Delf. »Aber wenn du es brauchst, ist das in Ordnung. Das habe ich dir immer zugestanden. Aber nicht heute. Sie gehört nicht in diese Runde. Warum hast du sie überhaupt nach oben gebracht?«

Vic schlug mit der flachen Hand auf den Tisch. »Es hat sich eben anders entwickelt. Sie hätte die perfekte Mutter sein können und …«

Ronja erstarrte, weil Vic plötzlich zu ihr herüberschaute.

»… und Ronja hätte unsere neue Schwester werden können. Das hatte ich nicht geplant, das ist einfach passiert«, sagte Vic.

Was hatte dieser gruselige Freak da gerade gesagt? Nie im Leben werde ich deine Schwester!

»Ich weiß, dass es kein günstiger Zeitpunkt ist, jetzt, wo wir der Wahrheit endlich so nah wie noch nie gekommen sind, aber ich habe mir das nicht ausgesucht«, sagte Vic. »Es war Zufall. Ich musste sie einfach haben und es mit ihr versuchen.«

»Reiß dich zusammen!«, sagte Delf. »Und komm her.«

Vic ließ von Corinna ab und ging zu Delf. Als sie sich gegenüberstanden, umfasste Delf den Kopf seines Bruders mit beiden Händen und presste seine Stirn an die seines Bruders.

»Wir haben so lange darauf gewartet«, sagte Delf, »und wir haben es geschafft! Denn ich kenne sie jetzt, die Wahrheit.«

Ronja ließ ihren Blick durch den Raum wandern. Katha und ihre Oma – *sie konnte immer noch nicht glauben, dass sie dort tatsächlich saß* – schauten auf die beiden Männer. Corinna kam langsam zu sich und stöhnte leise.

Vic und Delf standen sich noch immer eng gegenüber und

schauten sich an. Ronja nutzte den Moment, um unter den Tisch zu schauen. Da entdeckte sie, was sie gesucht hatte: Die Shampoo-Probe lag direkt unter Corinnas Stuhl.

98

Wie hatte sie ihm so blind vertrauen können? Katha spürte beinahe schmerzhaft die Gänsehaut, die ihr über Arme und Beine lief.

Delf gehörte zu diesem Mann, der Ronja entführt hatte. Die ganze Zeit über hatte er ihr nur etwas vorgespielt. Hatte sich ihr Vertrauen erschlichen, den Helfer in der Not gemimt. Fast hätte sie sich sogar …

Katha schüttelte den Kopf, um den Gedanken loszuwerden, und blickte zu ihrer Mutter, die nach Vics Drohung nichts mehr gesagt hatte. Reglos saß sie da und starrte auf ihre Hände. Erst jetzt bemerkte Katha, dass ihre Mutter gar nicht gefesselt war.

Die Brüder lösten sich voneinander. Delf grinste. Katha wurde schlecht, als er sie anlächelte.

»Ich muss ehrlicherweise sagen, es war leichter als gedacht«, sagte Delf. »Dass du mich so schnell ins Vertrauen gezogen hast, hätte ich nicht für möglich gehalten. Nicht nach dem, was dir vor drei Jahren passiert ist.« Er strich sich über den Bauch und schlug mit der Faust auf seine Rippen. »Dass ich überfallen wurde, schürte natürlich dein Mitleid und befeuerte das Vertrauen. Wie hätte ich etwas mit all dem zu tun haben können, wenn ich selbst nur ein Opfer war? Es ist so simpel, Menschen zu manipulieren.«

Delf lief nun mit der Waffe in der Hand umher.

»Eine Rippenprellung vorzutäuschen ist leicht, mir in die Fresse schlagen lassen musste ich aber trotzdem. Danke dir, Bruder«, sagte er und klopfte Vic auf die Schulter.

In Kathas Kopf schob sich ein Puzzleteil nach dem anderen zusammen. Ihr zitterte das Kinn.

»Das alles war nicht gerade einfach. Die Geduld für all das aufzubringen war das Schwierigste. Die ganzen Jahre haben wir unsere Rache sorgfältig geplant. Denn wir waren uns sicher: Matthias – der ach so tolle Ehemann, Vater und Opa – war schuld an Valentinas Verschwinden. Spätestens als wir ihr Tagebuch gefunden haben, gab es absolut keinen Zweifel mehr: Er ist für alles, was wir durchmachen mussten, verantwortlich.«

»Sie hat ihn doch bedrängt. Sie wollte eine Familie zerstören«, rief ihre Mutter plötzlich.

Mit einem Satz war Vic bei ihr und schlug ihr mit der flachen Hand ins Gesicht. Dann ging er zu einem Sideboard und holte ein rosafarbenes Buch heraus. Hastig blätterte er zu einer Stelle und knallte es vor ihrer Mutter auf den Tisch.

»Lies das!«, schrie Vic. »Und dann erzähl mir noch mal, dass dein Bastard von einem Ehemann Valentina nicht benutzt hat!«

»Warum habt ihr ihn nicht gleich umgebracht?«, fragte Katha. »Ihr wart es doch, oder? Warum erst jetzt, so viele Jahre später?«

»Hörst du, Vic? Sie will wissen, warum wir so lange gewartet haben«, sagte Delf. »Ich verrate dir etwas: Valentinas Verschwinden war schlimm genug. Keine Frage. Aber das, was Vic und ich danach durchmachen mussten, sprengt den Rahmen deines kleinen Hirns. Solche Abgründe und Qualen kannst du dir nicht einmal vorstellen.«

Delfs hellblaue Augen, die Katha noch vor wenigen Stunden attraktiv gefunden hatte, sprühten vor Hass und Verachtung.

Bei all dieser Verbitterung – wie hast du es geschafft, so nett zu mir sein? Mich zu trösten und im Arm zu halten?

»Unsere Mutter hatte zu Valentina immer eine engere Bindung als zu uns gehabt. Vielleicht weil wir mehr nach unserem Vater kamen.« Delf zuckte mit den Schultern. »Kann man ihr nicht mal verübeln. Unser Vater war der Teufel.«

Vic nickte, ohne ein Wort zu sagen.

»Unsere Mutter spürte, dass ihre Tochter nicht weggelaufen war. Aber niemand wollte ihr glauben. Wir alle dachten, dass sie wiederkommen würde. Unsere Mutter jedoch nicht, und deshalb hat sie sich das Leben genommen. Ich war vierzehn Jahre alt, als ich sie in der Wanne gefunden habe. Das Bild, wie ihr das Blut aus der Kehle lief und sie in diesem roten Wasser lag, habe ich nie vergessen. Im ersten Jahr träumte ich jede Nacht davon.«

Delf hielt inne, gerade so, als wären all diese Bilder, die er beschrieben hatte, wieder zum Greifen nahe.

Aus dem Augenwinkel nahm Katha wahr, dass Ronja unruhig auf ihrem Stuhl hin und her rutschte.

Delf setzte sich jetzt wieder auf seinen Platz, zwischen Ronja und seinem Bruder Vic.

Katha blickte zu ihrer Mutter, die immer noch in dem Buch las und sich dabei die Hand vor Entsetzen vor den Mund hielt.

»Als unsere Schwester Valentina noch bei uns war, schaffte sie es oft, unseren Vater abzulenken«, fuhr Delf fort. »Sie war sein Sonnenschein, seine Prinzessin. Wir hingegen waren für ihn nicht mehr als der Dreck unter seinen Fingernägeln. Schon bevor Valentina und unsere Mutter nicht mehr da waren, machte er uns das Leben zur Hölle. Danach war der Begriff Hölle zu harmlos, um zu beschreiben, was er uns antat. Vor allem dir, Vic.«

Delf streckte seine Hand nach seinem Bruder aus, die der sofort ergriff und drückte. Seit Delf im Raum war, hatte Vic sich verändert. In seinem Gesicht konnte Katha deutlich den tiefsitzenden Schmerz erkennen.

»Vic ist oft freiwillig zu ihm gegangen, um mich zu verschonen. Er hat die kranken Phantasien unseres Vaters bedient, um mich, seinen kleinen Bruder, zu beschützen. Wer würde solch ein Opfer bringen?«, fragte Delf und küsste die Hand seines Bruders. »Ich hoffe, unser Vater erleidet in der Hölle die gleiche Tortur. Das Einzige, was uns durchhalten ließ, war unser Schwur, uns an allen zu rächen, die uns Leid zugefügt haben.«

Delf sah Katha nun direkt in die Augen.

»Und nach meinem Vater war das dein Vater. Wir wollten ihn aber nicht einfach töten – so wie unseren Vater …«

Vic unterbrach ihn. »Na ja, wir haben ihn nicht einfach nur getötet. Wir haben unseren Vater immerhin vier Tage lang gequält und gefoltert, bevor wir ihn und das Haus abgefackelt haben.«

Delf nickte. »Ja, das haben wir. Und es war das beste Gefühl, dass ich in meinem ganzen Leben hatte. Bis jetzt.«

»Warum erzählt ihr uns das alles?«, fragte Katha.

Sie werden uns niemals gehen lassen. Sie werden uns alle umbringen.

»Ihr sollt es verstehen«, sagte Delf. »In euren Augen sind wir wahrscheinlich bloß abscheuliche Bestien, aber selbst wenn wir das wären – wir wurden dazu gemacht. Durch Menschen wie deinen Vater.«

Plötzlich griff Kathas Mutter nach ihrem Glas. Gierig trank sie den Wein aus. Dann schob sie das Tagebuch zur Seite.

»Nicht leicht zu ertragen, was dein Mann mit unserer süßen siebzehnjährigen Schwester gemacht hat, oder?«, fragte Delf. »Du kannst ruhig auch mal einen Blick reinwerfen«, sagte er zu Katha. Sie griff danach und blätterte darin.

»Alles ab dem dritten Juli«, sagte Delf.

Kathas Herz verkrampfte, als sie Zeile für Zeile überflog.

»Trink ruhig«, sagte Vic und schenkte ihrer Mutter nach. »Ich kann verstehen, dass man sich betäuben muss, bei so viel Dunkelheit. Aber denk an unsere Mutter. Irgendwann findet man den Weg nicht mehr zurück.«

Kathas Blick flog über die Tagebucheinträge.

… ich habe gesagt, dass ich mit ihm schlafen will, aber er meinte, es sei noch zu früh. Wie rücksichtsvoll er ist. Ich weiß aber, dass er mich auch will. Er hat mir gesagt, dass er seine Frau schon lange nicht mehr liebt und nur wegen der Kinder mit ihr zusammenbleibt.

Katha spürte mit einem Mal ein Gefühl von Unsicherheit.

Was, wenn die Geschichte, die ihr ihre Mutter heute erzählt hatte, nicht stimmte? Was, wenn ihr Vater diesem Mädchen wirklich die große Liebe vorgegaukelt hatte?

»Unser Plan war kompliziert«, fuhr Delf fort. »Wir wollten Matthias nicht nur quälen, sondern auch die Wahrheit über Valentinas Schicksal erfahren. Meine Idee war es, selbst Fahrlehrer zu werden und mich bei Matthias einzuschleichen. So konnte ich mehr über ihn erfahren und heimlich seine Sachen durchsuchen. Aber dafür brauchten wir wahnsinnig viel Geduld. Ich habe, wie du, Katha, meinen Führerschein so früh wie möglich gemacht, um die nötige Fahrpraxis nachzuweisen, so dass ich so schnell wie möglich mit meiner Fahrlehrerausbildung beginnen konnte. Wie habe ich meinen dreiundzwanzigsten Geburtstag herbeigesehnt, um unserem Ziel endlich näherzukommen.«

»Ich hatte es versucht, aber ich hatte kein Talent«, erklärte Vic. »Ich war froh, dass ich überhaupt meinen Führerschein bekommen habe.«

Delf hatte die Waffe vor sich auf den Tisch gelegt und fuhr mit dem Finger über das Gehäuse. Er wirkte nachdenklich.

»Wir haben die Familie Holten immer beobachtet. Auch davor schon. Und wir bekamen natürlich mit, dass du, Katha, in die Fußstapfen deines Vaters treten wolltest.«

»Sorry, das, was jetzt kommt war meine Idee«, sagte Vic und zog übertrieben die Augenbrauen nach oben. Dann legte er den Kopf schräg und formte mit seinen Lippen das Wort »Sorry«, diesmal lautlos.

Als wenn dir irgendwas leidtäte …

»Wir wollten Matthias' junge Tochter traumatisieren, so wie er unsere Schwester. Dazu gehörte eben auch …«, Delf verstummte und blickte zu Vic, der den Satz vollendete: »… eine Vergewaltigung.«

Katha stockte der Atem. Ihre Mutter begann zu zittern.

»Ganz ehrlich, im Vergleich dazu, was unser Vater mit uns angestellt hat, war das harmlos. Außerdem hast du es ja ziemlich vereitelt«, sagte Vic. Er drehte seine linke Gesichtshälfte zu seinen Gästen. »Diesen Makel habe ich deiner Tochter und deiner Tante zu verdanken«, sagte er und präsentierte erst Kathas Mutter und dann Ronja den vernarbten Teil seines Gesichts.

Es war nicht Leon. Er hat immer seine Unschuld beteuert.

Wenn sie ehrlich war, hatte sie es geahnt. Sie hatte so fest mit dem Stein zugeschlagen, und Leon hatte keine Wunde, keine Verletzung davongetragen. Wahrscheinlich hatte sie sich deshalb auch auf den Vergleich eingelassen. Aber warum hatte er sie dann geschlagen und ausgesetzt?

»Du hast mir nicht die ganze Geschichte erzählt«, bemerkte Delf und schüttelte den Kopf dabei. »Und ich dachte, du vertraust mir, nachdem ich dich doch so unterstützt habe, dich gehalten habe, als du schwach warst und dich sogar vor deinem Ex-Verlobten beschützt habe.«

Frieder!

Katha dachte daran, dass Delf mit Frieder noch vor die Tür gegangen war, kurz bevor der Strom ausgefallen war. Wo war Frieder jetzt? Würde er sie vielleicht retten kommen?

Katha spürte, dass Vic sie anstarrte. Mit all ihrem Mut blickte sie ihm in die Augen. »Du warst es also.«

Und mit einem Mal setzte sich das ewig dunkle Bild ihrer Erinnerung zu einem neuen zusammen. Vic war es, der sie zurück in den Wald gezogen und ihr die Hose heruntergerissen hatte. Er war es, der ihr ins Gesicht geschlagen hatte, als sie versuchte, sich zu wehren. Und er war es schließlich, dem sie den Stein, den sie in ihrer Not zu fassen gekriegt hatte, ins Gesicht geschlagen hatte.

»Ich hätte fester zuschlagen sollen«, sagte Katha, und sie spürte, wie die Wut in ihr aufstieg.

»Ja, hättest du. Hast du aber nicht, und jetzt sitzen wir hier. Drei Jahre später.«

Plötzlich meldete sich Ronja zu Wort. »Habt ihr auch meine Eltern umgebracht?«

»Nein. Damit haben wir nichts zu tun. Da kam uns der Zufall zuvor. Aber wir hätten es getan, wenn wir die Chance dazu bekommen hätten«, sagte Vic. »Du hast mir doch selbst erzählt, wie der Unfall zustande kam.«

»Nach dem, was hier gerade abgeht, ist vermutlich alles möglich«, sagte Ronja.

»Was ist mit Ursel?«, fragte Katha plötzlich.

Delf rieb sich übers Gesicht. »Ich wollte den Druck erhöhen. Du solltest kapieren, dass es der Entführer ernst meint. Außerdem hat sie mich genervt.« Delf erhob sich wieder, ging zu Vic und stellte sich hinter ihn. »Ich würde gerne weiter vorankommen in unserer Geschichte.« Delf legte seinem Bruder die Hände in den Nacken und begann, ihn zu massieren. »Zurück zu dieser, sagen wir mal, besonderen Nachtfahrt …«, begann er, wurde aber sofort von Katha unterbrochen.

»Was ist mit Leon?«, fragte Katha unvermittelt.

Vic lachte, und auch Delf konnte sich ein Grinsen nicht verkneifen.

»Willst du oder soll ich?«, fragte Delf.

»Mach du ruhig.«

»Gut. Sagen wir so: Leon war ein Bauernopfer. Er hat seine Sache aber ganz ordentlich gemacht. Dass er dir so heftig eine reinhaut, hätte ich ehrlich gesagt gar nicht erwartet«, gestand Delf. »Kann ich jetzt endlich weitermachen?« Er blickte Katha fragend an.

Sie nickte.

»Also, nach dieser Nachtfahrt war Katha kurze Zeit später verschwunden«, begann er und lief im Raum auf und ab. »Ich schloss die Ausbildung zum Fahrlehrer ab, und über ein Jahr später bekam ich endlich meine Chance: In der Fahrschule Holten wurde eine Stelle frei.«

»Wenn keine frei geworden wäre, hätten wir uns eben irgendwann darum kümmern müssen«, ergänzte Vic.

»Ja, aber wir mussten auch aufpassen. Wer zu viel Schaden oder gar Tote produziert, gerät zwangsläufig in den Fokus. Das wollten wir vermeiden. Und das ist uns auch gut gelungen – bisher. Und das, obwohl …«, Delf machte eine Pause und blickte dann zu Vic: »Ja, Bruderherz, ich muss es so sagen: obwohl du mit deinem elenden Mutter-Casting schon immer ein ziemliches Risiko eingegangen bist.«

»Aber ich habe mir zwischen meinen Versuchen viel Zeit gelassen«, erklärte Vic. »Außerdem habe ich sie immer sorgfältig ausgesucht. Das hat manchmal Monate gedauert! Sie hatten keine Ehemänner und auch sonst niemanden, der nach ihnen gesucht hätte. Die Babys kamen in die Klappe. Ich habe wirklich an alles gedacht und sehr gut aufgepasst.«

»Schon gut jetzt. Darum geht es nicht«, sagte Delf und fuhr fort: »Ich bekam die Stelle bei Matthias. Und er schenkte mir bald sein Vertrauen.« Er blickte zu Katha. »Das ging fast so schnell wie bei dir. Ich sage ja, es ist wahnsinnig simpel, Menschen zu manipulieren, wenn man weiß, wie es geht. In dieser Zeit ist dann deine Schwester Lisa ums Leben gekommen. Das war wirklich ärgerlich, weil wir uns auch schon für sie etwas hatten einfallen lassen. Ich beschloss, ihren Tod zu nutzen, indem ich für Matthias in dieser schweren Zeit da war und mich um ihn kümmerte. Auch als Ronja bei ihm einzog. Ich nahm ihm viel Arbeit ab, damit er sich um seine trauernde Enkelin kümmern konnte. Du Göre hast es ihm nicht gerade leicht gemacht.«

Delf zwinkerte Ronja zu. »Aber das hatte er auch verdient. Doch über Valentina erfuhr ich nichts, so sehr ich mich auch anstrengte. Weder durch geschicktes Nachfragen noch beim Durchwühlen von Unterlagen oder Privatsachen. Es war, als hätte es unsere Schwester nicht gegeben.«

Delf, der gerade noch auf und ab gegangen war, blieb abrupt stehen.

»Und seit heute weiß ich, dass ich ihr die ganze Zeit über verdammt nah gewesen bin!«

99

Wenn ich einen Ohnmachtsanfall vortäusche und mich unter den Tisch fallen lasse, könnte ich an die Probe kommen.

Ronja hatte versucht, das Plastiktütchen mit dem Fuß heranzuziehen, aber es klappte nicht.

»Wie meinst du das?«, fragte Vic. »Sag endlich, was du herausgefunden hast.«

Vic stand auf, und Delf kam zu ihm. Erneut umfasste Delf den Kopf seines Bruders und zog ihn an sich.

»Diese Bastarde haben sie …« Delfs Stimme begann zu zittern. »Sie haben sie in der Garage einbetoniert!«

»Was?«, fragte Vic ungläubig. Dann drehte er sich zu Ronjas Oma um und stürzte auf sie zu. Sie schrie auf, als er seine Finger um ihre Kehle legte.

Delf schaute einen Moment lang zu, zerrte ihn dann aber zurück. »Beruhige dich«, sagte er und hielt seinen Bruder fest.

»Woher weißt du das?«, fragte Katha.

Ronja versuchte, gar nicht mehr hinzuhören. Sie hatte das Gefühl, als stecke sie in einem furchtbaren Alptraum, in dem es nur gestörte Menschen gab. Sie wollte sich jetzt darauf konzentrieren, aus den Handschellen und dann hier herauszukommen.

Die Waffe lag unbeobachtet auf dem Tisch. Alle waren in diesem Moment mit etwas anderem beschäftigt.

Hätte ich doch nur die Handschellen nicht um.

»Ich weiß alles«, brüllte Delf. »Ich habe jedes scheiß Wort gehört, das ihr gesprochen habt.«

»Wie konntest du es hören?«, fragte Tante Katha.

»Zum Glück musstest du unterwegs mal«, sagte Delf. »So konnte ich die Wanze einfach in deiner Handtasche platzieren.«

Ein letztes Mal würde sie es noch versuchen. Keiner schenkte ihr Aufmerksamkeit. Ronja streckte ihren Fuß nach vorne.

Noch ein kleines Stück …

Sie lehnte sich auf ihrem Stuhl zurück, um den Fuß noch einen Hauch mehr ausstrecken zu können. Und dann gelang es ihr. Ihr Herz schlug schneller, als sie mit der Fußspitze endlich auf dem Probetütchen stand. Vorsichtig blickte sie zu den anderen.

Gut, keiner hat etwas gemerkt.

»Dann kennst du das Geheimnis, die Wahrheit oder wie auch immer ihr es nennen wollt, ja jetzt«, sagte Tante Katha. Sie klang wütend. Oder ängstlich. Oder beides. »Lass meine Nichte gehen. Sie hat damit nichts zu tun.«

Dann hatte auch ihre Oma ihre Sprache wiedergefunden. »Sie haben beide nichts mit der Sache zu tun. Nur ich habe Schuld an Valentinas Tod. Lasst sie gehen.«

»Ja!«, rief Vic. »Du bist schuld. Und daher wirst du büßen. Noch heute.«

Es schaut niemand zu mir. Tu es. Jetzt!

Ronja schloss die Augen und rutschte dann langsam vom Stuhl. Unten angekommen, griff sie sofort nach der Shampoo-Probe und umfasste sie mit ihrer Hand, die sie fest zur Faust ballte.

Geschafft!

Sie quetschte die Probe in ihrer Hand zusammen und spürte schnell, dass sie so gut wie leer war.

100

Endlich hatte ihre Mutter den Mund aufgemacht. Schließlich waren sie tatsächlich alle ihretwegen in dieser Situation. Hätten ihre Eltern Valentina damals nicht so unmenschlich behandelt, würde ihr Vater jetzt noch leben, und alles wäre anders gekommen.

Was meinte Vincent damit, dass ihre Mutter heute noch dafür büßen würde? Wollte er sie tatsächlich umbringen? Und was würde dann mit ihr und Ronja geschehen?

Natürlich werden sie uns töten.

Katha blickte auf die Waffe, die schräg gegenüber auf dem Tisch lag, und überlegte, ob es eine Chance gäbe, daranzukommen, als Ronja auf einmal vom Stuhl rutschte.

»Ronja!«, rief Katha. Es sah aus, als wäre ihre Nichte in Ohnmacht gefallen.

Sofort setzte sich Vincent in Bewegung und eilte zu ihr. Er beugte sich unter den Tisch, packte Ronja unter den Achseln und wuchtete sie wieder zurück auf den Stuhl. Dann schlug er ihr mit der Hand mehrmals ins Gesicht.

»Aufwachen«, verlangte er, und tatsächlich, nach wenigen Sekunden, kam Ronja langsam wieder zu sich.

»Merkt ihr nicht, dass das alles zu viel für sie ist?«, fragte Katha. Die Wut in ihr wurde immer größer. Die beiden, Vic und Delf, waren total wahnsinnig. Katha hielt es kaum noch aus, ihnen hilflos ausgeliefert zu sein. Sie beobachtete Ronja, die jetzt verwirrt umherblickte.

Spielst du das, oder hast du wirklich das Bewusstsein verloren? Was hast du vor?

Katha suchte den Blickkontakt zu ihrer Nichte, fand ihn aber erst, als Vincent wieder zu Delf zurückging. Sie versuchte zu verstehen, was Ronja ihr ohne Worte mitteilen wollte. Hatte ihre Nichte etwas vor, was sie alle hier herausbringen könnte?

»Ja, die Wahrheit kann einen wirklich manchmal umhauen, oder?«, sagte Delf und nickte in Ronjas Richtung. »Ist ja auch nicht einfach, wenn man erfährt, dass die eigene Familie voller Lügner und Mörder ist, oder?«

Kathas Blick suchte den Tisch ab. Immer wieder starrte sie dabei auf das große, scharfe Tranchiermesser, das in dem Spanferkel steckte. Trotz ihrer gefesselten Hände könnte sie es als Stichwaffe benutzen. Aber die beiden hatten eine Pistole. Und Delf hatte, ohne zu zögern, bereits auf diese Frau geschossen. Katha blickte zu der verwundeten Frau. Sie saß regungslos auf ihrem Stuhl und blutete aus ihrer Wunde. Katha glaubte zu sehen, dass sie noch atmete. Doch bei dem Blutverlust würde sie die nächste Stunde wohl nicht überleben.

»Machen wir es jetzt?«, fragte Vincent plötzlich.

Delf legte erneut seine Hand auf die Schulter seines Bruders. »Lass uns das für später aufheben. Wir wollen doch beide dabei sein, wenn Mama Holten auf die gleiche Weise wie unsere Mutter dahinscheidet«, sagte Delf und nahm sein Weinglas in die Hand. »Wie unhöflich wäre es unseren anderen Gästen gegenüber, wenn wir sie jetzt allein ließen? Außerdem haben die meisten hier noch nichts von deinem köstlichen Ferkel gegessen.«

Katha bemerkte, dass Ronja mit ihren Handschellen beschäftigt war. Pure Angst überlief sie. Wenn Ronja versuchen würde zu fliehen, würden die beiden sie töten. Ganz sicher.

Ich muss irgendetwas tun. Jetzt!

Die Brüder waren so berauscht von ihrem lang herbeigesehnten Abend, und Vincent schien mittlerweile sehr viel von dem Rotwein getrunken zu haben.

Die nächsten Sekunden spielten sich wie in Zeitlupe ab, und Katha konnte sich nicht erinnern, jemals so klar gehandelt zu haben. Sie erhob sich und lehnte sich nach vorne, zog mit ihren Händen das Tranchiermesser aus dem Schwein und hielt es wie eine Stichwaffe mit beiden Händen umklammert.

Fast zeitgleich sprang Ronja von ihrem Stuhl und stürzte sich auf die Pistole, die immer noch an Delfs Platz lag.

Dumpf hörte Katha, wie Vincent irgendetwas brüllte, lauter hörte sie dagegen ihren eigenen Atem und das Blut, das durch ihren Körper rauschte.

»Tu es!«, schrie ihre Mutter, und schon hörte Katha einen lauten Knall. Delf riss die Augen auf und drehte sich zu seinem Bruder. In diesem Moment stürmte Katha nach vorne und rammte ihm das Messer in den Bauch. Delf krümmte sich und ging in die Knie.

Katha blickte zu Ronja, deren zitternde Hände gerade die Waffe auf den Boden fallen ließen.

»Raus hier!«, schrie Katha und stürmte an Delf vorbei, rüttelte an ihrer Mutter, die wie paralysiert auf ihrem Stuhl saß.

»Los, komm schon!«, rief Katha und packte den Arm ihrer Mutter, doch sie wehrte sich.

»Rettet euch! Ich halte sie auf. Das ist das Mindeste, was ich tun kann.« Einen Moment hielt ihre Mutter inne, und Katha nickte ihr zu. Dann aber gab es für sie nur noch eines: Ronja retten!

Zusammen mit ihrer Nichte stürmte sie vorbei an Vincent, den Ronja offensichtlich in den Bauch geschossen hatte und der röchelnd am Boden lag.

»Ihr scheiß Fotzen«, wimmerte er noch, als Katha und Ronja aus dem Raum eilten. Sie rannten durch den Flur zur Haustür.

»Hier lang!«, schrie Ronja.

Katha drehte sich um, auch um zu sehen, ob Delf ihnen vielleicht folgte. In diesem Moment sah sie ihre Mutter, die in der Tür zum Esszimmer stand. Hinter ihr erhob sich Delf; er hatte die Waffe in der Hand.

Sie wusste nicht, ob sie zuerst den Knall oder den Schmerz wahrgenommen hatte. Katha stürzte zu Boden, als die Kugel ihren Oberschenkel traf. Sie tauschte einen letzten Blick mit ihrer Mutter, die jetzt die Tür zum Esszimmer zuschlug.

»Fuck!«, schrie Ronja und ging neben Katha in die Hocke. Das Mädchen starrte sie aus entsetzten Augen an.

»Schnell, hilf mir.« Katha versuchte mit ihren gefesselten Händen ihren Gürtel zu öffnen. Zwar trug Ronja auch Handschellen, hatte aber mehr Spielraum. Sie schaffte es, den Gürtel herauszuziehen und ihn um Kathas Oberschenkel zu binden.

»Zieh richtig fest zu«, sagte Katha.

Ronja versuchte es.

»Wir müssen so schnell wie möglich raus hier«, sagte Katha. Dann blickte sie ihre Nichte an. »Wenn ich es nicht schaffe, versprich mir, dass du abhaust. Renne, versteck dich, was auch immer. Sie dürfen dich nicht kriegen!«

»Was ist mit Corinna?«

»Wir schicken so schnell es geht Hilfe«, sagte Katha. »Noch fester bitte.«

Ronja zog den Gürtel strammer.

Katha schrie vor Schmerz auf. Während sie sich aufrappelte, suchte Ronja nach einem Schlüssel auf dem Schrank neben der verschlossenen Haustür.

»Wir müssen sofort hier raus«, sagte Katha.

»Ja, ich weiß auch wo, aber wir brauchen doch ein Auto«, sagte Ronja und hielt mit einem Mal einen Autoschlüssel in die Höhe. »Komm«, sagte Ronja und stützte sie. Humpelnd und unter Schmerzen gingen sie durch die Küche und durch eine unverschlossene Tür nach draußen.

Jetzt rettet meine Nichte mich statt ich sie, dachte Katha.

Der Weg führte sie durch einen Schweinestall. Die Nacht war klar, und der Mond und die Sterne sorgten für ausreichend Licht. Katha atmete tief ein, die Luft war frisch und kühl.

Ronja rüttelte an einem Gatter, das sich kurz drauf quietschend öffnete. Sie gingen hindurch und standen auf dem Hof.

Rechts und links rannten die Schweine davon.

Kathas Blick fiel auf den schwarzen SUV und dann auf Delfs Fahrschulauto. Sie blieb stehen, ihr Bein schmerzte, und sie spürte, dass sie trotz des Notverbandes erheblich Blut verlor.

»Ich kann nicht fahren«, sagte sie und blickte zu ihrer Nichte. »Du musst es versuchen.«

Ronja sagte nichts, sondern drückte auf den Smart-Key in ihrer Hand. Der schwarze SUV antwortete mit zweimaligem Blinken.

»Ich weiß, dass du schon gefahren bist«, sagte Katha und humpelte zu Delfs Auto. Sie hoffte, dass er vielleicht den Schlüssel hatte stecken lassen. Zumindest hätte sie hier auch Pedale.

Je näher sie an die Beifahrerseite kam, desto mehr beschlich sie ein erneutes Grauen. Sie kniff die Augen zusammen, und dann erkannte sie es.

Im Auto saß jemand.

Es war Frieder.

101

Paul hatte bisher nichts zu ihrer Bitte gesagt. Sie saßen sich auf den Bürostühlen gegenüber. Dann endlich sah er sie an.

»Weißt du, wie spät es mittlerweile ist?«, fragte er.

»Das bist du doch in deinem Job gewohnt«, erwiderte Tati. »Ich weiß, es ist nur ein Instinkt, nur ein Bauchgefühl, aber ich liege mit so etwas fast immer richtig.«

»Betonung liegt auf ›fast‹«, sagte Paul. »Ich hatte mich auf einen freien Abend gefreut, zurzeit habe ich so viel zu tun. Ich wollte noch ins Fitness-Studio …«

»Dein Body verzeiht dir einen Besuch weniger in der Mucki-Bude«, sagte Tati. »Außerdem gehen nur gestörte Menschen so spät ins Fitness-Studio.«

Sie rollte mit ihrem Stuhl zu ihm. Als sie direkt vor ihm war, legte sie ihre Hände auf seine.

»Bitte vertrau mir«, sagte sie. »Wir fahren nur kurz vorbei und schauen, ob alles in Ordnung ist.«

»Und was ist mit dieser Adresse auf der Alb?«, wollte er wissen. »Was willst du denen sagen, warum wir da sind? Du weißt, dass ich ohne triftigen Grund keinen Einsatz draus machen kann.«

»Wir können doch sagen, dass wir die neuen Nachbarn sind«, schlug Tati vor. »Und dass wir ganz dringend ein paar Batterien oder Kerzen brauchen, weil unser Strom noch nicht angemeldet ist und wir sonst im Dunkeln sitzen.«

»Das ist aber eine furchtbar schlechte Ausrede«, sagte er. »Ich hätte dich kreativer und vor allem glaubwürdiger eingeschätzt.«

Jetzt erwiderte Paul ihren Händedruck und streichelte mit seinem Daumen sanft über ihren Handrücken.

»In Ordnung, ich tue es«, sagte er. »Aber nur unter einer Bedingung.«

»Okay«, sagte Tati. »Und die wäre?«

»Dass du heute Nacht bei mir bleibst«, sagte er und schaute sie eindringlich an.

Bisher hatte sie es vermieden, über Nacht zu bleiben. Paul hatte immer wieder danach gefragt. Doch sie wusste um die Gefahren. In seinen Armen einzuschlafen wäre so viel intimer für sie, als mit ihm Sex zu haben. Sie dachte an Katha, die sie die ganze Zeit nicht erreicht hatte. Jedes Mal war nur ihre Mailbox angesprungen. Und das nach diesem dringlichen, aufgeregten Anruf von ihr. Irgendetwas stimmte da ganz gewaltig nicht.

»In Ordnung«, sagte Tati. »Aber dann lass uns sofort aufbrechen. Wir fahren zuerst an der Fahrschule und dann bei Katha vorbei. Wenn sie dort nicht ist, geht's auf die Alb.«

102

Als sie durch die Autoscheibe blickte, packte sie das reine Grauen. Frieders Mund war weit geöffnet, als wolle er ein letztes Mal etwas sagen. Seine Augen waren ebenfalls weit aufgerissen. Sein Gesicht war in seiner wohl letzten Emotion eingefroren: Angst.

Katha konnte sich kaum noch auf den Beinen halten. Mit aller Gewalt rüttelte sie an der Autotür, doch sie war verschlossen.

»Katha«, rief Ronja panisch. »Schnell, im Haus hat wieder jemand geschossen.«

Katha hoffte, dass ihre Mutter Delf erwischt hatte.

Sie stützte sich am Fahrzeug ab und umrundete es, so schnell sie konnte. Ronja kam ihr entgegengelaufen und half ihr, bis sie am SUV waren. Das Einsteigen mit der Schusswunde und den gefesselten Händen war eine Herausforderung, aber gemeinsam schafften sie es.

Konzentrier dich! Wir müssen es hier rausschaffen. Lebend!

Als Ronja auf dem Fahrersitz Platz nahm, sah Katha, dass ihre Nichte am ganzen Körper zitterte.

»Keine Sorge, wir schaffen das. Tritt auf die Bremse und stell den Hebel auf D«, sagte Katha so ruhig sie konnte.

»Automatik fahren kann ich ein bisschen«, erwiderte ihre Nichte. »Aber Lenken mit Handschellen wird ein Problem.«

»Stimmt. Doch es ist möglich. Fahr einfach los.«

Der Geländewagen setzte sich in Bewegung, und zumindest für den Moment war das ein beruhigendes Gefühl.

»Wenn wir gleich vom Hof auf die Landstraße abbiegen, musst du beim Lenken mit dem Handballen aufs Lenkrad drücken, dann kannst du die Lenkbewegung komplett mitmachen«, empfahl Katha. »Was anderes wird dir mit den gefesselten Händen nicht übrig bleiben. Du musst einfach fest mit dem Handballen draufdrücken und aufpassen, dass du nicht abrutschst.«

»Okay, ich versuche es«, sagte Ronja. Sie fuhren eine unbefestigte Straße entlang, die vom Hof und in Richtung Landstraße führte.

»Da rennt ein Schwein«, sagte Ronja.

»Egal. Fahr einfach.«

Ronja hielt sich an Kathas Ratschlag und bekam die Lenkbewegung beim Abbiegen hin.

»Super machst du das«, lobte Katha. »Jetzt stell dir vor, dass Lenkrad sei eine Uhr. Nimm die Hände auf zwölf Uhr. So kannst du am besten lenken.«

Dann durchsuchte sie mit ihrem Blick die Mittelkonsole und das Seitenfach ihrer Tür. Aber nichts: kein Telefon, keine Waffe. Sie öffnete das Handschuhfach. Als sie sich nach vorne beugte, um darin zu wühlen, stöhnte sie vor Schmerz auf. In ihrem Bein brannte es wie Feuer; es fühlte sich an, als würde jemand mit einem Messer immer wieder hineinstechen.

Sie suchte, so gut es ging, mit den Händen im Handschuhfach herum, fand aber nichts, das ihr weiterhelfen würde.

Als sie wieder auf die Straße blickte, erkannte sie plötzlich die Umgebung.

Wir sind in Münsingen! Und vor uns …

»Ronja, du musst jetzt gut aufpassen. Wir fahren gleich eine Steige hinunter.«

»Du meinst, so eine Strecke mit vielen Kurven?«, fragte Ronja.

Sie konnte die Panik in der Stimme ihrer Nichte hören. Erst vor wenigen Stunden hatte Katha dieselbe Strecke gemeinsam mit Delf auf dem Weg zu ihrer Mutter passiert, und sie erinnerte sich genau an die engen Kurven.

»Alles gut. Mach einfach, was ich dir sage. Vor allem, fahr nicht zu schnell.«

Die Steige begann mit einer leichten Linkskurve, gefolgt von einer engen Rechtskurve.

»Du machst das richtig gut«, versicherte Katha. »Versuch einfach, nicht schneller zu werden.«

Katha bewegte mit beiden Händen den Wahlhebel, bis sie den dritten Gang manuell eingelegt hatte, um das Getriebe nur auf drei Gänge zu beschränken.

»Was machst du?«, fragte Ronja.

»Wir nehmen die Motorbremse zu Hilfe«, antwortete Katha.

Auf der rechten Seite der Fahrbahn türmte sich der dunkle Hang in die Höhe. Die linke Fahrbahn war zum Abgrund mit einer Leitplanke gesichert. Nur die Scheinwerfer zeigten den Verlauf der Straße, ansonsten war es stockdunkel.

Nach ein paar weiteren harmloseren Kurven, die Ronja gut meisterte, lag die nächste scharfe Linkskurve vor Ihnen.

»Bremsen«, sagte Katha.

Ronja trat zu fest auf die Bremse und erschrak durch das abrupte Rumpeln des Wagens. Daraufhin lenkte sie zu stark, rutschte vom Lenkrad ab und fuhr geradeaus. Katha sah die Felswand zu ihrer Rechten näher kommen.

»Bremsen!«, rief sie noch einmal und griff instinktiv mit ihren gefesselten Händen ins Lenkrad. Doch da streifte der Wagen auch schon den felsigen Abhang. Das kreischende Geräusch war markerschütternd.

»Fuck!«, schrie Ronja und atmete schneller.

Auch wenn Katha durch die Fesseln eingeschränkt war, schaffte sie es, den Wagen wieder zu stabilisieren.

»Nicht so schlimm, fahr einfach weiter«, sagte Katha. »Und jetzt versuch mal, sachte zu bremsen.«

Ronjas Hände am Lenkrad zitterten. Katha versuchte, sich nicht anmerken zu lassen, dass sie ebenfalls panische Angst hatte.

Ronja bremste erneut zu stark, und Katha wurde nach vorne geworfen.

»Tut mir leid«, sagte Ronja.

»Alles gut.«

Immerhin wurde der Wagen nun langsamer. Kathas Brust verengte sich, als sie in den Seitenspiegel blickte und ein schnell näher kommendes Fahrzeug sah.

Als Ronja über den Rückspiegel geblendet wurde, merkte auch sie, dass sich hinter ihnen ein Auto befand.

»Fuck, was mache ich jetzt?«, fragte Ronja.

»Halt die Geschwindigkeit und konzentrier dich auf die Kurven.« Katha beobachtete das Fahrzeug im Spiegel. »Halt das Lenkrad gut fest und bleib in deiner Spur. Der wird uns wahrscheinlich gleich überholen.« Sie hoffte, dass es wirklich nur jemand auf dem nächtlichen Nachhauseweg war.

Doch je näher der Wagen kam, umso deutlicher erkannte sie, dass ihr Verdacht stimmte. Es handelte sich um ein Fahrzeug der Fahrschule Holten.

»Wo fahren wir überhaupt hin?«, rief Ronja. Ihre Stimme überschlug sich beinahe.

»In Bad Urach gibt es einen Polizeiposten«, sagte Katha.

Die nächste Kurve lag direkt vor ihnen.

»Lenkrad festhalten und leicht bremsen«, sagte Katha, doch mit einem Mal krachte es. Ihre Köpfe flogen erst nach hinten und dann abrupt wieder nach vorn. Ronja schrie laut auf, während Katha versuchte, das Lenkrad zu stabilisieren.

»Fuck!«, schrie Ronja erneut. »Der hat uns gerammt!«

Sie wurden langsamer, offensichtlich stand Ronja noch leicht auf der Bremse.

»Gas geben!«, schrie Katha. »Und gut festhalten. Wenn er uns noch mal rammt, lass das Lenkrad los. Ich übernehme, so gut es geht.«

Auf die zweite Attacke mussten sie nicht lange warten. Diesmal war der Aufprall noch stärker, und der Geländewagen brach seitlich aus. Sie rammten die Leitplanke auf der linken Seite. Das Fahrzeug geriet ins Schlingern, und Katha konnte nur mit großer Mühe verhindern, dass sie gegen den felsigen Abhang knallten.

»Der will uns umbringen!«, schrie Ronja. »Ist das Delf?«

»Ja, ist er, und ja, will er«, rief Katha. »Aber das lassen wir nicht zu!« Vom Beifahrersitz aus unterstützte sie weiter beim Lenken. »Gut so. Und jetzt gleichmäßig Gas geben.«

Immer wieder blickte Ronja panisch auf die Straße und in den Rückspiegel. Der Scheinwerfer von Delfs Auto warf über den Rückspiegel Licht in Ronjas Gesicht. Keine Frage, das Mädchen hatte Todesangst.

Auch Katha war so voller Adrenalin, dass sie keine Schmerzen mehr spürte. Sie hatte das Gefühl, als würde ihr Herz einen halben Liter Blut pro Sekunde durchjagen.

Delf beschleunigte und setzte zum Überholen an. Als er sich mit seinem Wagen direkt neben ihnen auf der Gegenfahrbahn befand, behielt er die Geschwindigkeit bei. Er ließ das Beifahrerfenster herunter und zielte mit der Waffe auf sie.

»Duck dich!«, schrie Katha und lenkte nach links, um Delf zu rammen. Ein Schuss fiel.

»Bremsen!«, schrie Katha, und Ronja tat, was sie verlangte.

Delf rauschte an ihnen vorbei. Sein Fahrzeug geriet ins Schleudern, doch er fing es geschickt ab und stellte sich mit quietschenden Reifen in einiger Entfernung quer auf die Fahrbahn.

»Gib Vollgas!«, sagte Katha. »Und halt dich fest!«

»Was wird das?«, schrie Ronja, als sie gemeinsam auf das Fahrschulauto zuhielten.

Sie rasten auf Delf zu, und Katha konnte seinen überraschten Gesichtsausdruck sehen. Kurz bevor sie in seinen Wagen krachten, gab er wieder Gas. Sie erwischten nur noch das Heck seines Autos, das sich daraufhin drehte. Sie hatten ihn regelrecht an den Fahrbahnrand gerammt.

Ronja schrie, blieb aber überraschenderweise mit ihrem Fuß fest auf dem Gaspedal. Katha lenkte nach rechts, und sie hatten wieder freie Bahn.

»Du bist ja wahnsinnig!«, sagte Ronja.

»Du aber auch. Ich an deiner Stelle hätte mich vermutlich nie getraut, so Gas zu geben«, sagte Katha. Das Adrenalin befeuerte sie, doch sie wusste, dass sie noch nicht in Sicherheit waren.

Vor ihnen lag Seeburg. Vielleicht könnten sie schon hier Hilfe bekommen. Mit überhöhtem Tempo fuhren sie auf die winzige Ortschaft zu.

Doch der Blick in den Spiegel verriet, dass Delf schon wieder aufgeholt hatte. Katha drückte das Lenkrad nach links, so dass sie jetzt in der Mitte der Straße fuhren.

»Soll ich noch schneller fahren?«, fragte Ronja.

Sie mussten es riskieren.

»Ja.«

Ronja drückte das Gaspedal voll durch. Doch auch Delf schien das Maximum aus der Fahrschulkarre herauszuholen. Sie jagten die Straße entlang, verfolgt von einem Wahnsinnigen, dem mittlerweile vermutlich alles egal war.

Wenn Vincent nicht überlebt hat, dann wird er erst Ruhe geben, wenn wir tot sind.

Zu ihrer linken tauchte eine große Wiese auf. Delf war jetzt dicht hinter ihnen.

»Vollgas!«, schrie Katha. Doch als er sie erneut mit voller Wucht rammte, verloren sie endgültig die Kontrolle über den SUV und durchbrachen mit einem krachenden Knall die Leitplanke.

Es ging etwa zwei Meter nach unten, der SUV kam schräg auf und überschlug sich mehrmals. Die Airbags öffneten sich, während Ronja laut schrie. Sie rutschten über die Wiese und kamen irgendwann zum Stillstand.

Katha sah noch, dass auch Delfs Wagen sich überschlug, und einige Meter vor ihnen auf dem Dach liegen blieb.

103

Leichter Nebel waberte über die Wiese. Katha drehte ihren Kopf nach links und blickte zu Ronja. Ihre Nichte lag mit dem Kopf auf dem Airbag und stöhnte leise.

»Ronja?«, fragte Katha. »Bist du verletzt?«

Katha löste ihren Gurt, der sich hart in ihren Oberkörper gepresst hatte. Aus ihrer Tür ragte ein messerscharfes Blechteil, das sie nur knapp verfehlt hatte.

»Was ist passiert?«, murmelte Ronja undeutlich. Sie hob jetzt den Kopf und lehnte sich zurück. Sie blutete an der Stirn und schien etwas benommen.

Katha hingegen war hellwach. Immer wieder blickte sie auf das Fahrschulauto, das einige Meter entfernt auf dem Dach lag.

Wie schön wäre es, wenn es jetzt einfach in Flammen aufginge, dachte Katha. Als sie erneut auf das scharfkantige Blech blickte, kam ihr eine Idee. Sofort führte sie ihre immer noch gefesselten Arme oberhalb des aufgerissenen Blechteils und begann das stabile Klebeband damit durchzuschneiden. Während sie ihre Arme vor und zurück bewegte, sah sie, wie das Fenster aus dem Fahrschulwagen getreten wurde.

Es ist noch nicht vorbei.

Katha ließ noch schneller ihre Arme über das Blech gleiten. Ihr Herzschlag beschleunigte sich, als sie sah, wie sich Delf durch das Autofenster zwängte.

»Bleib im Wagen«, rief sie Ronja zu. »Egal, was du siehst, egal, was passiert.«

»Was?«, stöhnte Ronja. Sie schien nicht bei vollem Bewusstsein zu sein.

Endlich hatte sich Katha befreit. Sie rieb über die Handgelenke und entfernte das Panzerband.

Delf befand sich mittlerweile außerhalb des Fahrzeugs, doch er taumelte. Offensichtlich war er verletzt.

Als Katha die Tür öffnen wollte, merkte sie, dass sie klemmte.

»Scheiße!«, fluchte sie und warf sich mit der Schulter dagegen. Einen Spalt weit hatte sich die Tür geöffnet. Doch es war noch zu eng, um sich durchzuquetschen. Immer und immer wieder ließ sie ihren Oberkörper gegen die Tür fallen, bis sie endlich so weit offen stand, dass sie es wagte. Ihr gesamter Körper schmerzte. Katha drückte sich durch den Spalt und riss sich dabei am Arm die Haut auf. Statt zu schreien, presste sie die Lippen fest aufeinander und unterdrückte den Schmerz. Sie spürte, wie warmes Blut an ihrem Arm herunterrann.

Außerhalb des Fahrzeugs duckte sie sich und beobachtete Delf. Er schlich um den Fahrschulwagen herum und schien etwas zu suchen.

Die Waffe.

Du suchst deine Waffe.

Vermutlich hatte sie neben ihm auf dem Beifahrersitz gelegen und war beim Unfall herumgeschleudert worden. Katha musste handeln. Jetzt! Hätte er erst die Waffe, hätte sie keine Chance mehr. Hektisch suchte sie ihre Umgebung ab. Ragte vielleicht etwas aus dem Fahrzeug, das sie als Waffe benutzen konnte?

Der SUV war komplett zerbeult und ein einziges Wrack. Oberhalb des Hinterreifens ragte etwas vom Blech heraus. Katha versuchte, es abzureißen, aber es war zu scharfkantig, um es richtig greifen zu können. Sie humpelte weiter um das Fahrzeug herum, als sie plötzlich mit dem Fuß gegen etwas Hartes stieß. Sie blickte zu Boden. Vor ihr lag ein Stein. Ein faustgroßer Stein.

Sie schluckte.

Passiert das wirklich?

Als sie den Stein aufhob und ihn fest in der Hand hielt, fühlte sie sich sofort drei Jahre zurückversetzt. Es war eine ähnliche Nacht gewesen wie heute, ebenfalls im Mai. Katha dachte daran, wie sie ihrem Peiniger den Stein ins Gesicht geschlagen hatte.

Sie humpelte wieder nach vorne, blieb aber noch in Deckung. Delf war nicht mehr zu sehen. Vermutlich war er auf der anderen Seite seines Fahrzeugs, um nach der Waffe zu suchen.

Katha betrachtete noch einmal den Stein in ihrer Hand.

Mit dem unbändigen Willen, die ganze Geschichte endlich zu beenden, humpelte sie, so schnell es ihre Verletzungen zuließen, über die Wiese. Der Himmel war sternenklar. Seeburg lag direkt vor ihnen, doch nirgends war ein Licht in den Häusern zu erkennen.

Als sie noch etwa zwei Meter vom Wagen entfernt war, tauchte Delf dahinter auf. Das Auto befand sich zwischen ihnen.

»Hast du sie gefunden?«, fragte Katha. Ihr Puls hämmerte in ihrem Kopf. »Du fühlst dich nur mit einer Waffe stark, oder?«

Delf schnaubte verächtlich.

»Du bist ganz schön mutig«, sagte er schließlich. »Aber glaub mir, ich scheue den Kampf mit dir nicht. Im Gegenteil.« Jetzt lief er um das Auto herum, auch er humpelte und hatte offensichtlich mehrere Verletzungen durch den Unfall davongetragen.

Katha erkannte, dass er auch im Gesicht blutete. Zudem hatte er ja noch die Stichwunde im Bauch. Ihre Chancen waren nicht schlecht. Sie umklammerte den Stein noch fester.

»›Ich aber laufe nicht wie ins Ungewisse; ich kämpfe mit der Faust nicht wie einer, der in die Luft schlägt‹«, sagte er. »Korinther neun, sechsundzwanzig.«

Delf stand nun am Heck des Wagens, etwa anderthalb Meter von ihr entfernt. Katha verbarg den Stein hinter ihrem Rücken. Schnell scannte sie ihren Gegner ab, eine Waffe konnte sie nicht entdecken.

»Wenn du die Bibel so aufmerksam gelesen hast«, sagte Katha, »warum hast du sie dann nicht verstanden?«

»Mich hat das Alte Testament schon immer mehr überzeugt. Wer kennt nicht das Zitat ›Auge um Auge, Zahn um Zahn‹?«, fragte Delf.

»Und warum willst du dich an mir oder Ronja rächen? Ich habe dir nichts getan. Und auch deiner Schwester nicht. Welche Begründung, welches Zitat, welchen Bibelvers hast du dafür?«

Delf lachte verzweifelt auf und kam dabei einen Schritt auf Katha zu.

»Die Bibel hat für alles eine Antwort«, sagte er. »Weißt du, während mein Vater meinen Bruder missbrauchte, habe ich Bibelverse auswendig gelernt. Natürlich nicht alle, aber all jene, die zu mir passten, von denen ich der Meinung war, dass ich sie brauche. Also ja – auch für die Rache an euch habe ich eine passende Stelle der Bibel parat: Johannes drei, sechzehn: ›Daran haben wir die Liebe erkannt, dass er sein Leben für uns gelassen hat; und wir sollen auch das Leben für die Brüder lassen.‹«

Mit diesen Worten stürmte er auf Katha zu und legte ihr die Hände um den Hals.

104

»Kannst du bitte ein bisschen schneller fahren?«, fragte Tati.

»In Seeburg steht ein Blitzer«, sagte er mit seiner tiefen und beruhigenden Stimme. Ausnahmsweise wirkte er in diesem Moment aber alles andere als beruhigend auf sie. Im Gegenteil: Er befeuerte ihre Unruhe sogar noch. Ihr Bauchgefühl war so stark, dass sie nicht anders konnte, als ihn zur Eile anzutreiben. Als sie den stationären Blitzer der kleinen Gemeinde passiert hatten, trieb sie ihn erneut an.

»Jetzt kannst du wieder Gas geben«, sagte sie. »Es ist doch sowieso niemand unterwegs.«

Doch Paul wurde jetzt sogar langsamer. Tati war kurz davor, zu explodieren und ihn anzuschreien.

»Was zur Hölle?«, fragte sie, während Paul den Warnblinker einschaltete und den Wagen so weit rechts auf der Fahrbahn parkte, wie er konnte.

»Offenbar hattest du recht«, sagte Paul.

105

Trotz der Dunkelheit konnte sie das Blitzen in seinen Augen sehen, als er seine Hände um ihren Hals legte. Seine Finger bohrten sich tief in ihr Fleisch, und seine Daumen drückten fest auf den Kehlkopf. Er presste sie mit seinem ganzen Körper so nah ans Auto, dass sie mit dem Stein nicht ausholen konnte.

Panik schoss wie Feuer durch ihren Körper. Sie bekam keine Luft mehr. Jetzt hatte sie nur noch eine Chance. Mit so viel Kraft wie möglich zog sie ihr unverletztes Bein nach oben und rammte es ihm in den Unterleib.

Der Schlag zeigte Wirkung. Delf ließ von ihr ab und krümmte sich vor Schmerzen.

Japsend rang Katha nach Luft, doch eine echte Verschnaufpause konnte sie sich nicht erlauben.

Delf, der sich immer noch in gekrümmter Pose die Hände in den Schritt hielt, schien ebenfalls kaum Luft zu bekommen.

Mit ihrer Hand holte Katha aus und schlug ihm den Stein mitten ins Gesicht. Sein Kopf flog herum, und er stürzte rückwärts zu Boden und stöhnte vor Schmerz. Dann lag er direkt vor ihr im Gras.

Du musst es diesmal beenden.

Mit dem Stein, den sie immer noch umschlossen hielt, trat Katha einen Schritt vor und setzte sich rittlings auf Delf. Sie holte erneut aus und schlug ihm den Stein diesmal seitlich ins

Gesicht. Es knackte, sein Jochbein brach. Wie schon damals bei seinem Bruder.

»Tu es! Dann bist du eine Mörderin, wie deine Eltern«, stöhnte er.

Katha umschloss den Stein jetzt mit beiden Händen und hob ihn über den Kopf.

»Ich hätte es damals bei deinem Bruder schon beenden sollen«, sagte sie. »Aber glaub mir: Den Fehler mache ich kein zweites Mal.«

Katha holte noch einmal tief Luft, bereit den tödlichen Stoß auszuführen.

»Nein!«, schrie plötzlich eine Frauenstimme. »Tu es nicht!«

Katha hielt inne, doch das Gewicht des Steins über ihrem Kopf war unerträglich. Es war, als *müsste* sie diesen Stein in Delfs Gesicht versenken. Als wäre der Stein ein magnetischer Pol und Delfs Kopf der andere.

»Waffe runter«, schrie eine andere Stimme. Sie gehörte zu einem Mann.

Katha begann zu schluchzen. Sie spürte, wie ihr Tränen übers Gesicht liefen, während Delf unter ihr zu lachen begann. Ihr Körper zitterte, sie wollte nichts anderes, als sein Lachen für immer zu beenden. Doch stattdessen verharrte sie regungslos. Bis jemand ihre Hände festhielt und ihre Finger von dem Stein löste. Als sie von Delf heruntergezogen wurde, wehrte sie sich nicht und brach in Tränen aus.

Ich habe den Kampf nicht beendet.

Eine Frau hielt sie in ihren Armen.

Katha blickte zu ihr. »Wie hast du mich gefunden?«, fragte sie.

»Erzähle ich dir später«, antwortete Tati und streichelte über Kathas Rücken.

»Er ist der Teufel«, sagte Katha. »Er wird keine Ruhe geben. Niemals.«

»Er wird seine Strafe bekommen«, versicherte Tati.

Katha beobachtete, wie ein Mann Delf auf den Bauch drehte und ihm Handschellen anlegte.

»Die Polizei und der Krankenwagen sind gleich da«, sagte Tati.

»Ich hätte es beenden müssen«, flüsterte Katha.

»Nein«, sagte Tati. »Du hast das Richtige getan. Sonst würde deine Nichte ganz allein dastehen.«

»Ronja!«, rief Katha. »Was ist mit ihr?«

»Paul holt sie gerade aus dem Wagen. Er hat Daumen hoch gezeigt – es scheint also alles so weit in Ordnung zu sein. Und der Krankenwagen wird gleich hier sein.«

»Nichts ist in Ordnung«, flüsterte Katha und blickte zu Delf.

Sein Gesicht war über und über mit Blut bedeckt, doch seine Augen waren geöffnet und glänzten in der Dunkelheit. Ein letztes Mal trafen sich ihre Blicke. Dann flackerte mit einem Mal die gesamte Umgebung blau auf, und die Sirenen durchbrachen die Stille der Nacht.

106

Zwei Wochen später.

Ihre Eltern hatten sich eine Buche ausgesucht. Die Sonne funkelte durch die Baumkronen und unterteilte den Waldboden in helle und dunkle Bereiche. Es war angenehm kühl hier.

Ronja hatte sich im Schneidersitz auf den Boden gesetzt und lehnte am Stamm des Baumes. Über ihrem Kopf befand sich eine schwarze Metallplakette auf der *Maren & Matthias Holten* geschrieben stand.

Jetzt seid ihr wieder vereint.

Nachdem sich Katha die Unterlagen aus dem Bankschließfach noch einmal genauer angesehen hatte, hatte sie festgestellt, dass ihr Vater vorgesorgt hatte. So war auch dieser Baum im Friedwald Münsingen schon seit Jahren für ihre Eltern reserviert. Die Steige hochzufahren hatte sie einiges an Überwindung gekostet. Noch immer waren die Markierungen des Unfalls auf der Straße eingezeichnet. Doch diesmal würde sie vor der Herausforderung nicht davonlaufen, das hatte sie sich geschworen.

Ronja spielte mit einem Ast in ihrer Hand. Sie zeichnete damit Figuren in den Waldboden. Die Platzwunde an ihrer Stirn heilte langsam, und an den Gips um ihren Arm hatte sie sich mittlerweile gewöhnt.

Es war die Woche der Beerdigungen. Erst gestern hatten sie

Frieder auf dem städtischen Friedhof beigesetzt. Mehr als seinen Eltern ihr Beileid auszusprechen, hatte Katha nicht geschafft. Sie wusste, dass Marion und Peter viele Fragen an sie hatten. Aber noch fühlte sie sich nicht bereit dazu, sich ihnen zu stellen. In zwei Tagen würde auch Ursel ihre letzte Ruhestätte finden.

»Worüber denkst du nach?«, fragte Katha ihre Nichte. Sie stützte sich auf ihre Krücke, um ihr Bein zu entlasten.

»Ich denke an Oma und Opa«, sagte Ronja. »Deswegen sind wir doch hier, oder?«

Katha nickte. »Ja, sind wir.«

»Ich frage mich, ob es vielleicht in unseren Genen liegt?«

»Was soll in unseren Genen liegen?«

»Dass wir Menschen töten.« Ronja blickte vor ihre Füße und sah ihre Tante nicht an.

»So etwas darfst du nicht mal denken«, entgegnete Katha. »Du hast uns gerettet. Hättest du auf diese Bestie nicht geschossen, dann gäbe es uns beide nicht mehr. Dafür diesen Irren, der offensichtlich schon mehrere Frauen auf dem Gewissen hat.«

Jetzt schaute Ronja endlich zu ihr.

»Sein Name war Vic«, sagte Ronja. »Sein Vater war ja offensichtlich auch schon ein böser Mensch, und die Söhne wurden es später auch. Dann muss es doch etwas mit Vererbung zu tun haben. Vielleicht habe ich auch das Mörder-Gen von Oma und Opa in mir.«

»Nein, so etwas gibt es nicht. Und deine Oma und dein Opa waren keine Mörder. Das mit Valentina war ein Unfall. Sie hätten niemals einen Menschen getötet.«

»Hast du gelesen, was in dem Tagebuch stand?«, fragte Ronja.

Es war das erste Mal, dass sie darüber sprachen. Bisher hatte

Ronja immer dichtgemacht, wenn Katha die Entführung oder den Abend angesprochen hatte.

Ausgerechnet hier willst du reden?

»Das hat sich dieses Mädchen ausgedacht. Sie hat es in ihr Tagebuch geschrieben, weil sie es sich vermutlich gewünscht hat. Es war reine Phantasie«, sagte Katha. »Die Geschichte, die mir deine Oma erzählt hat, ist wahr. Und Valentinas Tod war ein Unfall. Sie haben sie nicht getötet. Nur ihren Tod vertuscht. Von diesem Verbrechen können wir sie nicht freisprechen.«

»Wie kannst du dir da so sicher sein?«, wollte Ronja wissen.

»Meine Mutter hat all die Jahre etwas aufbewahrt«, sagte Katha. »Ich habe Valentinas Handy. Wenn du willst, dann zeige ich es dir, wenn wir zu Hause sind. Der SMS-Verlauf zeigt eindeutig, dass mein Vater immer wieder versucht hatte, ihr klarzumachen, dass sie sich keine Hoffnungen machen soll und dass er nicht an ihr interessiert ist. Die Nachrichten decken sich eins zu eins mit dem, was mir meine Mutter erzählt hat.«

»Aber bei Vic und Delf war es ganz sicher vererbt. Das waren alles böse Menschen«, wandte Ronja ein.

»Ronja, ich denke, dass die beiden von ihrem Vater so gemacht wurden. Hätten sie ein anderes Umfeld gehabt, in dem sie liebevoll und behütet aufgewachsen wären, dann wären sie sicher nicht so geworden.«

Ronja schwieg nun.

Katha spürte, dass ihre Nichte große Angst hatte. Ausgelöst nicht von dem, was ihr geschehen war, sondern von dem, was sie getan hatte.

»Du wirst irgendwann verstehen, dass du uns gerettet hast. Dass es Notwehr war und du gar keine andere Wahl hattest. Wir werden das richtig aufarbeiten, keine Sorge. Wir beide. Zusammen.«

Diesmal würde auch sie vor einer Therapie nicht davonlaufen. Das war sie Ronja schuldig. Sie beide waren einfach in dieses düstere Familiengeheimnis hineingeschleudert worden – ohne das Geringste dafür zu können.

Doch sie hatten überlebt. Und nur das zählte.

»Lass uns gehen«, sagte Katha.

Als sie zum Parkplatz kamen, liefen sie zum Fahrschulauto. Hakan stand davor und rauchte eine Zigarette, obwohl ihm der Arzt das verboten hatte.

»Danke, fürs Warten – und fürs Fahren natürlich«, sagte Katha, als sie näher kamen.

»Kein Thema«, antwortete er und öffnete die Türen auf der Beifahrerseite.

»Zum Glück geht es *dir* wenigstens wieder besser.« Katha nahm seine Hand und drückte sie freundschaftlich.

»Schon gut. Ich bin halt zäh«, antwortete Hakan und lachte dabei.

Hakan setzte Katha und Ronja zu Hause ab und verabschiedete sich. Er wollte zu seiner Frau und seinen drei Kindern. Der Kleinste feierte seinen zweiten Geburtstag.

»Wenn du magst, ruf doch deine Freunde an. Wir können uns Pizza bestellen und Netflix schauen«, schlug Katha ihrer Nichte vor.

Es war an der Zeit, Ronja wieder einen Alltag zu geben. Und auch Katha sehnte sich nach Ruhe und Normalität.

»Ich weiß nicht«, sagte Ronja. »Die sind so anstrengend, seit das alles passiert ist.«

»Sie machen sich einfach Sorgen. Komm, gib dir einen Ruck«, sagte Katha. »Ich bestell uns auch die kleinen Tiramisu-Becher.«

»Okay, ich mach's ja.« Ronja begann, Sprachnachrichten in ihr Handy einzusprechen, stapfte die Treppe nach oben und verschwand in ihrem Zimmer.

Katha gab die Bestellung beim Italiener telefonisch auf und öffnete sich anschließend eine kühle Flasche Rosé. Wenn sie in zwei Tagen erst Ursels Beerdigung überstanden hatte, könnte sie vielleicht wirklich langsam damit beginnen, ein neues Leben zu planen. Ein neues Leben für sie und Ronja.

Gerade als der erste kühle Schluck durch ihre Kehle wanderte, klingelte es an der Haustür.

So schnell können die doch noch gar nicht hier sein, dachte Katha, während sie durch den Flur und zur Haustür lief.

Als sie die Tür öffnete, verschlug es ihr den Atem.

107

Die versammelte Mannschaft stand im Kreis um sie herum und applaudierte. Eigentlich hätte ihr so viel Aufmerksamkeit unangenehm sein sollen, dachte sie, doch Tati genoss es. Sie konnte nichts gegen dieses Gefühl machen. Schon ihr Leben lang sehnte sie sich nach Anerkennung, nach Erfolg, nach Menschen, die ihr Talent erkannten und schätzten.

»Vielen Dank, ihr übertreibt doch, ihr seid echt zu lieb«, sagte sie.

Ihr Team hatte sich im größten Raum der Redaktion, in dem sich auch Tatis Arbeitsplatz befand, eingefunden.

Der Artikel über das düstere Grab in einer Fahrschule, mit der noch dunkleren Background-Story dahinter, war am Morgen erschienen und binnen weniger Stunden tausendfach geklickt worden.

Erst vor zwei Tagen hatte Katha ihr tatsächlich das versprochene Exklusiv-Interview gegeben. Und sie hatte ihr sogar vom Verbrechen der eigenen Eltern erzählt unter der Bedingung, dass Tati es genauso, wie es wirklich geschehen war, wiedergeben würde – und Katha den Bericht vorher lesen dürfte.

Tati wurde das Gefühl nicht los, dass Katha diese Veröffentlichung selbst als eine Art Befreiung empfand. Nun gab es keine Geheimnisse mehr. Nichts, womit man sie jemals erpressen oder unter Druck setzen könnte. Katha hatte ihr gesagt, dass sie unter keinen Umständen wie ihre Eltern mit einer Schuld, einem dunklen Geheimnis leben wolle, das womöglich ihr ganzes restliches Leben kontrollieren würde. Für Tati eine Win-win-Situation. Endlich hatte sie den lang ersehnten Bericht schreiben können, der mehr war als die üblichen regionalen Meldungen.

Nachdem ihre Kolleginnen und Kollegen wieder an die Arbeit gegangen waren, setzte auch sie sich an ihren Schreibtisch. Der nächste Knaller wartete schon. Und auch diese Story hatte sie indirekt Katha zu verdanken. Und Paul. Durch sie und Katha hatte er einen illegalen Drogenumschlagplatz ausheben können und wurde ebenfalls für diese Ermittlungsarbeit auf dem Präsidium gefeiert.

»Wisst ihr was?«, sagte Tati plötzlich an ihre Kollegen gewandt. »Ich verlege meinen Arbeitsplatz für den restlichen Tag ins Home-Office. Da kann ich es mir wenigstens bequem machen.«

Sie wusste, dass Paul heute freihatte, und für den Abend waren sie sowieso schon verabredet, sicher würde er sich freuen, wenn sie ihn schon früher überraschte. Den Artikel könnte sie auch noch in der Nacht schreiben.

Als sie vor Pauls Tür stand und die Klingel betätigt hatte, überlegte sie einen Moment lang, was es mit ihr machen würde, wenn sie ihn jetzt mit einer anderen Frau erwischen würde. Bevor sie zu einem Ergebnis kam, öffnete er auch schon die Tür.

»Hey, was machst du denn schon hier?«, fragte er und zog die Augenbrauen zusammen.

»Wieso, störe ich?«

»Na ja«, stammelte er. »Ich habe einfach noch nicht mit dir gerechnet. Musst du nicht eigentlich noch arbeiten?«

Tati spürte mit einem Mal, was es mit ihr machte. Ihre Wangen begannen zu glühen und ihr Puls beschleunigte.

»Ich habe beschlossen, den Artikel später zu schreiben. Ist das denn ein Problem?«, fragte sie und beherrschte sich, nicht wütend zu klingen.

»Nein … natürlich nicht«, sagte Paul. »Komm rein.«

Als sie die Wohnung betrat, fühlte sie sich sofort schlecht.

Was bin ich nur für ein entsetzlicher Mensch, dachte Tati.

Sie starrte auf die vielen bunten Ballons und das halb fertig aufgehängte Banner, auf dem *Herzlichen Glückwunsch* stand. Dann spürte sie Paul, der sie von hinten in seine Arme nahm.

»Ich wollte dich überraschen«, sagte er. »Wegen deines super erfolgreichen Artikels.«

Tati drehte sich zu ihm um und drückte ihren Kopf fest an seine Brust. Sie inhalierte seinen Duft und hielt ihn umklammert, ohne ihn dabei anzusehen.

»Hey, alles okay?«, fragte er nach einer Weile.

Statt ihm zu antworten, küsste sie ihn so leidenschaftlich, wie sie konnte. Anders als sonst zerrte Tati Paul ins Schlafzimmer. Diesmal wollte sie keinen Quickie im Stehen, keinen Fick von hinten, sie wollte ihn lieben – und von ihm geliebt werden.

108

Auch wenn sie es nur ungern zugeben wollte, gefiel es ihr, dass ihre Freunde auf einmal so besorgt um sie waren. Wenn sie ihnen schrieb, hatte sie binnen kürzester Zeit Antworten von allen dreien. Sogar von Chrissy, die sonst fast ausschließlich über Emoji kommunizierte. Sie wollten alle zum Pizza-Film-Abend kommen, und Ronja hoffte, dass sie es schafften, sie für ein paar Stunden von ihren dunklen Gedanken zu befreien.

Jedes Mal, wenn sie in den Spiegel blickte, war es, als stünde das Wort *Mörderin* auf ihrer Stirn. Insgeheim hatte sie gehofft, dass Vic den Schuss überleben würde. Nicht, weil sie ihm das Leben gönnte, sondern weil sie keine Mörderin sein wollte.

Das Klingeln an der Haustür riss sie aus ihren Gedanken.

So schnell könnt ihr jetzt aber nicht ernsthaft hier sein, dachte sie und öffnete ihre Zimmertür.

Katha hatte offensichtlich bereits geöffnet, und als Ronja die Treppe hinunterging, traute sie ihren Ohren kaum. Sie kannte die Stimme.

Als sie um die Ecke bog, sah sie die Besucherin: Es war tatsächlich Corinna. Und auf ihrem Arm hielt sie ein Baby.

»Hallo, Ronja«, rief sie.

Ronja ging auf ihre Tante und Corinna zu. Bisher waren sie nicht einmal sicher gewesen, ob Corinna überhaupt überlebt hatte.

»Na, du Heldin«, sagte Corinna und kam jetzt in den Flur. »Darf ich dir jemanden vorstellen?«

Ronja musste grinsen, weil das kleine Kind sie anlächelte.

»Das ist Jonathan. Seit zwei Stunden habe ich ihn wieder«, sagte Corinna und strahlte über das ganze Gesicht.

Ronja spürte, dass sich Tränen in ihren Augen bildeten, und deshalb blickte sie schnell zur Seite.

»Du musst uns alles erzählen«, sagte Tante Katha. »Komm rein! Hast du Lust auf Pizza? Ich habe gerade bestellt, weil wir einen Filmabend machen. Ronjas Freunde kommen auch noch.«

»Ich will euch nicht stören«, sagte Corinna.

»Komm bitte rein. Wir freuen uns, dass du da bist.«

Und obwohl ihre Tante diese Frau kaum kannte, nahm sie Corinna in den Arm.

»Vorsichtig, denk an meine Schussverletzung«, sagte Corinna.

Tante Katha zuckte zusammen.

»Die hätte ich fast vergessen«, sagte sie.

Ronja folgten ihnen in die Küche.

»Wie geht es dir, Ronja?«, fragte Corinna, nachdem sie sich alle an den Tisch gesetzt hatten.

»Geht schon«, sagte Ronja.

»Wir arbeiten dran«, sagte Tante Katha. »Es wird Zeit brauchen. Wir alle werden Zeit brauchen. Wie hast du dein Baby zurückbekommen?«

»Ich habe schon fast nicht mehr daran geglaubt«, sagte Corinna jetzt. »Ein Baby, das anonym in einer Babyklappe abgegeben wird, wieder zurückzubekommen ist fast ein Ding der Unmöglichkeit. Doch die Behörden haben mich zum Glück von Anfang an unterstützt. Und heute durfte ich ihn dann endlich mitnehmen. Ich bin nicht sicher, ob nicht auch dieser Zeitungsartikel etwas dazu beigetragen hat.«

»Das ist so toll«, sagte Tanta Katha. »Ich freu mich so für dich. Nach allem, was du durchstehen musstest.«

»Es wird noch einen Papierkrieg geben, aber das schaffe ich auch noch. Ich habe mein Baby wieder, alles andere spielt keine Rolle mehr«, sagte Corinna.

Es klingelte.

»Geh ruhig und mach deinen Freunden auf«, sagte Tante Katha.

Als Ronja öffnete, standen Safi, Chrissy und Tom vor ihr.

»Seid ihr zufällig alle gleichzeitig hier oder führt ihr irgendwas im Schilde?«, fragte Ronja.

»Purer Zufall, Sis«, sagte Safi. Beim Eintreten hielten sie ihr alle zur Begrüßung ihren Unterarm entgegen, den Ronja mit ihrem Gips abcheckte.

Mit ihren Freunden lümmelte sie sich aufs Sofa, während ihre Tante noch mit Corinna in der Küche saß.

»Und wart ihr heute bei der Beerdigung im Wald?«, fragte Chrissy.

»Jap«, antwortete Ronja.

»Und alles okay?«, hakte Chrissy nach.

»Mann, jetzt lass sie doch mal«, sagte Safi. »Hey, Sis, hast du gehört, was die mit Toms Onkel gemacht haben?«

Ronja blickte zu Tom, der hob nur die Achseln und grinste.

»Nee, was denn?«, sagte Ronja.

»Die haben den ganzen Laden von ihm auf den Kopf gestellt und ihn anschließend verhaftet«, sagte Safi und rieb sich die Hände. »Der Drecksack muss vermutlich ganz schön lange in den Knast.«

»Was denn überhaupt für einen Laden?«, fragte Ronja. »Ich habe das ja nur so am Rande von euch mitbekommen.«

»Ach so, das weiß sie ja gar nicht«, sagte Chrissy und schien überrascht zu sein. »Erzähl du mal, Tom«, sagte sie.

»Mein Onkel hatte ein Art Bar oder Club, in so einem Keller auf einem stillgelegten Fabrikgelände.«

»Klingt nicht gut«, sagte Ronja, die erst mal genug von irgendwelchen verlassenen Kellerräumen hatte.

»Dort hat er nicht nur Drogen vertickt, sondern auch Minderjährige als Bedienungen eingestellt. Die wurden anscheinend nicht selten, auch von ekligen alten Säcken angetatscht und so …«

»Ist ja widerlich«, sagte Ronja.

»Ja, ist es«, sagte Tom. »Und jetzt haben sie das ganze Teil hochgenommen und geschlossen.«

»Geil«, sagte Safi. »Ich glaube nicht, dass wir die Reparaturkosten vom Dodge noch zahlen müssen.«

Der Dodge. An den hatte Ronja gar nicht mehr gedacht.

Als es erneut klingelte, rief Tante Katha aus der Küche. »Ronja, machst du bitte mal auf, dass muss die Pizza sein.«

»Pizzzzaaaa«, rief Safi freudig, und mit einem Mal musste Ronja lachen. Sie freute sich auf den Abend mit ihren Freunden.

109

»Bist du bereit?«

Nein, eigentlich nicht, dachte Katha.

Tati hatte ihr versprochen, sofort zu gehen, wenn sie merkte, dass es zu viel wurde. Sie hatte ihr aber auch versichert, dass es von enormer Bedeutung wäre, dass sie die Geschichte aus seinem Mund erfahren würde.

Sie hatten sich mit Leon in der Reutlinger Innenstadt verabredet, im größten Bistro am Marktplatz. Hier waren zu jeder Tageszeit viele Menschen, was Katha ein Gefühl von Sicherheit gab. Als Teenager hatte sie hier viele Stunden mit ihren Freundinnen verbracht, sie hatten Kiba getrunken, wilde Kartoffeln mit Knoblauch-Dip gegessen und über Jungs gequatscht.

»Sollen wir?«, hakte Tati nach.

»In Ordnung.«

Tati hakte sich bei ihr unter und drückte die gläserne Flügeltür nach innen. Sofort nahm Katha den typischen Geruch des Bistros wahr und den gleichmäßigen Lärmpegel. Die große Bahnhofsuhr zeigte, dass sie bereits zehn Minuten zu spät waren.

Hektisch wanderte ihr Blick von Tisch zu Tisch, bis sie den Menschen entdeckten, dem Katha eigentlich nie wieder hatte begegnen wollen.

Leon.

Er hatte sich an den hintersten Tisch direkt vor den Toiletten gesetzt. Als sie sich näherten, strich er sich mehrmals nervös durchs Haar. Auf seinem Gesicht waren noch die Spuren von Frieders Fäusten zu sehen.

Es war ein merkwürdiges Gefühl, die Blessuren zu betrachten und gleichzeitig zu wissen, dass die Person, die dafür verantwortlich war, tief unter der Erde begraben lag.

»Sorry, wartest du schon lange?«, fragte Tati und setzte sich ihm gegenüber. Zögerlich nahm auch Katha Platz. Sie konnte Leon kaum ansehen. Ihre Finger waren eiskalt.

»Das macht gar nichts«, sagte Leon leise.

Katha bemerkte, dass seine Hände zitterten.

»Ich finde es wirklich toll, dass wir dieses Treffen vereinbaren konnten und …«

Tati wurde unsanft von Katha unterbrochen.

»Lasst es uns bitte nicht unnötig in die Länge ziehen«, sagte sie. »Ich bin nur hier, weil Tati meinte, ich müsse mir unbedingt deine Geschichte anhören. Und, weil ich wissen wollte, was du mir in der Fahrschule so Dringendes mitteilen wolltest. Also lasst uns das bitte abkürzen und gleich zum Wesentlichen kommen.«

»Okay«, sagte Tati und legte ihr Handy auf den Tisch. »Dann Leon, bitte. Erzähl ihr einfach, was du mir erzählt hast.«

»Ja … ich … weiß nicht, wo ich anfangen soll«, stammelte er und schob sein Cola-Glas von rechts nach links.

»Wie wäre es am Anfang?«, schlug Katha vor. »Der Abend am zweiundzwanzigsten Mai zweitausendvierzehn. Was genau ist da in dir vorgegangen, als du mir ins Gesicht geschlagen und mich ausgesetzt hast?«

Leon schluckte und strich sich erneut durchs Haar.

»Oder als du mir in den Bauch getreten hast? Wie war das für dich? War das etwas, was du schon lange machen wolltest?«

Katha spürte, dass sie wütend wurde. Am liebsten wäre sie sofort aufgestanden und gegangen.

Tati fasste ihr sanft an den Oberarm. »Katha, bitte. Lass ihn erzählen. Gib ihm eine Chance.«

Katha atmete tief durch und blickte dann zu Leon. »Dann erzähl es jetzt auch.«

»Ich wurde erpresst«, sagte er plötzlich. »Man hat mich unter Druck gesetzt. Und dann habe ich es einfach getan.«

»Womit wurdest du erpresst?«, fragte Katha. »Und was solltest du tun?«

Wer Leon unter Druck gesetzt hatte, konnte sich Katha inzwischen selbst zusammenreimen. Aber womit hatten sie ihn in der Hand gehabt? Warum hatten Vic und Delf sich ausgerechnet ihn ausgesucht?

»Alles fing mit meinem achtzehnten Geburtstag an«, erklärte Leon. »Ich habe in einem Club auf der Alb gefeiert, und es wurde ziemlich exzessiv. Plötzlich haben da auch andere Leute mitgefeiert. Ich war ziemlich betrunken. Da waren so zwei Typen, ich kannte die nicht, aber die haben mich total abgefüllt. Ich konnte mich am nächsten Morgen an nichts mehr erinnern. Nicht mal daran, wie ich überhaupt nach Hause gekommen war. Totaler Blackout.«

Katha dachte daran, was Delf bezüglich Leon gesagt hatte: *Bauernopfer*.

»Sag ihr, was dann am nächsten Morgen geschah«, forderte ihn Tati auf.

»Als ich aufgewacht bin, hatte ich diese Botschaft auf meinem

Handy. Und das Video.« Leon trank hektisch einen Schluck Cola.

»Jetzt sag es einfach!«, fauchte Katha. »Mit was hatten sie dich in der Hand? Was war das für ein Video?«

»In dem Video …«, begann er, »da war ich … nackt … auf einer Frau. Sie hat sich gewehrt, und … sie war an Händen und Füßen gefesselt.«

Leon vergrub sein Gesicht in den Händen.

»… sie haben damit gedroht, das Video ins Netz zu stellen, wenn er nicht macht, was sie von ihm verlangen«, sagte Tati. »Das Video ist nur wenige Sekunden lang, aber Leon ist deutlich darauf zu erkennen. Es wurde von einer anonymen Nummer geschickt, und wer die zwei Typen waren, wusste er nicht.«

»Aber das kam auf jeden Fall von denen«, sagte Leon jetzt. »Sie wollten das Video ins Netz stellen und dazu schreiben: ›Leon ist ein Vergewaltiger‹ – wenn ich nicht ihre Anweisungen befolge.«

»Und wie genau lauteten die?«, fragte Katha.

»Irgendwoher wussten sie, dass meine Nachtfahrt mit dir bevorstand. Sie haben mir dann ganz genau erklärt, wo ich dich aussetzen soll. Ich sollte dir außerdem Angst machen und dir dein Handy abnehmen.«

»Und statt zur Polizei zu gehen, hast du gedacht: Okay, dann mache ich es halt, oder was?« Katha spürte, wie die Wut immer mehr in ihr hochkochte.

»Sie haben gesagt, wenn ich die Polizei einschalte, landet das Video auf jeden Fall im Netz. Und außerdem würden sie es per Mail an meine Eltern schicken«, erklärte Leon.

»Du hast dich doch auch nicht der Polizei anvertraut, als sie dich mit Ronja erpresst haben«, warf Tati ein.

Es war wie ein Schlag ins Gesicht. Die ganze Zeit hatte sie Leon nur aus ihrer Perspektive betrachtet – verständlicherweise. Katha hatte nicht einmal versucht, sich in seine Lage zu versetzen.

Bauernopfer.

All die Wut, die in ihr war, die sich seit dieser Nacht in ihr angestaut hatte, projizierte sie schon immer nur auf ihn.

Leon sprach weiter.

»Ich habe sie gefragt, was sie mit dir vorhaben und warum ich das machen soll«, sagte Leon. »Sie haben mir versichert, dass dir nichts Schlimmes geschehen würde. Als ich dann später erfahren habe, was sie dir angetan haben …« Er verstummte abrupt.

Eine merkwürdige Stille entstand.

Dann schob Tati ihr Handy zu Katha.

»Wenn du das Video sehen willst, ich habe es von Leon bekommen. Es ist furchtbar. Niemand würde so etwas von sich im Netz sehen wollen.«

Katha schüttelte den Kopf. »Ich will es nicht sehen.«

Dann blickte sie Leon an und sah, dass er Tränen in den Augen hatte.

»Es tut mir so leid«, schluchzte er. »Ich habe das alles nicht gewollt. Diese Nacht hat auch mein Leben zerstört. Ich bin nie darüber hinweggekommen, was ich dir angetan habe.«

Diese Nacht hat so einiges zerstört.

»Und neulich habe ich wieder so eine Mail bekommen, mit einer neuen Drohung. Dass ich etwas gegen deine Familie machen soll. Deswegen bin ich in die Fahrschule gekommen. Ich wollte dich warnen. Ich wollte den gleichen Fehler nicht noch einmal begehen. Selbst wenn dieses Video dann veröffentlicht werden sollte.«

»Hast du diese Frau im Video vergewaltigt?«, wollte Katha wissen.

Leon senkte den Blick. »Ich weiß es nicht.«

»Hier kann ich vielleicht etwas beitragen«, sagte Tati. Sie griff Leon an den Arm. »Ich darf nicht allzu viel verraten. Das bin ich meinem … Freund schuldig. Aber das Video ist nur ein kleiner Ausschnitt. Du hast diese Frau im Video nicht vergewaltigt. Sie haben es nur so aussehen lassen.«

Leon starrte Tati mit weit aufgerissenen Augen an.

»Aber … das hast du nicht von mir«, ergänzte Tati noch schnell.

»Woher weißt du das?«, fragte Katha.

»Das Anwesen der beiden Brüder wird im Moment von oben bis unten auf den Kopf gestellt. Ihr wollt gar nicht wissen, was da noch alles so zu Tage gefördert wurde, aber ich dachte, diese eine Sache müsst ihr wissen. Vielleicht könnt ihr dann beide endlich euren Frieden schließen.«

Leon drehte den Kopf zur Seite und begann leise zu weinen. Sein Körper bebte.

Auch Katha spürte, wie tausend Gefühle auf einmal ihren Körper durchfluteten. Sie dachte an Ronja und wie wichtig es war, dass dieses junge Mädchen ihr Trauma schnell bewältigen würde, um nicht zu enden wie sie oder der weinende Leon vor ihr.

»Lass uns ein für alle Mal mit dieser Nachtfahrt abschließen«, sagte Katha.

Leon wischte sich mit der Hand übers Gesicht und drehte sich zu ihr. Seine Augen waren gerötet.

»Wir alle waren nur Bauern in einem Schachspiel zweier Wahnsinniger«, sagte Katha. »Lassen wir die Vergangenheit endgültig ruhen.«

Katha erhob sich und ging Richtung Ausgang. Sie atmete mehrmals tief durch, und als sie vor der Tür in der Sonne stand und die vielen Menschen auf dem Marktplatz beobachtete, wusste sie, dass sie zusammen mit Ronja neu anfangen wollte.

In einem neuen Haus, in einer neuen Stadt, mit einer neuen Fahrschule.

Dank

Hätte ich zehn Seiten für eine Danksagung bekommen, ich hätte sie alle gefüllt. Doch wie so oft liegt in der Kürze die Würze. Daher möchte ich mich zunächst bei dem wichtigsten Menschen auf dieser spannenden Reise bedanken: meinem Literaturagenten Markus Michalek. Wenn es Dich nicht gäbe, gäbe es dieses Buch nicht. Du hast an meine Geschichten geglaubt und vor allem an mich. Wenn ich unsicher bin und Selbstzweifel habe, dann bist Du da und sagst immer das Richtige. Danke für alles, was war und für alles, was noch kommt.

Ohne Stefanie Werk und Reinhard Rohn gäbe es dieses Buch ebenfalls nicht. Ihr beide, zusammen mit dem unglaublich talentierten und engagierten Team vom Aufbau Verlag, habt meine Geschichte zum Leben erweckt. Und Ihr habt dieses unglaublich coole Cover gestaltet! Ich danke euch von Herzen für Euer Vertrauen und die unfassbare Unterstützung.

Außerdem möchte ich Charlie Lyne danken. Niemand kennt meine Romanfiguren besser als Du. Und irgendwann machen wir einen Film zusammen. Unbedingt.

Danken möchte ich auch den folgenden Personen:

Jürgen T. Knauf: hättest Du mich vor zehn Jahren nicht überzeugt, einen Roman zu schreiben, hätte ich es vielleicht nie versucht.

Dr. Rüdiger Welter: Sie haben sich voller Begeisterung meine ersten Gehversuche im Thriller-Genre angesehen und mir den Rat gegeben, meinen Bösewicht nicht Paul zu nennen. Der Name sei zu nett. In »Nachtfahrt« gibt es jetzt einen freundlichen Paul. Ich hoffe ganz in Ihrem Sinne.

Matthias Bürgel: Du warst für mich da, als ich den Rat eines erfahrenen Schriftstellers dringend benötigte. Dafür danke ich Dir aufrichtig. Ohne Dich hätte ich wohl nicht den Mumm gehabt, mich bei der AVA International zu bewerben. Und wer weiß, wie dann alles ausgegangen wäre …

Iver Niklas Schwarz und Sarah Bestgen: Wir teilen nicht nur den Literaturagenten miteinander, sondern auch dieselben Erfahrungen, dieselben Ängste. Daher sollten wir unbedingt auch unsere LeserInnen teilen: Besorgt Euch auf jeden Fall »Happy End« (Sarah Bestgen) und »Kummersee« (Iver Niklas Schwarz). Es lohnt sich!

Jana: Danke für Deine Freundschaft – schon seit 25 Jahren! Eigentlich solltest Du auch Romane schreiben, denn Du findest zu jeder Lebenslage die richtigen Worte.

Danken möchte ich auch Anja Gawlowksi, Isabell Gospodarczyk, Armin Schnürle, Andreas Glück und Frank Glaunsinger. Vermutlich hättet Ihr mir auch spät in der Nacht noch Fragen zu Schließfächern, Fahrschul-Konten oder Rettungseinsätzen beantwortet.

Ich danke auch meinen Eltern Barbara und Gerd sowie meiner Schwiegermutter Margret von Herzen für die Unterstützung und insbesondere dafür, dass Ihr Euch immer wieder auch auf meine düsteren Seiten einlasst.

Und nach dem Motto ›Das Beste kommt zum Schluss‹ möchte ich meinem Mann Oliver danken. Ihm gilt übrigens die Widmung am Anfang des Buchs. Danke, dass Du immer und ausnahmslos hinter mir stehst und an mich glaubst. Und dass Du bei allem, was ich tue, mein Number-One-Fan bist! Dafür darfst Du auch immer als allererstes meine Geschichten lesen. Versprochen.

Ein herzliches Dankeschön auch an meine Leserinnen und Leser – ohne Euch wäre das alles sinnlos! Danke, dass Ihr mir und meiner Geschichte Euer Vertrauen und Eure Zeit geschenkt habt. Ich hoffe, Ihr habt die Nachtfahrt mit mir genossen und seid auch in Zukunft gut angeschnallt dabei.

Anmerkung der Autorin

Das auf Seite 28 gespielte Lied zitiert »Go to Hell, for Heaven's Sake« der Band Bring Me the Horizon, Text von Oliver Sykes, und das auf der Seite 228 gesungene Lied zitiert das »Schlaflied« von Die Ärzte, Text von Farin Urlaub.

LESEPROBE

PROLOG

Krølle setzte sich mit dem Laptop und der ersten Tasse Kaffee auf die Terrasse. Eigentlich hieß er Erik Torba, aber auch das war nur ein Name von vielen. Ein dänischer Journalist, mit dem ihn einiges verband, hatte ihn so genannt, nachdem Erik sich für ihre erste Begegnung mit einer lockigen Perücke ausstaffiert hatte. Krølle – das dänische Wort für Locke – gefiel ihm mit Abstand am besten. Einen Moment lauschte er dem Flüstern des frühen Morgens, dann trank er einen Schluck und öffnete die Mail. Sie klang für Außenstehende nichtssagend und langweilig – ein Rosenzüchterverein lud zur Jahreshauptversammlung ein. Im Text versteckt war der Hinweis auf eine Adresse und die Vorgehensweise für ein Treffen. Dass Krølle tatsächlich Mitglied in dem Verein war und sich inzwischen als überaus begabter Rosengärtner bezeichnen durfte, war ein Detail, das ihn immer wieder amüsierte.

Krølle überprüfte die Daten zweimal und runzelte die Stirn. Er war sicher, dass die Informationen von Lennart Paulsen stammten – einem verdeckt agierenden Ermittler, der in einem ausgewählten Zirkel im Umfeld von BKA, BND und MAD in der Regel die Drecksarbeit erledigte, von der Außenstehende kaum etwas ahnten. Sie hatten sich vor ein paar Jahren kennengelernt, nachdem Krølle dem BKA nach all den Jahren seines erfolgreichen Schattendaseins dann doch ins Netz gegangen war und die Wahl gehabt hatte – entweder als Beschatter und Schnüffler und manchmal als Killer auch für diesen schillernden Auftraggeber tätig zu werden oder aber ins Gefängnis zu gehen und dort nicht lange zu überleben. Die Entscheidung war in denkbar kurzer Zeit gefallen. Besonders sympathisch waren sie einander nicht gewesen, zumindest anfänglich nicht. Krølle hatte Paulsen misstraut, weil er zu den wenigen Menschen gehörte, die er nicht mit seinem inneren Sensor erfassen und lesen konnte, und Paulsen hatte ihn für einen ebenso begabten wie gewissenlosen Killer gehalten, der für jeden tätig wurde, der ihn bezahlen konnte – was übrigens schlicht falsch war. Doch zu diesem Zeitpunkt war keiner von beiden zu einer Diskussion bereit gewesen. Sie hatten ihren Kontakt auf das Nötigste beschränkt und sich darüber hinaus misstrauisch beäugt.

Ihr Verhältnis änderte sich schlagartig, als Krølle den MAD-Mann aus einer brenzligen Lage befreit und dabei nicht gezögert hatte, fünf Typen einer rechtsradikalen Gruppe auszuschalten – eine waghalsige Aktion, die ihn im Rückblick immer noch mit diebischem Vergnügen erfüllte. Fünf Nazis, die es bei Kriegsspielen hinterrücks erwischt hatte – was wollte man mehr? Hinzu kam der erfreuliche Umstand, dass Paulsen seitdem nicht müde wurde zu betonen, dass er nun ewig in Krølles Schuld stehen würde, und das Bemerkenswerte war: Genauso meinte er es auch. Das klang zwar ebenso offen und direkt wie verdammt melodramatisch, und Krølle hatte wenig übrig für überschwängliche Beteuerungen und Melodramatik, doch er ließ es dann doch so stehen. In der Folge arbeiteten sie immer mal wieder zusammen oder unterstützten sich gegenseitig. Wer wüsste nicht besser als er, wie sich schicksalshafte Begegnungen anfühlten und was sie bewirken konnten?

Hannah Jakob und ihr Hund Kotti hatten sein Leben verändert – schlagartig. Zwanzig Jahre hatte er für den rumänischen Geheimdienst gearbeitet und sich stets eins gefühlt mit seinem Tun. Doch den Auftrag, den Hund der Kommissarin zu entführen und zu töten, um sie von weiteren Ermittlungen im Umfeld der organisierten Kriminalität abzuhalten, hatte er seinerzeit nicht befolgen können. Das klang so lächerlich und kitschig wie ein schnulziger Liebesfilm. Aber genauso verhielt es sich manchmal mit der Wahrheit. In den nachfolgenden Jahren hatte Krølle Hannahs Weg immer wieder verfolgt, ihre Ermittlungen aus der Nähe beobachtet und manches Mal auf seine ganz persönliche Art eingegriffen, so gefährlich diese Aktionen auch oftmals waren. Selbst als er im Geheimteam BKA mitspielte und nicht aus der Deckung kommen durfte, hatte er sich nicht davon abhalten lassen. So war er schließlich auch auf ihre Kollegin Kommissarin Sarah Pirohl, die auf Bornholm tätig war, und ihren Freund, den Journalisten Frederik Thomsen, aufmerksam geworden. Wenn ihm allerdings zu diesem Zeitpunkt jemand gesagt hätte, dass er mit diesem beherzten jungen Mann, dem er seinen hübschen Spitznamen verdankte, gemeinsame Sache machen würde, hätte er lachend abgewinkt. Doch genauso war es gewesen. Frederik war in eine ziemlich ausweglose Lage geraten, und die gemeinsamen Anstrengungen, ihn daraus zu befreien und zugleich auf die Ermittlungsarbeit der dänischen und deutschen Polizeibehörden Einfluss zu nehmen, waren in ein höchst geschicktes und aufwendiges Großmanöver ausgeufert. Es hatte Tote im Umfeld der Pirohl-Leute gegeben – Menschen, auf die man im Übrigen getrost verzichten konnte. Das sah Frederik inzwischen genauso. Er hatte sich von den hehren Zielen seines Berufsstandes mittlerweile verabschiedet, wie Krølle wusste. Das allerdings hatte Krølle so nicht kommen sehen. Frederik war ein mutiger Kämpfer, aber Attacken, die auch tödlich enden konnten oder zumindest im Zusammenhang mit Straftaten und gewalttätigen Finten standen, hatten bislang nicht zu seinem Repertoire gehört.

Manchmal schloss sich der Kreis auf unerwartete Weise, und Bernd Pirohl, Sarahs Vater, hatte dabei den Ausschlag gegeben. Der Wirtschaftsjurist, ehemaliger Leiter einer Wirtschaftskanzlei und viele Jahrzehnte Unterstützer und Mitglied des rechtsextremen Spektrums, bevor seine eigene Tochter gemeinsam mit Frederik entscheidend dazu beigetragen hatte, seine Gruppe zu entlarven und für seine Inhaftierung zu sorgen, lebte inzwischen nicht mehr. Und der dänische Journalist befand sich seit geraumer Zeit auf Reisen, auf der Suche nach neuen Herausforderungen und Verbündeten, und manchmal meldete er sich bei Krølle. Dem waren solche Kumpaneien ganz und gar nicht wichtig – von der Verbindung mit Paulsen abgesehen –, aber er brachte es auch nicht übers Herz, Thomsens Adresse zu blockieren oder die Nachrichten ungelesen zu löschen.

Krølle schob die Gedanken beiseite und beantwortete die Mail mit einer Zusage, bevor er den gesamten Vorgang löschte. Anschließend frühstückte er und machte sich keine Stunde später auf den Weg. Paulsen würde höchstens zehn Minuten am Treffpunkt auf ihn warten und dann verschwinden. Die Frage, warum er diesen Umweg für die Kontaktaufnahme gewählt hatte, statt eines der sicheren Handys zu benutzen, lag auf der Hand: Paulsen hatte einen neuen wichtigen Auftrag und musste in Deckung bleiben. Oder er war in Gefahr und brauchte Hilfe.

Krølle mied die Autobahn und fuhr über die B 96 in Richtung Buch. Er war eine halbe Stunde vor der Zeit am Treffpunkt und parkte am Arkenberger Kiessee. Frühsommer und doch schon ungewöhnlich heiß. Früher hatte es zu dieser Zeit manchmal wochenlang geregnet, und alle hatten sich danach gesehnt, dass die Sonne endlich die Oberhand gewann. An der Badestelle war bereits einiges los. Krølle packte seinen Rucksack und unternahm eine Inspektionsrunde. Als er zu seinem Wagen zurückkehrte, sah er sofort den kleinen Jeep, der hinter einem dichten Gebüsch stand. Die Fahrertür schwang auf, Paulsen stieg aus, tippte mit einer Hand an sein Cap und kam ihm entgegen – Krølle nickte. Sie gingen nach kurzer Begrüßung nebeneinander zum Kiessee hinunter.

»Du machst es spannend«, meinte Krølle, als sie die Badestelle passiert hatten. »Was ist los?«

»Ich habe einen Auftrag erhalten, bei dem ich Unterstützung gebrauchen könnte«, erwiderte Paulsen und blickte einen Moment in die Ferne, bevor er wieder Krølle ansah. »Unterstützung, von der niemand etwas mitbekommen sollte.«

»Du sicherst dich ab?«

Paulsen nickte. Er wirkte plötzlich angespannt. »In unserem Geschäft kann man eigentlich niemandem vertrauen. Mit dir ist das anders. Du hast mir schon mal den Arsch in höchster Not gerettet – was soll schon schiefgehen?« Er lächelte, aber es wirkte gezwungen.

Krølle sah ihn abwartend an. »Ein schmutziger Auftrag?«

»Könnte sein.«

Krølle drehte sich um und warf einen Blick zurück zum Parkplatz.

»Keine Sorge, ich habe den Wagen zweimal gewechselt«, erklärte Paulsen. »Sollte sich jemand an meine Fersen geheftet haben, wartet er nun vor einem Wellnessclub auf mich.«

»Das klingt gut. Also?«

Paulsen atmete tief durch. »Es geht um einen Kollegen. Er gehörte zum Team für eine Aktion im Rahmen des Zeugenschutzprogramms. Große Sache. Auslandseinsatz mit neuer Identität. Hervorragend organisiert.«

»Lass mich raten – es ist trotzdem was durchgesickert?«

Paulsen nickte. »Das zumindest ist zu befürchten. Der Zeuge ist verschwunden, nachdem anderthalb Jahre alles gut ging.«

»Von wem sprechen wir?«

»Kann ich nicht sagen.«

»Kannst du nicht oder darfst du nicht?«

»Ich kenne den Namen tatsächlich nicht, und man wird ihn mir auch nicht verraten. Ist durchaus so üblich bei solchen Geschichten. Der Kollege wurde jedenfalls kürzlich ausgewechselt, und mein Auftrag lautet, ihn zu observieren und zu durchleuchten, nach Anhaltspunkten für Geheimnisverrat oder auffallenden Kontakten Ausschau zu halten, und mir ist nicht wohl bei der Sache. Es muss ein handfester Verdacht gegen ihn bestehen, sonst würde man diese Maßnahme nicht anordnen. Die Zeugenschutzleute unterliegen einer hohen Geheimhaltungsstufe, und wenn was schiefgeht, ist Alarmstufe rot angesagt.«

»Verstehe. Hattest du schon mit ihm zu tun?«

Paulsen schüttelte den Kopf. »Nicht, dass ich wüsste.«

»Und warum sollst du das allein übernehmen?«

»Gute Frage.« Dann hob er langsam eine Braue.

Krølle rieb sich übers Kinn. »Verstehe. Sollte sich der Verdacht bestätigen, könnte sich womöglich eine pragmatische Lösung anbieten.«

Paulsen blieb stehen und sah Krølle direkt an. »Kann ich auf dich zählen?«

»Natürlich. Wie genau stellst du dir meine Unterstützung vor?«

»Behalte im Blick, ob jemand an mir dran ist.«

»Das dürfte kein Problem sein.«

»Der Job wird übrigens gut bezahlt. Wir teilen natürlich.«

Krølle lächelte. »Klingt verlockend. Ein Zuschuss zum Taschengeld kann nicht schaden.«

Es war später Nachmittag, als Krølle in sein friedliches Domizil am Roofensee zurückkehrte. Die Nachbarn hielten ihn für einen kauzigen und maulfaulen Einsiedler, der sich in die Natur zurückgezogen hatte, seinen Rosengarten pflegte und den Streunerkater Copper versorgte. Nach offizieller Lesart verfügte er über ein kleines Sparvermögen und verdiente sich regelmäßig mit der Gestaltung von Websites und anderen Internetjobs etwas hinzu. Inoffiziell hatte er keinerlei finanzielle Sorgen, und seine Aufträge konnte er sich aussuchen. Galt es, einen Tierquäler zu beseitigen, arbeitete er kostenlos. Hatte er den Eindruck, dass Auftraggeber mit gezinkten Karten spielten, lehnte er ohne jegliche Begründung ab.

Er stellte Coppers Milchschale bereit. Irgendwo hatte er mal gelesen, dass Katzen Kuhmilch gar nicht vertrugen. Copper wirkte allerdings putzmunter. Krølle ging in die Küche und briet sich ein Kotelett. Dazu gab es Bratkartoffeln und Gurkensalat. Ein deftiges Mahl an einem heißen Tag. Das hatte ihn noch nie gestört.

Später aktivierte er den GPS-Tracker, den er an Paulsens Wagen befestigt hatte. Eine Sicherheitsmaßnahme, die sich schon einmal bewährt hatte. Der Kollege, der im Verdacht stand, im Zeugenschutzprogramm gegen Geheimhaltungspflichten verstoßen zu haben, lebte unter dem Namen Gregor Tiegel in einer Altbauwohnung in Berlin-Tempelhof und hatte kürzlich eine Stelle beim LKA in der Verwaltung angetreten. Krølle lächelte. Dort kannte er sich ziemlich gut aus. Hannah Jakob hatte in der Vergangenheit häufig mit dem LKA-Team zusammengearbeitet. Womit sie aktuell beschäftigt war, würde Krølle, wenn nötig, schnell herausfinden.